다음, 작가의 발견
7인의 작가전

Z : 살아있는 시체들의 나라

한차현 지음

답

차례

알 수 없는 일이다

틱. 틱. 틱. 물소리가 들려온다. 멀지 않은 어딘가에서. 일정한 시간 간격을 두고. 틱. 틱. 틱. 끊어질 듯 이어지고 있다. 샤워장이다. 20명 정도가 한꺼번에 사용할 수 있을 만큼 넓고 또한 낡았다. 샤워꼭지들은 죄다 메말랐고 타일 바닥에는 흙먼지가 두껍게 말라붙었다. 가장자리 검게 타들어 간 형광등이 위잉, 풀벌레처럼 울어댄다.

샤워장 바닥에 고깃덩이처럼 사람들이 쓰러져 있다. 마침내 그들이 정신 차린다. 모두 여섯 명. 지저분한 타일바닥에 널브러졌던 몸을 하나둘 일으킨다. 어이구 허리야. 누군가 앓는 소리를 냈다. 누군가 찌푸린 얼굴로 그를 돌아다본다.

여기가 어딘가 지금이 언제인가 이들은 누구인가. 낡은 샤워장이라니 알 수 없는 일이다. 얼마나 오래 정신을 잃었던 것인지 알 수 없는 일이다. 낯모르는 이들과 함께라니 알 수 없는 일이다. 더더욱 알 수 없는 일은 저마다의 목에 채워진 어떤 물체에 대해서다. 사람들이 저마다 얼빠진 얼굴로, 한 명 또 한 명 난해한 팬터마임을 따라 하듯, 자신의 목에 두 손을 가져간다. 너비 3㎝, 두께 1㎝의 강철 벨트. 개목걸이 같은 철제 물건이 여간 견고하지 않다. 뭐야 씨발 이거. 반백의 사내가 철제 목걸이를 움켜쥐고 있는 힘껏 뜯어낸다. 그러려고 애쓴다. 얼굴에 시뻘겋게 피가 모이고 팔뚝의 잔 근육이 도드라진다. 강철 벨트는 꿈쩍도 하지 않는다. 사내가 씨근덕씨근덕 샤워실의 사람들을 돌아다본다. 구석 자리의 여고생과 눈이 마주친다. 여고생이 허벅지까지 말려 올라간 교복 치맛단을 슬그머니 끌어내린다.

세상에 처음 날 때 그 의미를 이해하는 이가 한 사람도 없듯 그들 모두 알지 못하고 있다. 이곳이 어디인지. 어쩌다가 언제 정신을 잃었으며 어쩌다가 이런 곳에서 눈을 뜨게 되었는지. 이 상황이 의미하는 바가 무엇인지.

"이게 무슨 일이지요."

연변 말투의 중년 여인이다. 팥죽색 실크블라우스 밖으로 드러난 가슴 곡선이 유난히 두드러졌다.

"누구 말 좀 해봐요. 도대체 여기가."

듣는 귀는 여럿이지만 대꾸하는 입은 없다. 남청색 교복을 입은 중학교 1학년 남학생이 안경을 벗어 하아, 입김 불고 상의 자락에 문질러 닦는다. 회색 체크무늬 교복의 여고생이 다가와 소년의 작은 어깨를 안는다.

"괜찮아? 다친 데 없어?"

"난 괜찮아. 누나는."

강철 벨트를 끊어내려고 애쓰던 사내가 왼쪽 머리를 툭툭 치며 샤워장 안을 뱅글뱅글 맴돈다.

"아우 씨팔 머리야."

넓은 어깨와 굵은 목덜미, 커다란 손을 가진 남자다. 짙은 눈썹 구릿빛 험한 얼굴이 영화 속 남미 마약밀매단의 중간보스를 연상시킨다. 무방비 상태로 도망치는 사람의 잔등을 향해 웃으며 총을 쏠 수 있는, 그런 인상의.

세 사람, 강남역

마이클 잭슨. 패트릭 스웨이지. 장진영. 장자연. 조오련. 하선정. 노무현. 김대중. 김수환. 유난히도 많은 유명인들이 세상을 떠났던, 그 밖에도 수많은 사람들이 죽거나 병들거나 실종되어 사라져갔던 2009년이 저물고 있다. 11월 26일 목요일 밤. 강남역.

사거리 안쪽 길. 클럽 '밤을 잊은 그대에게' 지하 계단 위로 여성들이 우르르 올라온다. 네 사람 가운데 두 명은 짧은 치마를 입었으며 하얀 면바지를 입은 한 명은 피처럼 붉은 니트 모자를 썼다. 포장마차에서 훈김이 피어오르고, 가방 멘 학생들 몇이 거기 서서 뭔가를 열심히 먹는 중이다. 젊은 회사원들이 그 앞을 지나가며 크게 웃음을 터뜨린다. 베이스음이 쿵쾅쿵쾅 계단 밖으로 쏟아지고, 붉은 니트 모자가 회사원 가운데 한 명을 오래도록 바라본다.

승용차 여덟 대가 빼곡히 늘어선 옥외주차장. 가로등 불빛이 닿지 않는 구석에 노란 가죽점퍼의 남자가 있다. 담벼락에 기대선 채 핸드폰을 만지작거리고 있다. 각진 얼굴에 무성히 수염을 길렀다. 체구는 다부지며 블랙진 아래 징 박힌 랜드로버가 어딘지 위협적이다.

또 한 사람. 밤을 잊은 그대에게 앞을 누군가 막 지나쳐 걷고 있다. 키가 무척 크다. 얼굴이 하얗고 눈썹이 짙으며 작은 입술은 분홍빛이다. 하얀 와이셔츠와 캐주얼한 남색 슈트, 헤어 젤로 머리칼을 곱게 발라 넘겼다. 여자 같이 생긴 남자다. 191㎝의 키가 아니라면 남자 같이 생긴 여자라고 생각할 사람도 많았을 것이다. 키 큰 남자가 주차장 구석으로 들어섰다. 노란 가죽점퍼에게 거침없이 다가간다.

"실례합니다."

마른 나뭇잎이 밟혀 부서지는 목소리다.

"혹시 대리 부르셨나요."

노란 가죽점퍼가 고개를 쳐들었다.

"아니요."
"아 죄송."
"실은, 바로 내가 대리입니다만."

키 큰 남자가 고개를 끄덕인다.

"그렇다면 선생은, 대리운전에 관한 한, 대체로 부르는 대신 불리는 입장이겠군요."
"왜 아니겠습니까. 대리를 대리할 수는 없는 일이니."
"대리의 운명이 바로 그와 같겠군요."
"이해하시는군요."

백팩을 멘 작은 키 여인이 주차장 골목을 빠르게 지나쳐간다. 핸드폰에 대고 쉴 새 없이 욕을 뱉어내며 저편으로 멀어진다. 노란 가죽점퍼가 노란 앞니를 드러내며 웃었다.

"시간 딱 맞춰 와주셨네. 남 대장이요."

내미는 손을 남색 슈트가 공손히 잡아 쥐었다.

"별칭이지. 정확히 하자면 대장이 아니라 육군 대위 불명예 전역이니까."
"주은입니다. 말씀 많이 들었습니다."
"무슨 말씀을 많이 들었을까."

뒷골목을 구렁이처럼 기어 다니던 순찰차가 짧은 경적을 울린다. 술집 앞에 모여서서 시비를 벌이던 남자들이 슬그머니 물러선다. 바람이 분다. 강남역의 밤이 깊다.

"경력이 제법 화려하시더라고."
"겨우 4년 차입니다. 많이 가르쳐주세요."
"겸손한 사람이 제일 무섭다니까."
"……"

"잘 생기셨어. 연예인 해도 성공할 것 같은데."
"그런 이야기 처음 듣습니다."
"요새도 이런 일을 하는 젊은이들이 있다니."
"그건."

하얀 얼굴 짙은 눈썹의 남자가 뭔가를 이야기하려다 만다. 누구에게나 사정이 있기 마련이다. 속 같은 사연이 있되 남들에게 털어놓기는 여러모로 쉽지 않은 어떤 사정이. 짙은 남색 스포츠카가 주차장 앞에 스르르 멈추었다. 주차를 하려는 것 같지는 않다. 운전석 창문이 열렸다.

"선배."

짧고 나직한 여성의 목소리다. 남 대장이 허리 숙여 어두운 차 안을 살핀다.

"어어…… 이븐?"
"왜 아니에요."
"반갑네. 얼마 만이지?"
"빨리 타요."

남 대장이, 뒤이어 주은이 몸을 접어 차 안에 들어선다. 스포츠카 천장이 유난히 낮다.

죽은 사람

샤워장 안의 여섯 사람들이 서로를 멍하니 돌아다본다. 교복 입은 남매 둘을 제외하고는 피차 낯선 얼굴들이다. 그 위에 슬픔 같은 피로가 가득하다.

한 해 실종자 수가 2008년에만 10만 8천 명을 넘어섰다. 2000년 이후로 그 수치가 해마다 꾸준히 증가하는 추세다. 14세 미만 아동과 장애인의 경우 30분에 한 건 꼴로 실종사건이 발생하고 있으며 성인 실종의 경우 따로 통계자료조차 없다. 당국은 턱없이 부족한 해당 인력과 구조를 탓하며 시민들은 결국 미제로 종결되는 실종 사건들의 비율이 턱없이 높다고 목소리를 높인다. 누군가 실종된 지점에서는 추적의 실마리가 될 단서가 아니라 엉뚱한 괴담들이 공공연히 떠돌곤 한다. 인신매매. 현대판 노예제도. 장기밀매. 인육시장. 사람을 팔아먹는 사람들. 사람을 먹는 사람들. 사람을 먹고 사는 사람들.

"그런데 저 사람은……."

조선족 여인이 저편 샤워기 아래를 가리킨다. 여인의 풍만한 가슴 언저리를 내내 힐끔거리던 중간보스가 그녀의 손가락 방향을 좇는다. 누군가 엎어져 있다. 겨자색 점퍼를 입은, 정수리가 훤히 벗겨진 남성이다. 타일 바닥에 얼굴을 처박고 엎어진 그가 도통 움직이지 않는다. 그가 누구인지 알 수 없으며 왜 유독 그만이 아직 정신을 차리고 일어나지 못하는지 역시 알 수 없다.

여섯 사람 또는 다섯 사람 가운데 한 명이 겨자색 점퍼에게로 조심히 한 걸음 나간다. FC서울 홈 레플리카를 입은 남자다. 잔등에 '아디'라는 선수 이름이 마킹되어 있다.

"저기요."

엎어져 움직이지 않는 이의 어깨에 손을 짚고 흔든다. 톡톡 팔을 건드려본다. 반응이 없다. 깊은 잠에 빠졌는가.

"조심하세요."

동그란 안경을 쓴 중학교 1학년이 나직이 경고한다. 의식을 잃고 엎어진 사람이 다치지 않도록 조심하라는 것인지 의식을 잃고 엎어진 이의 느닷없는 공격을 조심하라는 것인지, 경고한 이도 경고받은 이도 알지 못한다.

"저기요, 정신 좀 차려보세요."

FC서울이 남자 곁에 주저앉는다. 어깨를 세차게 잡아 흔들고, 코끝에 손가락을 대보고, 턱밑에 손을 넣어 맥박을 확인한다. 그리고는 한 차례 고개를 젓는다.

"죽었군요."

"……죽어요?"

회색 체크무늬 교복의 여고생이 남동생의 팔을 붙든다. 팥죽색 블라우스의 조선족이 따지듯 물었다.

"왜 죽, 죽었나요?"

"모르지요."

죽은 사람으로부터 물러서며 FC서울이 고개를 저었다.

"심장마비일지도 모르고……. 상처 같은 건 없는데."

세상 모든 삶의 순간마다 자질구레한 이유와 구실들이 뒤를 따르기 마련이다. 그것은 죽음의 경우도 마찬가지다. 그러나 지금은 누군지 알 수 없는 이의 알 수 없는 이유와 구실들에 매달릴 시간이 아니다.

"자기 몸들 한 번씩 만져 봐요."

남미 중간보스가 나섰다.

"어디 아픈 데 없는지. 잘려나간 데는 없는지."

사람들이 부지런히 자신의 몸을 더듬는다. 누군가 침울하게 중얼거린다.

"세상에. 이게."

팥죽색 조선족이다. 그녀의 핸드백이 그대로 있다. 핸드백 안의 핸드폰과 화장품과 지갑이, 지갑 안의 신용카드와 현금도 그대로다. 다른 이들의 소지품 역시 마찬가지다. 그렇다면 더욱 문제다. 납치와 감금. 그런데 돈을 목적으로 한 것은 아니라면?

"빌어먹을 미치겠네."

남미 중간보스가 반백의 머리칼을 천천히 쓸어 넘겼다.

"자자, 우리 솔직해집시다. 우리 중에서 남의 원한 살 짓 하고 다닌 사람, 못된 짓하고 도망 다니던 사람 있어요? 있으면 손 한 번 들어봐요. 남의 집 여편네를 건드렸다든가. 1번으로 계 타 먹고 토꼈다든가. 국정원 같은 데서 극비 정보를 몰래 빼돌렸다거나."

크고 노란 눈알을 뒤룩거리며 사람들을 다그친다. 어쩌면 그는, 지금 자신이 겪고 있는 모든 불운이 나머지 사람들 탓이라고 믿는 것 같다.

"아저씨는요?"

여고생의 교복 가슴에 김수형이라는 이름 석 자가 새겨졌다.

"그런 사람이 있다면, 우리 중에서 한 명이 아니라 다섯 사람 전부여야 하는 거 아닌가요?"
"뭐라는 거여? 내 말은 그런 게 아니고."

그날 밤 수형과 동생 동해가 만난 것은 밤 11시 10분쯤이고 집 근처였다. 각자 아르바이트를 끝내고 귀가하는 길이었다. 문 닫은 세탁소 어귀, 가로등을 등지고 서서 얼굴이 잘 보이지 않는 남자였다. 처음에는 그 사람 혼자 다가와서 길을 물어보는 시늉이었는데, 어느새 네 사람이 주변을 둘러싸고 있었다. 어떤 식으로 정신을 잃었는지는 기억나지 않는다. 그뿐이다. 남매 모두, 원한 품을 일이라면 모를까 남의 원한 살 짓은 할 처지조차 아니었다.

"중학생 고등학생이 무슨 알바를 그렇게 늦게까지."
"얘는 편의점에서 일하고 나는 치킨집 서빙해요. 나쁜 일 아니니 그런 식으로 말하지 말아 주세요. 아저씨가 우리 남매 먹여 살려줄 거 아니면."
"말 참 싸가지 없게 하네. 그러니까 그게 언제 일인데? 몇 시간 전이었냐고."
"그건."

수형의 말문이 막힌다. 남미 중간보스가, 이어 FC서울이 반사적으로 자신의 핸드폰을 확인한다. 모두 꺼져 있다. 배터리가 방전

된 것이다. 안타까운 일이다. 이곳이 어디인지 어째서 이런 곳에서 정신을 차려야 했는지 이 상황이 무엇을 의미하는지가 그러했듯, 오늘이 며칠인지 얼마나 오랜 시간 이곳에 갇혀 있었는지 역시도 파악하기 힘든 문제가 되어 있었다.

"5시네. 오후 5시 4분."

팥죽색 조선족의 핸드폰만이 아슬아슬 살아 있다. 비교적 배터리가 오래가는 구식 피처폰인 덕이다.

"며칠인데요?"
"26일요. 11월 26일."
"26일이라. 그럼 목요일?"
"그렇지요."
"목요일. 목요일이라. 빌어먹을."

남미 중간보스가 탄식했다.

"이틀이 지난 거네. 여기서 이틀 동안 쓰러져 있었던 거야?"
"아줌마. 112! 빨리 전화해요!"

그러나 발신 불가 상태다. 동해가 그녀의 핸드폰을 빼앗아서 높이 쳐들었다. 그 상태로 샤워장 구석구석을 돌아다녀 본다. 통화 서비스 가능을 알리는 안테나는 끝내 뜨지 않았다. 빌어먹을, 이건 도대체 뭐하는 물건이람. 남미 중간보스가 자신의 목에 착 감긴 철제물건을 떼어내고자 재차 용을 쓰고 있다. 안타깝게도 그것은 승산이 전혀 없는 몸부림처럼 보였다. 삑삑. 단 한 칸 남은 배터리 용량으로 아슬아슬 연명하던 구형 폴더폰이 단발마의 신음을 뱉어내며 끝내 눈을 감았다. 아아아. 남은 이들이 깊은 탄식을 뱉었다. 가까운 이의 임종을 지키듯.

쇼, 무한대결

오후 2시 10분. 2202호 스위트룸 창밖으로 영동대교가 내려다보인다. 커튼 사이로 오후 햇살이 해맑게 번진다. 객실 안이 소란하다. 누군가 과장된 목소리로 고함을 치고, 누군가는 어린 악마처럼 거침없이 웃어댄다. TV 소리다. 공중파의 주말 버라이어티 오락프로그램을, 케이블 방송이 재방송하는 중이다.

침대 위. 쿠션 두 개를 잔등에 받친 남자가 드러눕듯 기대앉아 있다. 상체에 아무것도 걸치지 않았으며 하체에는 시트가 덮여 있다. 담배를 피우며 TV를 본다. 쇼, 무한대결. 광주 도자공예비엔날레 홍보차 경기도 광주시 도예박물관과 인근 전문대학 등지에서 펼쳐지는 327회 프로그램이다. 개봉을 앞둔 영화 〈객사〉의 주연배우 오우민과 걸그룹 출신 지유가 특별게스트로 출연했다. 조선시대 인물들로 변신한 멤버들이 팀을 나눠 마패 훔친 범인 한 명을 찾아내는 것이 오늘의 미션이다. 남자는 웃지 않는다. 출연자들의 말과 행동이 아무리 우스워도 녹음된 웃음소리가 아무리 드높아도 입가에 옅은 미소 한 차례 띠지 않는다. 시종 골똘하게, 심각하게, 그러나 한눈을 팔거나 리모컨으로 채널을 돌리는 경우 한 번 없이 TV 속 연예인들의 어수선한 좌충우돌을 지켜보고 있다.

"재미있어?"

침대 시트가 꿈틀꿈틀 살아 움직인다. 그 안에서 누군가 일어나 앉는다. 시트가 벗겨지며 남자의 벌거벗은 하체가, 남자의 벌거벗은 하체를 끌어안은 여자의 벌거벗은 상체가 드러난다.

"아니."

남자가 대답한다. 기억이 틀리지 않다면 9개월 전인 올해 2월, 아마도 첫 번째 목요일에 저 방송분을 촬영했다. 욕 나오도록 춥던 날이었다. 아침 7시부터 이어졌던 그 날의 촬영 일정을 비교적 분명하게 기억할 수 있다. 쇼 무한대결의 간판 MC 홍지석이 바로 그니까.

"세상에 오빠밖에 없을 거야, 자기 나오는 프로를 그렇게 열심히 보는 사람은."

여자의 발음이 명확지 못하다. 남자의 하체 일부를 입안 가득 집어넣은 때문이다.

"열심히 보는 거 아냐."

재떨이가 놓인 쪽으로 팔을 뻗은 그가 타오르는 담배를 짓뭉갰다. 그리고 여자의 머리칼을 이리저리 쓰다듬었다.

"그냥 보는 거야."

그날 오우민은 두 시간이나 늦게 촬영장에 나타났는데 그럼에도 미안한 기색을 충분히 드러내지 않았다. 그래서 지석은 화가 많이 났었다. 다른 출연자들 역시 마찬가지였을 것이다. 마패를 숨긴 범인은 도령 역을 맡은 그 녀석이었고, 그러나 출연진 모두는 모른 척 최선을 다해 뛰고 또 헤맸으며 사이사이 기발한 상황을 자아내며 시청률을 올리기에 애썼다. 그런데 재미있냐고? 재미없다. 애석하지만 그렇다.

"하아."

물건이 아프도록 펠라티오에 열중하던 여자가 하던 일을 잠시 멈추고 호흡을 고른다. 33살. 빠르지 않은 나이에 시작해서 지금까지 10년. 쇼 무한대결과 함께 고스란히 30대를 보내고 40대를 맞았다. 무한대결이 곧 홍지석이고 홍지석이 곧 무한대결이었다. 프로그램의 성공은 고스란히 홍지석의 성공이었다. 덕분에 연말의 쇼 오락프로그램 부문 우수상을 받고 최우수상을 탔으며 2년 전에는 최고의 영예인 연예대상을 거머쥐었다. 라디오 디제이를 2년 넘게 맡은 것도 무한대결 덕분이었고 스케줄에 쫓긴 나머지 라디오에서 물러난 것도 무한대결 덕분이었다. 대형로펌 소속 미녀 변호사와의 결혼이라는 점만으로도 충분한 화제를 불러 모았던, 지금의 아내를 만난 것도 결국 무한대결 덕분이었다.

돈이라면 벌 만큼 벌었다. 인기라면 받을 만큼 받았다. 성공이라면 할 만큼 했다. 그러나 재미가 없었다. 이즈음 들어서 더욱 그러했다. 넌더리가 난다고 할까. 거의 매번 똑같은 멤버들과 매주 한 번씩 어울려 병신들처럼 낄낄거리며 뛰어다니는 일만 10년째다. 개중의 서너 명은 타 방송사의 비슷한 프로그램에서 비슷한 관계로 또 만나서 비슷한 스케줄을 소화해야 했다. 지옥이 끔찍한 것은 모든 상황들이 변함없이 무한 반복된다는 점에 있다. 끝도 희망도 없다는 점에 있다. 방송 또한 언제나 변함없이 무한한 웃음을 원한다. 이즈음 그를 무엇보다 견딜 수 없게 하는 것은 무한대결을 이만큼 성공할 수 있도록 했던, 멤버들이 앞 다투어 쏟아내는 말장난과 무례한 농담과 저질 유머와 바보 흉내 등등에 뒤지지 않고자 매 순간 감각을 열어놓는 작업의 권태와 고단이었다. 죽도록 피곤하고 역하도록 지겨웠다. 이제 42살. 새로운 것을 시도하기엔 충분히 젊은 나이였지만 그럴 의욕이 없다는 것이 가장 문제였다.

"오빠."

남성을 한가득 입안에 넣은 채, 여자가 웅얼거렸다.

화요일의 정체

이틀 전이다. 화요일 저녁 8시경, 동대문에서 손님 두 명을 태운 뒤 동묘역을 앞두고 직진 신호를 기다리다가 정신을 잃었다. 그게 남미 중간보스의 가장 최근 기억이다. 건장한 체구의 남자 손님 두 사람을 뒷좌석에 태웠다. 저녁 번잡한 거리 풍경뿐, 그 밖에는 떠오르는 장면들이 없다.

"아저씨 택시기사였나요."
"왜, 서울대 교수인 줄 알았어?"
"그렇다면 남자 손님 두 명이……."
"그 새끼들이겠지. 그 개새끼들이 날 기절시키고 여기로 끌고 왔겠지. 하지만 기억 안 나. 아무것도."
"인상착의는 같은 건요?"

초등학생을 닮은 중학교 1학년 동해가 눈을 반짝였다.

"사투리를 썼다든가. 손등에 흉터가 있다든가."

"영화를 너무 많이 봤군. 택시기사가 그렇게 한가한 줄 알아?"

"그러고 보니 나도……."

팥죽색 조선족 이소향 씨다. 중국에서 혼자 넘어온 지 4년 차. 낮에는 망원동 삼원마트에서 계산원으로 저녁에는 숯불갈비 식당의 종업원으로 일하는 그녀의 고된 일과는 늦은 밤이 되어도 끝나지 않았다. 화요일 저녁. 보도방 남 사장의 연락을 받고 연신내 오렌지노래방으로 이동하던 중이었다. 망원중학교 방향 횡단보도 앞에서 걸음을 멈추었고, 누군가 다가오기에 순간 아는 사람인 줄 알았다. 두 사람의 낯선 남자였다. 기억이 틀리지 않다면 10시 20분은 넘고 30분은 채 안 되었을 것이다. 순간 독한 남성용 화장품 냄새를 맡은 것도 같았다.

샤워실의 여섯 사람 모두 또는 살아남은 다섯 사람 모두, 지난 화요일 저녁에서 늦은 밤사이에 누군가에 의해 정신을 잃었다. 세상 대부분의 납치 사건이 그러하듯 평소 오가던 길에서 멀리 떨어지지 않은 위치였다. 이틀 만에 눈 떠보니 낡은 샤워장, 세상 대부분의 납치 사건이 그렇듯 감금된 장소는 그들의 일상으로부터 어떠한 연관성도 찾기 힘든 곳이었다. 죽어 말이 없는 겨자색 남자도 아마 그럴 것이며 아니라 해도 이제는 그다지 중요치 않은 일이었다. 사태가 어느 정도 명확해졌다. 그럼에도 여전히 암담했다.

"화요일. 화요일이라. 뭔가 이상해."

"뭐가 이상한가요."

"어떤 의미가 숨어 있을 것 같아. 화요일이라는 글자 속에."

FC서울. 무심한 듯 침울한 얼굴이다. 어떤 강렬한 표정을 짓더라도 무심한 듯 침울할 것만 같은 얼굴이다. 누군가를 닮았다. 홍콩 출신 어느 영화배우가 생전에 〈동사서독〉과 〈패왕별희〉와 〈아비정전〉 속에서 연기하던, 무심한 듯 침울한 그 얼굴을 닮았다. 2003년 4월 1일 만우절. 홍콩 만다린 오리엔탈 호텔 24층에서 몸을 던지던 그 얼굴이 바로 저러했을지 모른다. 동해가 다시 물었다.

"의미라니, 어떤 의미 말인가요."

"화요일에 납치를 당하는 운명이란 어떤 것일까. 왜 하필 화요일일까."

"……."

"그렇다면 여기에서 멀지 않은 곳에, 또 다른 샤워장들이 있지 않을까. 월요일에 납치되는 운명을 가진 이들만의 샤워장. 그리고 수요일을 위한 샤워장. 목요일을 위한 샤워장이."

사람들은 웃지 않았다.

"멀쩡한 사람이 갑자기 사라지는 거, 쥐도 새도 모르게 잡혀가서 죽어 없어지는 거, 아무 일도 아니에요 중국에서는."

팥죽색 블라우스 조선족이 목소리를 낮추었다.

"훤한 대낮에도 길 가는 사람 잡아 채가서 가두고. 산채로 썰어죽이고. 눈알 빼가고. 심장 빼가고. 간 빼가고. 콩팥 빼가고. 내장 빼가고. 고기 빼가고."

"쉿!"

수형이 입술 한 가운데에 검지를 가져갔다.

"조용히 해봐요. ……안 들려요?"

모두 숨을 죽인다. 발소리가 들린다. 멀리서 가까이로 다가오는 소리다. 저벅저벅. 서두르지 않는 걸음의 속도다. 이윽고 철컹, 철문 열리는 소리가 이어진다. 누구일까. 사람들의 피곤한 얼굴 위에 긴장감이, 두려움이, 호기심이 어둡게 차오른다.

엄청난 상상

"오빠."

"말해."

수연이 지석의 허벅지 위에 올라앉는다. 립글로스와 타액과 쿠퍼액이 한 데 번진 입가를 손등으로 닦아낸다.

"끄면 안 돼요?"

리모컨을 집어 들어 전원 버튼을 누른다. 고함소리 웃음소리 왁자하던 객실 안이 일순 숨을 멎는다. 수연이 지석의 왼쪽 젖꼭지를 입에 넣었다. 혀끝으로 천천히 핥는다.

매주 13%대 이상의 시청률을 기록해주는 쇼 무한대결에서 물러나려는 생각 따위는, 물론 요만큼도 해본 적이 없다. 연예계의 인기나 명예란 그것을 받는 입장에서 자의로 취하거나 거부할 수 있는 가치가 아니다. 그러나 어쩌랴. 20살이 어린 애인과 호텔 방에서 뒹굴며 부러 케이블 방송을 찾아 지긋지긋한 멤버들의 얼굴과 목소리를 만나는, 심하게 뒤틀어진 자학조차도 그를 성가시게 괴롭히는 중이다.

수연의 숨소리가 솔직해지고 있다. 22살. 깃털처럼 가볍고 우유처럼 부드러우며 자전거 안장처럼 탄력 있는 아이다. 3년 전에 앨범 한 장을 낸, 그럭저럭 주목을 받았지만 후속 활동 없이 조용히 사라진 걸그룹으로 활동할 때는 수연을 알지 못했다. 외할아버지가 저 LC그룹 대표이사라 했다. 알게 된 지 6개월째, 수연을 볼 때마다 지석은 궁금하다. 저 안에 어떤 괴물이 들어 있을까. 우유 같고 깃털 같고 자전거 안장 같은 저 몸 안의 괴물은 내 안의 괴물과 또 어떻게 다른 모습일까.

"……나 뒤로 할래."

잔등을 보인 수연이 낮게 엎드렸다. 인간의 신체가 선보일 수 있는 가장 아름답고 우아한 모습. 한심한 노릇이야. 이 아름다움 이 우아함이 고작 1백 년도 견디지 못한 채 늙고 병들고 사라질 운명이라니. 새하얀 하체를 뒤에서 끌어당긴다. 촉촉하고 따끈한 계곡 가장 깊은 지점까지 성기를 집어넣는다. 으아앙. 수연이 눈물 없이 흐느낀다. 노래라면 모르지만 신음소리만은 누구보다 아름다운 아이다.

지석의 시선이 그녀의 목덜미에 머문다. 길고 가늘고 우아한 수밀도를 닮았다. 한 손으로 잡아 쥘 수 있을 만큼 여린 곡선. 순간 알 수 없도록 강렬한 식욕을 느낀다. 어금니가 간질거린다. 혀 안쪽에 침이 고인다. 가슴이 두근거린다. 참을 수가 없다. 삽

입한 성기를 빼지 않은 채 그녀의 몸 위에 천천히 엎어졌다. 목덜미에 코와 입을 가져간다. 복숭아 통조림 냄새가 난다. 견딜 수가 없다. 크게 입 벌려 목덜미를 깨물었다. 아아아. 수연이 지그시 눈 감고 다시 흐느낀다. 그러다 말고 입을 딱 벌린다. 아, 아야! 너무 세게 깨문 것이다. 지석은 멈추지 않았다. 세차게 그녀의 안아 누른 채 어금니에 힘을 주었다. 사정없는 송곳니가 목덜미 살점을 깊이 파고든다. 우적, 그런 소리가 들린 것도 같다. 꺄악! 수연이 비명을 지른다. 화난 말처럼 사지를 버르적댄다. 그러나 지석의 억센 두 팔에 사로잡혀 꼼짝도 할 수 없다. 생명의 위협을 느낀 그 얼굴이 새파랗게 일그러졌다. 야 이 새끼야아아! 미친 듯 남의 살을 물어뜯는 지석의 눈빛은 이미 그의 것이 아니다. 익지 않은 스테이크처럼 질기게 늘어지다가 결대로 찢어지는 살점. 하얀 침대 시트에 후둑 후두둑 떨어지는 선혈. 꺄아악. 객실 안에 끔찍한 비명이 이어진다.

"그런데 오빠."
"……."
"오빠."
"응?"

수연이 허리 움직임을 멈추지 않은 채 가쁘게 묻는다.

"안 껴도 돼요?"
"어, 글쎄."
"잠깐만. 내가 해줄게."

수연이 엉덩이를 움직여 자기 안에 들어온 지석의 몸을 쑥 빼낸다. 그리고 탁자 위의 납작한 종이갑을 집어 든다. 비닐봉투를 뜯고 콘돔을 꺼내 호오 분다. 동그랗게 오므린 그녀의 입술이 예쁘다. 뭐지? 엄청난 상상이네. 짜릿한걸.

"수연아."
"응?"
"……."

지석의 성기에 열심히 콘돔을 끼우던 수연이 고개를 쳐든다. 천진한 미소를 짓는다.

"아냐. 아무것도."

녹색 후드티를 입은 청년

샤워장 저편에서 누군가 다가오고 있다. 저벅저벅, 빠르지도 느리지도 않은 걸음 소리가 점점 가까워진다.

진녹색 후드티를 입은 청년이다. 후드티는 헐렁하고 청바지 왼쪽 무릎이 너덜너덜 찢어졌다. 20대 초반? 잔뜩 헝클어진 장발 때문에 작은 얼굴이 더욱 작아 보인다. 새하얗게 바란 얼굴. 붉게 물든 눈매. 초점 잃은 눈동자. 거칠게 부르튼 입술. 엉망으로 취해 있다. 당장이라도 오바이트를 쏟아낼 것 같다.

"얼씨구, 저건 뭐람."

남미 중간보스가 중얼거린다. 팥죽색 조선족이 나직이 혀를 찬다.

"어디서 저렇게 술을 마셨을까."

청년이 사람들 향해 비틀비틀 다가온다. 무릎이 풀렸다. 왼쪽으로 비척비척 두 걸음 걷다가 멈추고, 오른쪽으로 흔들흔들 세 걸음을 다가가다 주춤한다. 안녕하세요. 낯선 이들에게 술 취한 인사 한마디 건네지 못한다. 이곳이 어디인지 주변에 누가 있는지, 그걸 파악할 형편은 아닌 것 같다. 샤워장 구석으로 비척비척 흔들흔들 걸음을 옮긴다. 토하려는 것일까. 참았던 소변을 보려는 것일까. 지저분한 타일 바닥에 얼굴을 처박고 움직이지 않는 겨자색 점퍼. 청년이 그 곁에 다가간다. 풀썩 주저앉는다. 죽은 자의 옆구리를 손끝으로 툭툭 건드린다.

"어어, 어어어."

잔뜩 취한 청년이 그렇게 웅얼거린다. 그게 무슨 소리인지는 해독할 길이 없다. 죽은 자의 목덜미와 어깨, 겨드랑이에 코를 가져가 킁킁 냄새를 맡는다. 마약탐지견처럼. 야영장에 출몰한 곰처럼. 겨자색 점퍼는 끝내 반응이 없다. 흥미를 잃은 청년이 비척비척 무릎을 펴고 일어섰다. 그때까지 자신의 행동을 흥미롭게 주시하고 있는 다섯 사람을 향해 엉거주춤 몸을 돌렸다. 술 냄새가 여기까지 나는 것만 같다. 어디서 어떻게 얻어맞았는지 입가에는 핏자국이 엉겨 붙었으며 뺨에는 푸릇한 멍 자국이 있다.

청년이 남미 중간보스를 향해 비척비척 다가왔다. 와락 몸을 날린다. 나무뿌리에 걸려 넘어지듯. 그런데 뜻밖에 민첩하고 힘 있는 동작이다. 예상 밖의 공격에 중심을 잃은 남자가 두어 걸음 물러서다 벌렁 자빠졌다. 청년이 하품하듯 입을 크게 벌렸다. 그리고 거침없이 남자의 팔등을 깨문다.

"어라, 야 이 새끼야!"

남미 중간보스가 청년을 힘껏 밀쳐냈다. 고개 들린 청년의 앞니가 허옇게 드러났다. 술에 취해 빌빌거리던 모습과는 조금 다르다. 집요한 데다 힘도 만만치 않다. 목덜미를 물어뜯으려고 안간힘을 쓰는 이와 그를 제지하려고 사력을 다하는 이. 그라운드 포지션에서 엎치락뒤치락 힘을 겨루는 종합격투기 선수들 같다. 우어어어. 좀처럼 뜻을 이루지 못해 화가 난 청년이 신음하고, 몇 발자국 떨어져 이 광경을 지켜보던 팥죽색 조선족이 발을 굴렀다.

"아이고 웬 쌈박질이야. 좀 말려 봐요!"

바닥에 깔린 남미 중간보스가 두 발을 잔뜩 웅크려 접었다. 그리고 청년의 배를 힘차게 차 밀었다. 쭉 뻗은 두 다리. 그 위력에 깡마른 청년의 몸이 붕 떠올랐다. 거의 3~4*m*를 날아가듯 한다. 그리고는 퍽! 벽에 세차게 부딪힌 몸이 바닥에 처참하게 내동댕이쳐졌다. 절그럭. 타일 조각이 깨져 나뒹굴었다. 엎어진 청년이 꼼짝도 하지 않는다. 죽었나? 남미 중간보스가 투덜거리며 몸을 일으켰다.

"씨부랄 미친 새끼 같으니. 저걸 확!"

청년이 개구리처럼 꿈틀거린다. 힘겹게 상체를 일으킨다. 이편을 향해 돌아선다. 꺅! 수형이 비명을 지르며 손으로 얼굴을 가렸다. 뭘 어떻게 잘못 부딪쳤는지 청년의 오른쪽 광대뼈가 심하게 함몰되었다. 살갗이 깊이 찢어져 허옇게 뼈가 드러났으며 무엇보다 턱이 왼편으로 60도가량 돌아갔다. 그러나 조금도 고통스러운 기색이 아니다. 피조차 흐르지 않는다. 그 몰골로 다시 비척비척 다가온다. 이번에는 팥죽색 조선족이다. 으어어어. 허공을 향해 뻗은 손이 블라우스 밖 풍만한 가슴을 잡아 쥐었다가, 다시 목덜미를 끌어안는다.

"아이고 맙소사 사람 살려요!"

조선족이 팔을 휘두르며 거세게 저항했다. 청년이 머리통을 얻어맞고 따귀를 얻어맞으며 다만 집요하게 그녀의 뺨을 물어뜯으려 애쓴다. 사람들은 얼이 빠졌다. 다가가 도울 엄두조차 내지 못하고 있다. 조, 좀비다. 동해가 망연히 중얼거렸다. 마침내 여자의 얼굴을, 청년의 두 손이 꽉 붙들었다. 으어어어. 입을 크게 벌렸다. 강렬한 키스를 건네듯 귓불을 한입 가득 물어뜯는다. 그러려던 찰나다.

타앙!

한 발의 총성이 실내 공기를 찢어놓았다. 컥. 청년이 움직임을 멈춘다. 머리통 왼쪽에 작은 구멍이 났다. 상체가 천천히 뒤로 넘어간다. 털썩. 헌 이불 보따리처럼 힘없이 쓰러진다. 반대쪽 머리통에서 부서진 조각들이 벽에 튀어 흐르고 있다. 팥죽색 조선족이 풀썩 주저앉아 어깨를 떨었다. 소리도 내지 못하고 끅끅 흐느낀다. 남미 중간보스가, 수형이, 동해가 한 사람을 향해 고개 돌린다. 두 손으로 권총을 쳐든 이, FC서울이다.

회장님

서울 성북구. 북악산 아래 주택가에 해가 저물고 있다. 골프연습장 지나 미술관 가는 길 따라 우측 언덕길로 조금 더 올라가면 성곽같이 드높은 청회색 담벼락이 육각 형태로 둘러싼 대저택이 보인다. 인근의 주택들이 대개 그렇듯 잘 가꿔진 정원과 연못을 가진 집이다.

화단가에 한 사내가 서 있다. 하얀 와이셔츠 소매를 걷어붙이고 뭔가 열심이다. 담 밖으로 유난하게 삐져나온 나뭇가지가 있어, 그것을 쳐내려는 중이다. 주머니칼로 흠집을 낸 다음 꺾어낼 생각이다. 그러나 생가지가 뜻밖에 뻣뻣하고 질기다.

"아, 씨발."

왼쪽 엄지가 따끔하다. 가지를 비껴간 칼날이 손가락을 베고 만 것이다. 순간적으로 주머니칼을 놓치며 반대편 손으로 환부를 감싸 눌렀다. 빌어먹을. 다친 손가락을 조심히 살폈다. 하얗게 벌어진 상처 부위에 이내 빨갛게 핏방울이 맺히고 있다. 그때 뒤에서 누군가 소리도 없이 다가왔다.

"왜 그래."

검은 양복을 입은, 검은 안경을 쓴, 작은 키에 호리호리하지만 단단한 체구의 남자다. 40대. 또는 50대. 그 나이를 종잡기가 힘들다. 사내가 칼에 베었을 때보다 몇 배는 더 놀란다.

"나오셨습니까."
"왜 그러느냐고."
"살짝 베었습니다. 나뭇가지 좀 정리하려다."

각진 광대뼈에 고집스럽게 다문 입술. 기름을 발라 단정히 빗어 넘긴 머리칼. 검은 안경을 쓰고 있지만 그 너머의 날카로운 눈매가 보일 듯하다. 어떤 상황이건 마주한 상대의 마음을 불편하게 만들고야 마는 인상이다.

"그래가지고 운전대는 잡을 수 있겠나."
"그럼요."

사내가 과장되게 손을 저었다.

"살짝 긁힌 겁니다. 아무 상관 없습니다. 차 바로 준비하겠습니다."

그렇게 물러서려는 참이다. 남자가 팔을 들어 사내를 막았다.

"봐봐."

"……예?"

"다친 데 보자고."

"이거, 별거 아닌데."

"어서."

어쩔 수 없이 손수건을 치우고 왼손을 내밀어 보였다. 검지 중간 마디가 허옇게 벌어졌다. 상처가 제법 깊다. 지혈이 채 되지 않은 탓에 다시 말갛게 피가 고이고 있다.

"저런."

남자가 사내의 손을 가까이 끌어당긴다. 그리고 뚫어져라 바라본다. 검은 안경에 가려진 시선이 타오르듯 강렬하다. 사내가 어쩔 줄을 모른다. 쑥스러운 것도 아니고 황송한 것도 아니다. 그와 비슷하지만 많이 다른 감정이다. 더욱 놀라운 일이 그 순간 벌어졌다. 상처 입은 검지를 남자가 조심히 입에 넣는다. 그리고 부드럽게 빨기 시작한다. 하도 놀란 사내가 얼른 손을 빼내지도 못한다. 상처 부위를 빨아들이는 힘이 조금씩 세지고 있다.

"시키는 대로만 해. 생사람 잡아먹는 양반은 아니니까."

운전기사로 이 집에 처음 들어온 것이 넉 달 전이다. 면접 자리에서 이 실장이란 사람에게 들었던 대사가 문득 떠올랐다. 이윽고 손가락으로부터 입을 뗀 남자가 후우우 숨을 뱉었다. 입술에 묻은 핏자국을 손바닥으로 닦아낸다.

"상처 잘 소독하고 반창고 붙여. 덧나지 않게."

"감사합니다."

목례를 하고는 슬그머니 돌아섰다. 손등 아니라 얼결에 성기를 빨린 기분이다. 상처 부위가 욱신욱신 묘하게 간질거린다. 베인 살점 속에서 뭔가 꿈틀꿈틀 자라나는 것만 같다. 뒤에서 남자의 목소리가 그를 붙들었다.

"이거 자네 건가."

엄지와 검지로 뭔가를 들어 보인다. 얼결에 떨어뜨린 주머니칼이다. 짧지만 두툼하고 잘 버려진 칼날이 하얗게 이를 드러내고 웃는다.

오래 전에 죽은 사람

"……죽었지?"

자빠진 청년이 더 이상 움직이지 않는다. 죽었다. 이마 왼쪽을 관통한 총알 자국이 반대편을 엉망으로 헤집어놓았다. 한쪽 눈은 감았고 한쪽 눈을 게슴츠레 떴으며 입은 뭔가를 속삭이듯 살며시 벌리고 있다. 그뿐 숨이 멎은 지 오래다. 박살난 뒤통수 주변으로 회색과 분홍색의 작은 찌꺼기들이 흩어져 있다. 머리카락이 체액에 번들번들 엉겨 붙었고 허옇게 드러난 뼛조각도 보였다.

"생사람을 뜯어먹으려고 지랄하더니. 잘 뒈졌다 개새끼야."

죽은 몸에 발길질이라도 할 기세로 남미 중간보스가 투덜거렸다. 그러다가 생각난 듯 FC서울을 돌아본다.

"잠깐. 그런데 당신, 뭐 하는 사람이야?"

"……."

"걱정 마셔. 그럴 상황이 되면 나 아니라도 여기 있는 사람이 다 나서서 증언해줄 테니까. 이 미친 새끼가 우리를 죄다 잡아먹으려고 했다고. 그래서 정당방위로 죽일 수밖에 없었다고. 우리 모두 함께 한 일이라고. 그 문제라면 걱정을 안 해도 된다고. 하지만."

길게 숨을 들이쉰다.

"하지만 그 물건에 대해서는 설명을 좀 해주셔야겠어. 총이라니. 제기랄. 당신 도대체 누구야? 혹시 우리를 납치한 일당과 한패 아냐? 이제 그 총으로 우리를 쏠 참인가?"

"오해 말아요."

FC서울이 샤워장 구석을 가리켰다. 아까부터 지금까지 변함없는 단 한 사람. 타일 바닥에 고개를 박고 얌전히 엎어져 있는 겨자색 점퍼.

"아까 몸을 뒤질 때, 주머니에서 이 물건이 만져지더군요. 그래서,"

"그래서 슬쩍했다?"

"여러분 가운데 누구라도 그랬을 겁니다. 이런 상황에서 총이라는 물건을 만난다면."

수형이 복잡한 얼굴로 팔짱을 꼈다.

"그 말을 믿으라는 건가요?"

FC서울이 어깨를 으쓱, 했다.

"못 믿어도 어쩔 수 없고."
"그럼 저 죽은 아저씨는 정체가 뭔가요. 사복경찰?"
"그걸 왜 나한테 물어봐."

남미 중간보스가 더 뭐라고 따져 물으려다 말고 자신의 왼쪽 팔뚝을 신경질적으로 쓰다듬었다. 후드티 청년이 낸 잇자국이 선명하다.

"아 쓰라려. 씨발 새끼가 깨물고 지랄이야."

동해가 FC서울의 팔에 와락 매달렸다. 비명을 지르듯 호소한다.

"아저씨, 저 아저씨한테 총 겨눠요!"

먼저 외친 아저씨는 FC서울을, 두 번째의 저 아저씨란 남미 중간보스를 일컫는 것이었다.

"빨리요! 언제 좀비로 변할지 몰라요!"
"좀비라니."
"모르겠어요? 저기 이마에 총 맞고 죽은 사람, 사람이 아니라 좀비에요. 틀림없어요. 내가 딱 보고 알았어. 그런데 저 아저씨, 방금 좀비한테 물렸잖아요. 언제 변할지 모른다고요."

다급해진 동해를 향해 남미 중간보스가 으르렁거렸다.

"지랄한다. 여긴 어째 미친 새끼들뿐인가."

"어서요. 어서 총 겨눠요. 아저씨. 여차하면 아까처럼 머리를 쏴요. 안 그러면 우리 모두 좀비로 변하고 말 거예요."

"조용히 못 해? 쥐 좆만 한 새끼가."

"저기요 아저씨!"

수형이 흥분한 동생의 손목을 잡아끌었다. 그리고 나직이 종알거렸다.

"어린 애한테 무슨 욕을 그렇게 해요? 수준 떨어지게."

"가만있게 됐나. 머리통에 총을 겨누라고 부추기는데."

"아저씨, 아저씨보다 센 사람한테는 한마디도 못하는 사람이죠? 약한 사람한테만 센 척 잘난 척하는 사람 맞죠?"

50대 중반의 다혈질. 남미 중간보스가 이를 악물었다.

"으어. 이런 씨부랄 중고딩것들 같으니."

팥죽색 조선족이 동해의 어깨에 손을 가져갔다.

"그런데 얘, 무슨 소리니. 저 사람이 좀비라고?"
"좀비였죠. 머리가 부서지기 전까지는."
"세상에나."
"실은 나도 처음이에요. 이렇게 직접 보기는."

동해가, 이어 조선족이 죽어 드러누운 몸에게로 다가간다. FC서울과 수형이 그 뒤에 선다. 고약한 냄새가 코를 찌른다. 부패가 벌써 시작된 것 같다. 동해의 발끝이 죽은 이의 뺨을 톡 건드린다. 그 부위 살갗이 훌렁 벗겨진다. 물크러진 홍시 껍질처럼.

"마치 이건."

FC서울이 중얼거린다.

"죽은 지 오래된 사람 같아. 5년. 10년. 그 이상."
"맞아요. 죽어서 다시 사는 사람. 사람 아니라 좀비."

동해가 대꾸했다.

"스미스 형 좀비. 지능이 가장 떨어지고 행동도 굼뜨지만 식욕은 누구보다 왕성한."
"물리면 좀비가 된다고?"
"100%는 아니에요. 호흡기로 감염시키는 종도 있고. 성교를 통해 감염되는 종도 있고. 감염성이 아예 없는 경우도 있으니."

"아 씨, 저거 뭐야."

수형이 미간을 구기며 한 걸음 물러선다. 죽은 청년의 왼쪽 콧구멍에서 뭔가 흘러나온다. 누런 콧물이다. 콧물 아니라 벌레다. 노랗게 윤기 나는 구더기가 고물고물 기어 나온다. 남미 중간보스가 동해의 어깨를 툭 떠민다.

"수상한데."

"뭐가요."

"어떻게 그렇게 잘 알고 있지? 좀비를 보자마자 좀비라고 외치다니. 좀비 학교라도 다니는 거야?"

수형이 대신 답했다.

"좀비 박사죠. 안 본 좀비 영화가 없어요. 인터넷 좀비 사랑 동아리의 운영자고."

"똑똑해라."

팥죽색 블라우스의 조선족 이소향은 동해의 머리를 쓰다듬을 기세다. 동해와 수형을 보면 고향 심양에 두고 온 아이들이 생각난다. 4년 전 떠나올 때 딱 이만한 나이들이었다. 남미 중간보스가 다시 투덜거렸다.

"그뿐 아냐. 아까부터 보면, 너무나 태연해. 중학생 아니라 1백 살 먹은 애늙은이 새끼 같아. 이 더러운 샤워

장에 일곱 번은 더 감금당해본 새끼 같다고. 어떻게 그
럴 수가 있지? 그리고 당신."

이번에는 FC서울에게로 화살을 돌린다.

"그 권총, 저기 죽은 사람에게서 빼돌린 거라고? 그걸
믿어야 좋을지 모르겠지만 뭐 믿어준다 치자. 그래도
여전히 미심쩍어. 그 다급한 상황에서 단 한 발을 쏴서
정확하게 머리통을 맞추다니. 아무나 할 수 있는 일은
아니잖아. 안 그래?

"무슨 이야기가 하고 싶은 건가요."

"나는 말이지. 솔직히 의심스러워. 우리가 지금 이렇게
납치된 상황에, 우리들 중 누군가 관여하고 있는 것만
같아. 아줌마. 아줌마도 마찬가지야.

"내가요? 내가 뭘?"

"낯이 익어. 어딘지 낯이 익는다고."

"쓸데없는 소리 말아요 아저씨."

"아니야. 아까부터 그랬어. 어디서 봤는지 도통 기억은
안 나지만. 아줌마, 혹시 나 모르겠어?"

팥죽색 블라우스의 풍만한 가슴 곡선에 남미 중간보스의 시선이 머물고, 이소향은 나름 짧은 고민에 빠진다. 이 작자를 혹시 노래방에서 만났던가? 노래는 안 부르고 시종일관 허벅지만 주물러대는 진상 손님 중에 한 명?

"솔직히 말해. 아줌마 혹시 납치범들이랑 한패 아냐?"

"못 봐주겠네."

수형이 나섰다.

"그런 말은 나도 할 수 있거든요. 근거도 없이 막 내지르는 말은."
"근거도 없이 막 내지르는 게 아니라."
"나는요, 아저씨가 제일 의심스러워. 괜히 소리만 꽥꽥 지르고. 뭐 하는 일도 없이 여기저기 시비나 걸고. 툭 하면 분위기 흐트러뜨리고. 납치된 게 아니라 싸우러 온 사람처럼."
"거 씨발 짜증 나는 년이네."
"뭐 년? 말 다했어?"
"다했다. 어쩔래."
"씨발 새끼가 정말."
"얼씨구 이 좆같은 년 봐. 얼굴에 콘돔을 씌워버릴라."

휙. 샤워장 안에 날카로운 바람이 일었다. 검은 그림자가 사람들 사이를 살 같이 가로질렀다. 남미 중간보스가 타일 벽 구석에 털썩, 세차게 떠밀렸다. 그의 목덜미에 누군가 은빛 칼날을 누르고 있다. FC서울이다. 0.5초 만에 벌어진 상황이다. 들짐승 같은 민첩성. 남미 중간보스가 일순 얼어붙었다. 헤 벌린 입을 다물지 못하고 있다. 이를 지켜보는 이소향도, 동해도, 수형도 마찬가지다. 틱. 틱. 틱. 물소리가 들려온다. 멀지 않은 어딘가에서. 일정한 시간 간격을 두고. 틱. 틱. 틱.

"말이 너무 많군."

FC서울이 중얼거렸다. 차분하게. 나직하게. 여전히 무심한 듯 침울한 얼굴.

"안 되겠어. 이제부터 하고 싶은 말이나 행동이 있으면, 저기 동해에게 먼저 허락을 받도록 해. 모두를 위해서."

"이…… 저……."

"알았나."

"……."

"알았냐고."

벙어리가 된 남미 중간보스가 흠칫 어깨를 떨었다. 목덜미가 따끔하다. 따뜻한 것이 주르륵 흘러내린다. 피다. 칼날이 턱 아래 살점을 짧고 깊게 벴다.

"알, 알았습니다."

"부탁이야. 잘 알지도 못하는 사람의 목을 두 번이나 찌르기는 싫어."

칼날을 치우며 돌아선다. 시종 얼음조각 같은 평온을 시종 유지한 채로. 남미 중간보스가 관절 끊긴 사람처럼 스르륵 주저앉았다. 오줌이라도 지렸는가. 상처 난 목덜미에 손을 갖다 대고는 입술을 달달 떤다.

FC서울이 폴딩 나이프의 칼날을 꺾어 왼쪽 발목의 가죽 칼집에 꽂았다. 이어 권총에서 탄창을 꺼내 살피고는 다시 장전해

뒷주머니에 집어넣었다. 그리고는 여전히 얼이 쏙 빠진 동해와 수형과 이수향을 돌아보았다. 변함없이 무심한 듯 침울한 눈빛이었다.

불편한 거래

1932년 5월. 경성역 라운지.

마지막 계단을 올라선 남자가 신식건물의 2층 복도를 바삐 걷는다. 날렵한 체구에 꼭 맞는 서양 옷을 입었으며 포마드로 단정하게 머리를 넘겼다. 이태리 양품점과 울긋불긋 이발소 간판을 지난 그가 그릴에 들어섰다. 아늑한 실내에 담배 연기와 슈베르트의 가곡이 나직이 떠돈다. 저편 구석 자리에 앉은 누군가 손을 흔들고 있다. 남자가 그리로 다가간다.

"잘 지내셨나."

두툼한 입술. 눈 밑의 콩알만 한 점. 보통학교 동창 양병준이다. 건호, 또는 가네야마가 맞은편에 앉았다. 양병준은 식사 중이었다. 은색 삼지창으로 접시 위의 음식 한 점을 찍어 입에 넣고는 우물우물 씹는다. 씹으며 말한다.

"내가 점심을 아직 못 해서……. 좀 들겠어?"

가네야먀가 고개를 저었다. 허연 죽 같은 것 속에 거무튀튀한 덩어리들이 섞여 있다. 익숙지 않은 서양 요리다.

"달팽이요리라네. 저 불란사에서는 일등으로 친다더군."
"많이 들게."
"이거 한 접시가 그래 이문옥 설렁탕의 40배 값이라니. 무슨 맛인지도 모르겠는 것을."

하얀 에이프런을 두른 아가씨가 다가왔다. 냉수 한 잔을 청하자 고개를 까딱하고 물러선다. 냅킨으로 입가를 꾹꾹 눌러 닦은 양병준이 다시 달팽이 살점을 찍어 천천히 입에 가져갔다. 세월 좋아졌구나. 천하의 되어 먹지 않은 옹기장이 아들놈이 경성의 모던뽀이 행세를 하고 있으니. 병준이 생각났다는 듯 우물우물 말했다.

"아, 저번 일은 차질 없이 해결되었네. 자네 덕이 커. 소식은 들었지?"

가네야마가 고개를 끄덕였다.

"겸사겸사 자네가 신경 써줘야 할 일이 또 있을 것 같아서. 내가 일전에 말했던가? 군산고보."
"그 이야기라면 틀림없이 들은 적이 있지."
"다음 주에 모임이라고 알고 있네. 목요일 저녁."

"목요일이라."

"어쩌겠어. 다시 한 번 수고 좀 부탁할밖에."

"……."

"아차차, 내 정신 하고는."

병준이 누런 한지에 싼 물건을 식탁 옆으로 내민다.

"그리고 이거 잊기 전에."

고개 들어 주변을 살핀 가네야마가 재빠르게 물건을 받아든다. 들고 온 소가죽 가방에 집어넣고 잠금쇠를 채운다.

"저번이랑 같은 양이야."

"잘 알겠네."

아편이다. 의료용 최상등급. 이 정도면 저놈의 달팽이요리를 못해도 수백 접시는 먹어치우고 남을 양이다. 그렇다면 이문옥의 설렁탕은 몇 그릇 정도로 환산할 수 있을까. 용건이 얼추 마무리되고 있다. 줄 것은 주었고 받을 것은 받았다. 훗날 주고받을 것에 대해 이야기를 마저 끝내야 한다. 어서 자리를 뜨고 싶다. 이 작자와 마주 앉아 더 오래 시간을 보내야 할 이유가 없다. 칠푼이 점박이 소리나 듣던 그와 긴밀히 만나서 뭔가를 도모하는 사이의 이쪽과 저쪽에 선다는 것. 정말이지 이건 상상조차 못 한 일이었다. 소학생 시절만 해도. 물려받은 땅 조금과 빚을 더 보태 병원 건물을 사들이던 3년 전까지만 해도.

달그락. 양병준이 삼지창을 내려놓고 다시 냅킨을 입가에 가져갔다.

"그렇다면 우리, 다음 주 금요일에 만날 수 있을까?"
"뭘 그렇게 빨리. 다다음 주쯤 보세. 일은 틀림없을 터이니."
"좋도록 해."
"그리고 말일세, 어어."

세상에 변했다. 그리하여 공부며 운동이며 매양 꼴찌만 도맡던 칠푼이 점박이는 인정받는 고등계 형사가 되었다. 그리하여 하얀 얼굴의 계동 양반집 도령이던 김건호는 경성 시내에 작은 양의원을 운영하는 가네야마 원장이 되었다. 그렇게 세월이 변하고 그렇게 사람이 변했다.

"안 된 이야기지만 그…… 대금은 다다음 주에 만나서, 그때 한 몫에 치르면 어떨까 싶은데."
"그으래?"

가네야마가 조심스레 운을 떼고 병준이 양미간을 좁혔다.

"사정이 좋지 않은가 보지?"
"그런 셈이야. 실은 내가 급히 유용할 데가 좀 있어서. 요번에 병원 건물을 좀 보수하기도 했고. 하지만 별 탈 없을 거야. 다다음주까지 내가 틀림없이 약속하겠네."

대금이란 아편 판 돈을 말한다. 더 정확하게는 병원 등에서 알고 지내는 사람들에게 아편을 팔아넘긴 뒤, 그렇게 모인 돈에서 가네야마 자신의 몫 10%를 떼고 남은 액수다. 세상이 변했다. 동경 유학 가서 내과를 전공한 젊은 병원 원장은 그리하여 고등계 형사가 전매청에서 빼돌린 아편을 밀매해 부를 키운다. 가난뱅이 상인의 아들이던 고등계 형사는 그리하여 어린 시절 동무이던 병원 원장으로부터 잡아들여야 할 조선인들의 유용한 정보를 얻는다.

지난달 병준은 이른바 '경성농업학교 독서회' 사건과 관련, 주동자 신이철 등 3인을 '단체조직 불온물(독립기) 작성에 관한 법률 위반 행위'로 잡아들이는 성과를 거두었다. 가네야마의 밀고 덕분이었다. 다음 주 목요일 저녁, 가네야마는 본정통의 한 청요릿집 2층에서의 재경 군산고보 향우회에 후원인 자격으로 참여할 예정이다. 향우회의 주요 인물 두 명이 만주 독립운동단체와 선이 닿아 있다는 정보가 있다. 세월은 그렇게 변했고 관계가 그렇게 변했다. 서로가 서로에게 은밀하고 각별한 필요를 주고 또 받으면서.

"뭐 어쩌겠어. 그렇게 알고 있겠네."

"고마우이."

가네야마가 가죽가방을 집어 들었다.

"괜찮다면 나는 먼저 일어서도 될까."

"아, 좋으실 대로."

가방을 어깨에 메고 돌아서는데 등 뒤에서 병준이 말했다.

"참, 활란이랬나."

가네야마가 멈춰 섰다. 뒤를 돌아보지는 않는다. 대신에 이를 악물었다.

"딸아이 건강은 어때. 좀 괜찮아졌어?"

녀석이 가족 이야기를 꺼내 든 것은 이번이 처음이다. 이를테면 활란이라는 이름과 와병 중이라는 특이상황까지 두루 꿰차고 있노라 밝히는 꼴이다. 밀정자로 부리려면 내가 그 정도 뒷조사를 안 해봤겠느냐, 뻐기는 꼴이다.

"……뭐 그냥저냥. 걱정할 정도는 아니야."

그렇게 얼버무리고는 가던 길을 계속한다. 그릴 한복판을 가로지르는 내내 등 뒤를 쫓아오는 녀석의 눈빛을 느낄 수 있다. 이를 악물었다. 분노가 치솟는다. 빌어먹을 자식. 분수를 몰라도 한참 모르는구나. 착각도 정도껏이지. 제아무리 세월이 뒤집어지고 제아무리 관계가 엎어졌다 한들, 이 몸이 너 같은 상것의 친구가 될 성 싶은가!

정육점과 시체 공시소

Z. 알파벳 마지막 글자. 자신을 그렇게 불러달라고 FC서울은 말했다. 그게 전부였다. 이를테면 권총에 관한 의혹이나 주머니칼과 하나 되던 그 날렵한 동작 등에 관해, 더 이상의 부연설명이나 해명 같은 것은 없었다.

"저 역시 여기 납치 감금된 사람의 한 명일 뿐이에요. 여러분과 마찬가지로, 여기서 한시 빨리 탈출하고 싶어 미칠 지경이죠. 더 이상 저런 이상한 놈들을 만날 수는 없으니까."

저런 이상한 놈들, 이라고 말하는 Z의 검지가 샤워실 구석에 자빠진 녹색 후드티 청년을 가리켰다.

"그러려면 힘을 모아야 합니다. 다행히 저는 이런 일에 익숙한 사람이에요. 막힌 길을 뚫고 없는 방법을 찾고 안 되는 일을 되도록 하는, 그런 일을 누구보다 오래 누구보다 잘해온 사람이지요. 그럴 이유는 물론 없겠지만, 이제부터 저를 믿고 따라주세요. 그것만이 살 수 있는 방법입니다."

"……."

"이해하시겠습니까."

문은 잠기지 않았다. 그러나 열린 문밖으로 나가기에 앞서, 지금까지와는 종류가 다른 두려움을 먼저 상대해야 했다. 또 어떤 세상이 문밖에서 그들을 기다리고 있을지 알 수 없다. 상상조차 할 수 없다.

"어쩔 수 없잖아, 굶어 죽을 때까지 여기 죽치고 있을 게 아니라면."

투덜거리던 남미 중간보스가 깜짝 놀라 입을 가렸다. 하고 싶은 말이나 행동이 있으면 동해에게 먼저 허락을 맡으라는 지시를 어기고 만 것이다. 홀로 나선 지 10여 분 만에 Z가 돌아왔다.

"복도뿐이군."

"……복도요?"

"응, 복도. 끊임없이 길고 좁고 어둑하고 복잡한."

수형과 동해가 서로를 바라보았다. 서로의 얼굴에서 바닥 없는 불안을 바라보았다.

"움직이자고. 더 힘 빠지기 전에."

왼팔을 쳐든 Z가 손바닥을 여러 가지 모양으로 펴고 쥐고 구부려보였다.

"이렇게 하면 멈추라, 이렇게 하면 다시 움직이라, 이렇게 하면 알아서 몸을 숨겨라, 이렇게 하면 죽어라고 도망쳐라. 잘 기억해둬요. 발소리 안 나도록 엄지발가락에 힘 빠지지 말고, 재채기 나올 것 같으면 혀 깨물고, 항상 눈과 귀에 집중하고. 질문 있나요."

사람들은 대꾸할 기분이 아닌 얼굴이다.

"내가 앞장서고. 여자들과 꼬마는 가운데 서고, 아저씨가 뒤를 맡아요."

남미 중간보스가 샤워기에서 뜯어낸 쇠막대를 팔랑팔랑 흔들어 보였다.

"자기 목숨 자기 안전은 자기가 책임지는 겁니다. 자, 출발."

Z의 말 그대로 복도는 끊임없이 길고 좁고 어둑하고 복잡하다. 여기서 꺾이고 저기서 두 갈래로 갈라지며 그러다가 다시 만나고 그러다가 막혔다. 복도 양 앞으로 드문드문 철문이 보였는데 모두 굳게 잠긴 상태였으며 그 너머에 누군가 있을 것 같지는 않

았다. 그리고 냄새. 어디선가 좋지 않은 냄새가 끊임없이 풍겨왔다. 오래된 정육점의 붉은 조명을 닮은 냄새가. 시체공시소의 냉기를 닮은 냄새가. 녹색 후드티 청년의 수박처럼 부서진 머리통을 닮은 냄새가.

날 선 긴장 속에 20여 분을 걸었다. 복도는 끊임없이 좁고 어둡고 단조롭다. 단조로움이 그새 방향 감각을 까맣게 흐트러뜨려, 다시 샤워장을 찾아가려 해도 쉽지 않을 것 같았다. 그새 누군가와 또는 무엇인가와 마주치는 일은 다행히 또는 불행히 없었다.

"이런 장면, 기억이 나."

동해가 속삭였다. 바늘 끝 같던 긴장이 조금은 풀렸다는 증거다.

"이렇게 좁고 어두운 복도를, 여러 사람들과 함께 한없이 걷는 장면. 분명히 기억나. 꿈에서 여러 번 만났어. 이상하네. 그렇다면 이것도 꿈인가? 지금 꿈을 꾸고 있는 건가?"

"그랬으면 좋겠네."

이소향이 대꾸했다.

"우리 모두, 동해가 꾸는 꿈속을 헤매는 중이라면."

앞서 걷던 Z가 주먹을 쥐어보였다. 뒤따르던 이들이 잇따라 걸음을 멈추었다. 복도 구석, 바닥과 벽이 만나는 지점이 뭔가 놓여 있다. 하얀 캔버스화 한 짝. 왼발이다. 엄지발가락 부분이 심하게 찢어졌으며 때가 잔뜩 탔다. 불길하다. 그들의 순탄치 않은 미래를 암시하는 것 같다. 누구의 신발일까. 누가 버리고 간 것일까 아니면 잃어버린 것일까. 누군가 지금은 오른발에만 나머지 한 쪽의 캔버스 화를 신고 다니는 중일까.

"꺄!"

수형이 찢어지는 비명을 질렀다. 복도가 쩌렁 울리고 귀청이 먹먹해진다. 신발이 홀로 꿈틀거린다. 안쪽에서 꾸물꾸물 기어 나오는 뭔가가 있다. 엄청나게 큰 바퀴벌레. 신발의 거의 1/3 크기다. 적갈색 윤기가 반들거린다. 남미 중간보스가 달려들며 금속 파이프를 휘둘렀다. 딱. 몸통 한가운데를 정확하게 얻어맞은 바퀴벌레가 부서졌다. 누런 내장이 질펀하게 쏟아진다.

"토할 것 같아."

수형의 얼굴이 하얘졌다. 이소향이 수형의 잔등을 쓰다듬었다.

"소리 좀 적당히 지르자, 응? 애 떨어지겠네."

더듬이만 까닥까닥 살아 움직이는 바퀴벌레를 놓아두고 다시 걸음을 시작했다. 한없이 길고 좁고 어둡하고 복잡한 복도를.

TV 속 남자

2005년 8월 광복절. 서울 장충동 S클럽 VIP룸.

공휴일이며 마침 세 번째 월요일이다. 매달 세 번째 월요일, 이른바 '세월 조찬모임'을 위해 모두 여섯 사람이 찾아들었다. 사업차 독일에 나가 있는 한 사람, 이즈음 검찰 조사받느라 바쁜 또 한 사람 빼고는 회원 모두가 모였다. 성장한 배경이나 개인적인 취향은 물론 나이도 많게는 10살 넘게 차이가 나는, 그러나 나라 안을 통틀어 그 이상 가까울 수 없는-그럴 수밖에 없는 배경을 가진 그들이다.

"그 친구가 경험이 없잖아요. 아닌 척은 하지만 꽤 긴장하는 눈치더라고."

그 친구란 2천억 원대 선물투자 손실 의혹과 분식회계 건으로 요 며칠 신문 지상에서 종종 그 이름을 접할 수 있는 삼선전자 이재룡 부회장. GE건설의 차연진 대표이사가 그와의 전화통화 내용을 들먹이는 중이다.

"그래서 내가 충고 한마디 했지요. 걱정 말라고. 몇 년 만 콩밥 좀 먹고 나오라고. 그게 먹을 만해질 때면 일은 다 해결되어 있을 거라고."

"그랬더니 뭐랍니까."

"아이고 이사님 왜 이러세요, 하면서 웃더군요."

……그러나 국민 여러분, 유감스럽게도 아직 자신 있게 말하기 어려운 일도 있습니다. 우리 역사에 뿌리 깊이 내려온 분열은 얼마나 극복되었으며 앞으로 또 다른 분열의 소지는 없을 것인지, 그리고 이로 인해 나라가 다시 위기에 빠지는 일은 없을 것인지 묻는다면, 자신 있게 그렇지 않다고 말하기가 어려운 것이 사실입니다. 아직도 우리 사회는 크게 세 가지 분열적 요인을 안고 있습니다. 그 하나는 역사로부터 물려받은 분열의 상처이고, 그 둘은 정치 과정에서 생긴 분열의 구조이며, 그 셋은 경제적 사회적 불균형과 격차로부터 생길지도 모르는 분열의 우려입니다.……

8번 홀 그린이 훤히 내려다보이는 7층 창가. TV 속 누군가 열심히 떠들고 있다. 굵게 처진 눈썹. 팔자 주름. 뭉뚝한 코. 이마에 일자 주름이 깊게 새겨진 남자다. 그가 지금 푸른색 연단 위에 푸른 넥타이를 매고 서서 연설 중이다. 광복 60주년을 맞는 광복절 기념식 생방송이다. LC테크놀로지 구남희 사장이 고개 돌려 묵묵히 그 장면을 지켜본다. 그러더니 손가락으로 TV를, TV 속 남자를 가리킨다.

"저거요, 그거 맞죠?"
"뭐 말인가요."
"뭐라더라. 중국 원난성에 왔다는."
"아, 소관하정素冠荷鼎?"

한일화학 김세인 회장이 대꾸했다.

"맞아요. 1억7천만 원에 낙찰받았다는 놈. 비싼 건 20억도 넘는다던데."

TV가 아니라 그 곁에 놓인 화분을 가리킨 모양이다. TV 속 남자가 아니라 화분 속 난초를 지켜본 모양이다. 연단에 선 남자가 빠르지도 느리지도 않게 말을 이어간다. 테이블에 둘러앉은 여섯 사람들이 하던 일을 잠시 멈추고 그 얼굴과 그 목소리에 주목한다. 아니다 1억 7천만 원짜리 난초 화분에 주목한다.

나라를 지속적인 발전의 토대 위에 단단하게 올려놓기 위해서, 그리고 또다시 나라가 위기에 빠지지 않게 하기 위해서, 우리는 반드시 이 분열과 갈등의 구조를 해소해야 합니다. ……국민 여러분, 우리가 역사에서 물려받은 분열의 상처는 친일과 항일, 좌익과 우익, 그리고 독재시대의 억압과 저항의 과정에서 비롯된 것입니다. 이를 극복하기 위해서는 그 시대 역사에 대한 올바른 정리와 청산이 이루어져야 합니다. 친일의 역사로부터 비롯된 분열과 갈등이 광복 60년이 지난

오늘에 이르도록 해소되지 않고 있습니다. 해방은 되었으나 좌우 대결에 매몰되어 친일세력의 득세를 용납하였고, 그 결과로 친일세력을 단죄하기는커녕 역사의 진실조차 채 밝히지 못했기 때문입니다.

"여하튼 분위기 파악 안 되는 양반이야."

누군가 중얼거렸다. 나머지 사람들 가운데 몇 명이 피식 웃었다. 웃지 않은 이들 가운데 한 명이 심드렁히 대꾸했다.

"친일이니 독재니 갈등이니, 아이고 안쓰러워라."
"그 전에 대통령 했던 양반들은 다 바보였나? 하여간 치졸해, 좌파란 것들은."
"내 말 들어보세요. 저 양반 말이지요."

STK모터스의 김연승 부회장이 소리를 높였다. 안경 너머 그 눈매가 생글생글 웃는다.

"뭣도 모르고 저렇게 설치다가, 대통령 자리 물러나면 6개월 안에 큰일 당하고 맙니다. 내가 장담해요."
"정말 그럴까?"
"그렇고말고요. 처음부터 역사가 그렇게 정해 있는 거예요. 저 양반, 대통령 되자마자 탄핵될 뻔한 꼴 못 봤나요? 내기해도 좋아요. 지금 당장에 공장 하나씩 걸자고요."
"임기가 얼마 남았더라."

"2년?"

어떤 점에 있어 TV는, 그를 열심히 시청하거나 그렇지 않은 사람 모두에게 뜻밖의 이야깃거리를 제공해주는 힘을 가지고 있다. 진심 또는 진실과 얼마나 가까운가를 떠나, 그야말로 'TV가 켜져 있다'는 상황의 진정한 의미일지 모른다.

> 다행히 작년에는 우리 국회가 '일제강점하 반민족 행위 진상규명특별법'을 만들고, 올해에는 '진실, 화해를 위한 과거사정리기본법'을 만들어서 그동안 미루어 왔던 친일 반민족행위의 진상을 밝히고 아직도 빛을 보지 못하고 있는 독립운동사의 나머지 한쪽도 밝힐 수 있게 되었습니다. 이 일이 제대로 마무리되면 과거 식민지 역사에서 비롯된 우리 사회의 분열과 갈등은 이제 정리되는 국면으로 들어서게 될 것입니다. 국회에 계류 중인 '친일 반민족행위자 재산환수에 관한 특별법'까지 통과되면 친일 반민족행위자들이 나라와 민족을 팔아서 치부한 재산을 그 후손들이 누리는 역사의 부조리도 해소될 것입니다.

준비한 원고를 읽어 내려가던 TV 속 남자가 거기에서 잠시 말을 멈추었다. 야외행사장 객석에서 나직한 박수 소리가 느릿느릿 이어지고 있다. 남자가 옅은 미소를 아주 잠깐 머금었다. 알 듯 말 듯 씁쓸한 미소였다. VIP룸의 여섯 사람들이 TV로부터 하나 둘 시선을 거두어들였다.

쏘우

"궁금하지 않나요."

"……."

"우리들에게 어떤 공통점이 있을까. 대체 어떤 공통점이 있기에 함께 이런 운명을 맞았을까."

동해가 다시 중얼거렸다.

"〈쏘우〉라는 영화 있잖아요."

사람들이 대꾸 없이 복도를 걷는다.

"영화 속 상황이 지금 우리랑 거의 똑같아요. 기억해요? 어느 날, 영문도 모른 채 납치된 사람들이 낯선 지하실에서 하나둘 정신을 차리죠. 그곳이 어딘지 어째서 그곳에 끌려왔는지 짐작도 못 하는 상태로 말예요."

"……."

"그런 그들에게, 알고 보니 그들 자신도 모르던 공통점이 한 가지 있었지요. 살아 있다는 것에 감사할 줄 모르고 불평만 하며 적당히 세상을 살아간다는 공통점이."

남미 중간보스가 투덜거렸다.

"밥 먹고 똥 싸는 공통점은 아니고?"

"납치범 직쏘는 하루하루 살아가는 시간이 절실한 말기암 시한부환자죠. 그는 세상의 많은 사람들이 삶의 소중함을 모른 채 하루하루 헛되이 살아가는 천치들이며, 그 어리석음을 일깨워줄 의무가 자신에게 있다는 망상에 사로잡힌 사람이에요. 이를 위해서 그는 극단적인 방법을 고안했어요. 인생을 허비하며 살아가는 사람들을 납치하고 자신이 고안한 고문 기구에 가두어서 천천히 죽게 만드는 것. 고문 기구에서 탈출해 목숨을 구하려면 요컨대 강철 족쇄에 묶인 발목을 잘라내거나 함께 납치된 동료를 죽이는 등 엄청난 시련과 위기를 넘어서야 하는데, 다시 말해 죽음과 같은 고통을 이겨내고 탈출하느냐 아니면 그에 굴복하며 죽고 마느냐 하는 기로에 서게 만드는 일이었죠."

"미친 싸이코 새끼구만."

"납치된 많은 사람들이 주어진 미션을 통과하고자 발버둥치지만, 결국은 고통스럽게 죽고 말아요. 삶의 소중함을 몸소 실감하면서 끔찍한 최후를 맞이하는 거죠. 그게 대강의 줄거리에요."

"그래, 네 생각은 어떠니."

Z였다.

"우리들에게 무슨 공통점이 있을까. 하루하루를 헛되이 살아가는 것 말고."

"실은 아까부터 궁리 많이 했어요. 〈쏘우〉에서처럼 우리에게도 어떤 공통점이 있을까. 있다면 뭘까."

"결론은."

"글쎄요, 확실히는 모르겠지만."

"……."

"이런 거죠. 우리들 모두, 어느 날 일상 속에서 감쪽같이 사라진다 해도, 별다른 이유도 예고도 없이 갑자기 그런 일이 생긴다 해도, 주변에 걱정하거나 슬퍼할 이들이 그다지 없는 사람들 아닐까."

"그럴듯하네. 꽤 그럴듯해. 내 경우만 보자면."

이소향이 고개를 끄덕였다.

"그런데 어째서 그런 결론을?"

동해가 어깨를 으쓱했다.

"자신의 실종을 걱정하고 있을 가족이나 친구들에 대해서 이야기하는 사람이, 우리 중에 아무도 없었잖아요."

"꺄!"

다시 짧고 날카로운 비명 소리. 역시 수형이다. 복도가 쩌렁 울리고 귀청이 먹먹해진다. 사람들이 재차 미간을 찌푸렸다.

"저……, 저기……."

어두운 복도 저편. 누군가 다가오고 있다. 아니다 기어오고 있다. 저벅저벅, 이 아니라 어기적어기적, 이다. 앞머리가 M자로 벗겨진 50대 후반 남성이다. 연회색의 구식 양복을 입었다. 벌건 눈두덩에 피고름이 말라붙었고 왼쪽 입가는 미소를 짓듯 길게 찢겨 올라갔다. 더불어 허리 아래가 잘려나가고 없었다. 땅을 딛고 일어설 능력을 상실한 그가 복도 이쪽 다섯 사람을 향해 열심히 기어오는 중이다. 두 팔을 바삐 움직이며. 어깨를 과하게 씰룩이며. 찢어진 양복 자락 밑으로 늘어진 척수와 살점과 핏줄을 질질 끌며. 으어어어. 샤워실에 찾아들었던 초록색 후드티 청년처럼 그가 슬프게 울부짖었다. 사람들을 올려다보는 그 눈매에 욕망이 가득 담겼다. 수형이 허리를 꺾고 우억, 묽은 위액을 토해냈다.

"나 미치겠네. 저것도 좀비인가? 응? 반 토막 좀비?"

Z의 경고를 까맣게 잊은 남미 중간보스가 길길이 뛰었다.

"다음에는 뭐가 나오려나. 상체 없는 좀비? 운동화 신은 바퀴벌레 좀비? 뽀로로 좀비?"

쇠파이프를 높이 쳐들고는 가련한 반 토막 좀비를 향해 나가간다. Z가 그를 말렸다.

"내가 끝낼게요."

총을 들어 그에게 겨눈다. 으어어어어. 바닥에 엎드린 사내가 너덜너덜 찢어진 입을 벌리고 다시 구슬프게 울었다. 상처 입은 물개처럼. 탕! 날카로운 쇳소리가 복도를 때렸다. 매캐한 화약 냄새. 미간에 작은 구멍이 뚫린 그가 털썩, 바닥에 코를 박았다. 이수향이 기도하듯 눈을 감았다. 절레절레 고개를 흔든다.

파티 박살 타임

양재동 방면으로 서행하던 차가 좌회전 차선에 멈춰 섰다. 어둔 도로 위 차량들의 물결을 운전석에 앉은 이가 지켜본다. 행선지는 따로 없다. 달리는 차 안이 가장 안전한 회의실이고 차를 몰고 움직이는 시간이 가장 이상적인 회의시간이며 같은 차에 탄 이들이 가장 믿을 만한 식구들이다. 남 대장이 운전석의 이븐, 뒷자리의 주은에게 지폐 다발을 하나씩 건넸다.

"일단 오백씩이야. 일 끝나면 두 배. 공평하게 나누는 거다."

신사임당이 새겨진 5만 원 신권 다발을, 이븐이 무릎 위 핸드백에 넣었다.

"5만 원짜리네."

“나도 신권 처음 보는 거야. 특히 이런 다발 돈은.”
“나온 지 몇 달 안 되었잖아요.”
“그나저나 잘 지낸 거야?”
“우리는 잘 지내면 안 되는 사람들이잖아요.”
“요즘도 고등학교 일진 애들 줘 패고 다녀?”
“가끔.”

남 대장이 턱 주변을 어루만졌다.

“당신하고 일하게 되는 줄 알았으면 진즉에 수염이라도 깎는 건데.”
“그러게. 선배랑 하는 줄 알았으면 진즉에 이번 일 포기하는 건데.”
“어머나 왜 그래. 내가 갑자기 싫어졌어?”
“원래 싫었어요.”

뒷자리에 구겨져 앉은 주은이 운전대 잡은 이븐의 옆얼굴을 힐끔거린다. 베이징 올림픽 여자 배구 국가대표 스트라이커, 일본리그에서 뛰고 있는 김 모 선수 누구를 닮았다. 그런대로 귀여운 얼굴이다. 나이가 얼마나 되었을까. 남자는 있을까. 이븐이라니 영어 이름일까. 가끔 고등학교 일진 애들 줘 패고 다닌다는 이 여자는 언제 어쩌다 이런 일을 시작하게 되었을까.

“뒤에 불편하죠? 지붕이 낮아서.”

이븐이 묻고 주은이 대꾸했다.

"괜찮습니다."
"키 참 크시네. 몇이세요?"

스물아홉입니다, 대꾸할 뻔 한다.

"이븐이에요. 함께 일하게 되어서 반가워요."
"작전에 방해되는 일이 없도록 하겠습니다."
"방해되는 일만 없으면 되나요. 도움이 되어야지."
"……예."
"평이 좋더군요."
"아, 뭐."
"하지만 잊어버리세요. 지난 경험들은."
"……."
"잘 아시겠지만 경험 많다고 덜 다치는 일이 아니거든요, 우리 하는 일이."
"명심하겠습니다."

톡 쏘는 여자구나. 좌회전 신호를 받은 차가 다시 움직였다.

"간단해. 섭섭할 정도로 간단해. 파티에 참석하면 되는 거라고. 초대받지 않은 파티에."

남 대장이 차창 밖 번잡한 어둠에 대고 말했다.

"그리고 즐기는 거지. 파티 타임 아니라 파티 박살 타임을."

뱅뱅사거리 지나 도곡동 방향이 심하게 막히는 중이다. 이븐이 백미러를 살피며 핸들을 크게 꺾었다. 남색 로터스가 길고양이처럼 날렵하게 중앙선을 넘었다.

"함께 일하는 사람이 우리 말고 또 있어. Z."

"Z."

"그래."

"아아."

"……알지?"

"알지요. 잘 모른다고 해야 하나?"

"그쪽은 이미 24일부터 현장에 투입된 상황이야. 지금쯤 무진장 고생하고 있겠지."

"우리는 그쪽 상황 봐가면서 행동하면 되는 거고?"

"맞아."

"간단하네. 섭섭할 정도로 간단하네."

"우리는 운 좋은 거야. 세 명이 같이 움직이는 데다 여의도의 분위기 좋은 파티장이잖아. 저쪽에 비하면 얼마나 럭셔리해. 그러니 각자 정장들이나 준비해놔."

"정장이라니, 이브닝드레스?"

"파티장에 고무 잠수복 입고 갈 순 없잖아."

"오 마이 갓!"

"……질문 있습니다."

묵묵히 대화를 엿듣던 주은이 껴들었다.

"Z라는 분은, 어떤 사람인가요."

순간 남 대장과 이븐의 시선이 살그머니 교차하고 지나가는 장면을, 주은이 놓치지 않는다.

"전설이지."

"예?"

"이 바닥에서 그 이름을 모르는 사람이 거의 없는. 확실한 정체를 아는 사람 또한 거의 없는."

"……."

"남자 아니라 여자라는 이야기도 있고. 나이가 엄청나게 많다는 이야기도 있고. 평생 두 눈을 다 감고 잠 잔 적이 없다는 이야기도 있고. 자맥질을 20분 넘게 한다는 이야기도 있고. 누군가를 처음 만났을 때 그의 미래를 훤히 내다볼 줄 안다는 이야기도 있고. 가슴에 네 발의 총상을 입고 빗물만 받아 마시며 보름 동안 숨어 지내다가 보병 1개 분대를 차례로 사살했다는 이야기도 있고."

남 대장의 입가에 뜻밖에도 잔잔한 미소가 맴돌았다. 행복했던 과거나 기분 좋은 추억을 떠올릴 때 지을 법한, 그런 미소가.

"말했지만 확실한 정체는 거의 알려지지 않았어. 그의 주변에 사람이 없기 때문이래. 그의 곁에 있던 사람들은 죄다 죽고 마는 때문이라는 거지. 그가 죽이거나 다른 사람이 죽이거나."

"……."

"게다가 궁금증이 엄청나게 많은 사람이라던데."

"궁금증이요?"

"뭐라더라. 상대방이 점심에 뭘 먹었는지 궁금해지면, 배를 갈라서 직접 확인해보곤 한다나."

이븐이 껴들었다.

"솔직히 나, 좀 묘해요. 이런 기분은 처음이네."

"묘하다니."

"이상하게 기대가 되는 거 있잖아요. Z와 함께 일하는 거, 선배도 처음이죠?"

"지금 질투심 유발하는 건가."

"맙소사, 뭐가 어째요?"

"나랑 함께 하는 줄 알았으면 진즉에 그만둘까 생각했다면서."

"그건 있잖아요, 질투심 유발하는 게 아니에요."

"그럼 뭐야."

"사람 차별이지요."

"……그게 그거 아닌가?"

만담이라도 하듯 이어지는 대화. 주은이 긴 숨을 들이마셨다. 이 사람들, 사귀나?

엘리베이터

"저기!"

이소향이 다급하게 복도 저편을 가리켰다. 아아. 사람들이 낮은 탄성을 내뱉었다. 엘리베이터다. 복도 오른편으로 넓게 트인 공간이 이어지고 거기 종합병원에서나 볼 만한 대형 엘리베이터가 나타났다. 그 앞에 다가선 사람들이 우왕좌왕, 치즈 덩어리를 발견한 미로 속 생쥐들처럼, 어쩔 줄을 모른다. B3. 벽에 붙은 금속판에 그런 글자가 새겨졌다. 이곳이 다름 아닌 지하 3층임을 그제야 어리둥절 깨닫는다.

설치된 지 70년은 더 된 것 같다. 식물도 동물도 아니지만 척 보기에 그만한 연륜이 엿보인다. 에스컬레이터가 곤히 잠들어 있다. 층수를 알려주는 숫자판은 꺼졌고, 작동 버튼은 ↑ 하나뿐이며, 그나마 눌러도 반응이 없다.

"뭐야. 뭐가 이래."
"정전인가? 고장 난 건가?"

70년 전에 만들어진 뒤 단 한 번도 움직인 적이 없을지 모르는 엘리베이터 앞에서 사람들이 우왕좌왕, 더더욱 어쩔 줄을 모른다.

"빌어먹을."

남미 중간보스가 울분을 터뜨렸다.

"정신 차려보니 더러운 샤워실 바닥이고, 목에는 이따위 쇳덩어리가 붙어 있고, 술 취한 놈인가 했더니 사람 뜯어 먹으려는 좀비고, 기어 다니는 놈을 봤더니 반 토막 난 좀비고. 기껏 엘리베이터를 찾아내니 먹통이고, 여긴 왜 죄다 이 모양인 거야?"
"저기요. 잠깐만요."

수형이 손을 쳐들었다.

"왜. 우리 똑똑한 고딩 언니는 또 무슨 충고를 하시게."
"빈정대지 말고 조용히 좀 해봐요. 무슨 소리 안 들려요?"
"무슨 소리."
"아 참. 소리가 아니라 냄새. 무슨 냄새 안 나요?"
"냄새라니. 이 좆같은 좀비 비린내 말이야?"
"아니요. 음식 냄새요. 라면 냄새."
"라아면?"

그러고 보니 난다. 어디선가 라면 냄새가 난다. 라면을 끓이는, 특유의 구수하고 짭짤하고 칼칼하고 감칠맛 나는 냄새가 솔솔 풍기고 있다.

"라면…… 오, 정말이네?"

감격한 이수향이 가슴을 모아 안고, 감격한 중간보스가 머리통을 감쌌다.

"아, 미치겠네. 라면!"
"어디지? 어디서 라면을."

최소한 여섯 끼 이상을 굶은 그들이 너나없이 고통스럽게 코를 벌름거린다. 냄새가 괴로워서는 아니고, 괴로워서이기도 하다. 킁킁 흠흠 냄새를 들이마시며 사냥개들처럼 나아간다. 엘리베이터로부터 돌아서 좁고 어두운 복도를 다시 걷는다. 여기지? 아니다 저쪽인가? 왼편으로 난 사잇길로 걸음을 옮기다가 슬그머니 걸음을 멈춘다. 아까 지나쳐왔던 방향 같기도 하고 아닌 것 같기도 하다. 그 어름의 막다른 복도. 두 개의 철문이 마주 보고 서 있다. 그로부터 지금 미칠 듯 향기로운 라면 냄새가 솔솔 새 나오는 중이다. 사람들이 우르르 달려갔다. 철문 한 곳에 폭 50*cm*가량의, 굵은 강철봉 4개가 굳게 박힌 창살이 나 있다. 티격태격 고개를 들이밀며 실내를 들여다본 사람들이 입을 떡 벌린다.

사람이다. 좀비는 분명 아니다. 엄청나게 비대한, 터질 듯 뚱뚱한 상체를 러닝셔츠 한 장으로 가린 남자가 바닥에 퍼질러 앉아 있다. 열심히 라면을 먹는 중이다. 후룩 후루룩. 땀에 젖은 러닝셔츠의 어깨끈이 곧 끊어져 나갈 것 같다. 몇 개나 끓인 것일까 커다란 양은냄비 가득한 라면. 나무젓가락으로 한가득 집어든 면발을 후후 불어 입안에 몰아넣던 그가, 철창에 다닥다닥 붙은 시선들을 발견한다. 철퍼덕! 냄비를 놓치며 허벅지에 라면을 쏟고 만다.

"앗 뜨거!"

벌떡-사실은 힘겹게 무릎을 펴며 기우뚱기우뚱-일어선 그가 늘어진 가슴살 뱃살을 털렁털렁 흔들며 달려왔다. 그리고는 철창을 붙들고 늘어졌다.

"사람! 사람!"

숨찬 목소리에서 진하고 고소한 라면 냄새가 진동했다.

"사람이죠? 사람 맞지요? 나, 나 좀 꺼내주세요!"

푸짐한 턱살에 감춰져 있던, 가련하도록 억세게 목을 죄인 금속 벨트의 일부가 그제야 살며시 모습을 드러냈다.

관제실

관제실 벽면에 마흔 대의 모니터가 다섯 줄 나란히 켜져 있다. 모니터가 발산하는 청회색 불빛이 어두운 관제실을 어룽어룽 밝히는 중이다. 흑백의 화면들은 해상도가 그다지 높지 않은 편이며 대체로 정적이다. 하여 움직임 없이 텅 빈 공간만을 내내 비추고 있다. 초고도비만 라면 남자와 다섯 사람들이 한데 어우러져 수선을 떨어대는 b12 구역을 제외하자면 그러하다.

세 번째 줄 다섯째 칸에 위치한 21호 모니터를 통해 b12 구역을 지켜보는 이들이 있다. 세 명이다. 목 아래부터 발목까지 온통 하얀 작업복을 입었고, 하얀 가죽 부츠와 하얀 가죽장갑을 꼈다. 칠흑 어둠 속 우주정거장에서나 볼 법한 복장이다. 그리고 너나없이 하얀 가면을 쓰고 있다. 이마부터 인중까지를 덮은 얇은 금속 가면. 눈은 빙그레 웃는 반달 모양이고 뺨은 발그레 수줍은 분홍색이며 콧날은 날카롭도록 오뚝하다.

관제실 안의 사람들이 과연 우주정거장 속에서처럼 느리

게 움직인다. 모니터 마흔 곳에 어룽어룽 나타나는 움직임 혹은 움직임 없음을 번갈아 지켜보는 게 오로지 그들이 하는 일의 전부다.

"요란하군."

의자에 앉은 한 명이 말한다. 그의 곁에 선 이가 권태롭게 고개를 끄덕였다.

"권총이라니, 놀라운걸."

조금도 놀란 것 같지 않은 목소리다. 모니터에 제아무리 뜻밖의 장면이 나타난다 해도 요컨대 그들 자신의 가족이 납치되어 좀비에게 뜯어 먹힌다 해도 그들을 놀라게 하지는 못할 것 같다. 영화관처럼 어둑하고 아늑한 실내에 지금 헨델의 오라토리오가 사뿐히 부유한다. 야옹. 의자의 앉은 작업복의 무릎 위에 갈색 고양이 한 마리가 웅크리고 있다. 냐아옹. 나직하게 울고는 바닥으로 사뿐 뛰어내린다.

"하여간 신기한 일이야."

모니터로부터 등을 진 사람, 키 큰 작업복이 빨간 머그잔을 입가에 가져간다. 그리고는 아아아, 감탄한다. 모니터에서 벌어지는 흑백의 장면들을 제외한다면 그들의 마음을 움직일 수 있는 것은 얼마든지 많다. 요컨대 갓 내린 커피 한 잔의 향기 같은.

"일고여덟 그룹 가운데 한 차례는 어김없이 저런 얼간이들이니."

"사람은 다양하니까."

키 큰 작업복이 건네는 커피 잔을, 의자에 앉은 작업복이 받아들었다.

"세상에 똑같은 사람들은 단 한 명도 없지. 그런가 하면 비슷한 패턴에 속하지 않는 사람 또한 단 한 명도 없고. 얼마나 재미있어. 그래서 내가 사람들을 좋아한다니까."

뜨거운 커피 한 모금을 삼킨 작업복이 다시 아아아, 만족스러운 감탄을 뱉어냈다.

"이럴 때 보면, 자네는 정말이지 일을 즐기는 거 같아."

"……정말 그래 보여?"

21호 모니터 속 b12 구역이 여전히 수선스럽다. 24인치 흑백 화면의 사람들이 만들어내는 장면들은, 소리가 없어서인지, 채플린 시대의 코미디영화 한 장면을 무한 반복하는 것 같다.

"이제 움직일까."

"엘리베이터?"

"응."

"조금만 더 있다가."

"뭐 기다리는 거라도 있나 보군."

"모르겠어."

의자에 앉은 작업복이 고개를 갸웃거렸다. 하얀 가면의 눈매가 생글생글 웃고 있다.

"저들로부터 보고 싶은 장면이 있는데, 그런 것 같기도 한데, 그게 뭔지 도통 생각이 안 나."

냐아옹. 구석 자리의 갈색 고양이가 고개를 쳐들었다. 모니터 불빛에 비친 눈빛이 불타오르듯 강렬하다.

현수

철문은 잠겨 있었지만 여는 것은 어렵지 않았다. 자물쇠를 부수기 위해 아까운 총알을 세 발이나 썼을 뿐이다.

기획부동산컨설팅업체 또는 흥신소 사무실 분위기의, 한때 그런 용도로 썼을 것 같은, 책상이며 의자며 캐비닛 등등의 집기가 살풍경하게 놓인 공간이다. 좁고 지저분지만 세면대가 딸린 화장실도 있다. 가장 인상적인 것은 책장에 책 대신 가득 채워진 형형색색의 라면들과 휴대용 가스레인지였다.

"이게 얼마 만이야. 엉엉."

"뭐가 얼마 만이라는 건가요."

"사람들. 제대로 된 사람들. 엉엉."

"조용히 좀 울어요. 그놈들 몰려올라."

살찐 라면 러닝셔츠가 Z를 붙들고 울어댔다. 땀 젖은 몸에서 상한 식초 냄새가 진동했다.

"어디 갈 거 아니죠? 나 두고 갈 거 아니죠? 약속해줘요 헝헝. 무슨 일이라도 할게요."

"진정 좀 해요. 그런 건 걱정 말고……."

바닥에 엎어진 양은냄비와 라면 가락을 남미 중간보스가 힐끔거렸다.

"그런데 저거, 좀 먹어도 되겠지? 우리가 며칠을 굶어서."

살찐 라면 러닝셔츠가 살찐 턱을 끄덕였다.

"마음껏 드세요. 내 것도 아니니까."

남미 중간보스가, 수형이, 동해가, 이소향이 책장 앞으로 우르르 달려갔다. 전화 교환원처럼 바쁜 손놀림으로 이것저것 라면들을 골라 챙기고 휴대용 가스버너에 냄비 물을 끓이는 한편 급한 대로 봉투를 뜯어 생라면을 오독 오도독 씹는다. Z가 그 수선을 물끄러미 지켜보고 있다.

"여기 감금된 지 얼마나 되었나요."

"엄청나게 오래됐죠. 납치되기 전의 기억들이 아득해요. 전생의 일들 같아요."

"이 지저분한 사무실에서 태어난 건 아닐 테고."

"42일까지는 매일 저렇게 기록을 해뒀거든요."

벽 한 면에 숫자를 표시하는 바를 정(正)자가 삐뚤빼뚤 여덟 개 반 그려져 있다. 하얀 벽 위에 불그죽죽한 혈서. 자세히 보니 핏자국이 아니라 라면 수프를 물에 개서 잉크 대용으로 사용한 것이었다.

"그런데 나중에는 언제가 아침인지 언제가 저녁인지 헷갈리고, 하루가 갔는지 새날이 아직 안 왔는지 헷갈리고, 이걸 지금 표시해야 하는지 조금 이따 해야 맞는 건지 헷갈리고. 그래서 집어치웠어요."

"42일이란 것도 확실치 않겠군."

"그럴 거예요. 그보다 많거나 적거나."

"기록을 그만두고는 또 며칠이나 지난 것 같나요. 대충이라도."

"한 달 정도? 모르겠어요. 기억 안 나요."

"이름이?"

"현수에요. 강현수."

"그때 상황 좀 이야기해줘요. 도망 안 갈 테니 이 손 놓고."

"어떤 상황이요?"

"처음 이곳에서 정신을 차렸을 때."

"……여름이었어요."

"여름?"

"기억이 가물가물해요. 너무 오래전 일이라서 그런가. 어쨌거나 여름이었어요. 밖은 엄청 더운데 여기는 제법 시원하구나, 그런 생각을 했던 것 같아요."

"여름이면 언제? 2007년 7월? 아니면 2008년 8월?"

틱. 틱. 틱. 틱. 물소리가 끊어질 듯 이어지던 샤워장의 경우와 크게 다르지 않았다. 세상에 처음 날 때 그 의미를 이해하는 이가 한 사람도 없듯 이곳이 어디인지, 어쩌다가 정신을 잃었고 어쩌다가 이런 곳에서 모르는 사람들과 함께 눈을 뜨게 되었으며 목에 매달린 이 금속 벨트는 도대체 무엇인지, 이 상황이 장차 의미하는 바가 무엇인지 알 만한 사람은 없었다.

경기도 연천에서 2년째 개척교회 살림을 해나가는 50대 남성. 전주 모 대학에 재학 중인 남녀 대학생 커플. 회색 승복 하얀 운동화, 파르라니 민 머리 모양이 예쁘던 비구승. 21살 현수를 제외하고 여자 두 명 남자 두 명이었다. 연천 목사님은 진정한 성직자라는 말이 바로 이런 의미로구나 싶을 만큼 여러모로 존경스러운 분이었다. 대학생 커플은 여자가 4학년 졸업반이요 남자가 2학년으로 이른바 연하커플이었는데 외모만 보자면 남자가 미친 거 아닌가 소리가 절로 튀어나올 정도였다. 비구승은 말수 적고 수줍음 많은 30대 여인이었으며, 승복을 입은 지 얼마 되지 않아 보였다. 그리고 현수. 수능 준비에 그다지 열의가 없는 삼수생. 친구도 애인도 장래 계획도 취미도 없이 유일한 소일거리라면 하루 몇 시간씩 PC방에서 죽치는 일뿐인 그는 놀랍게도 키 178㎝에 몸무게 50㎏ 간당간당하는 약골이었다. 세상의 온갖 라면으로 가득한 이곳에서 어느 날 문득 정신을 차릴 즈음까지는 그랬다.

강변에 선 남자

오후 다섯 시 지나자 날이 저물기 시작했다. 11월 말. 이틀째 스산한 영하의 날씨다. 강변을 서행하던 은색 BMW가 멈춰 섰다. 서강대교와 가까운, 양화대교와는 더욱 가까운 선착장이다. 운전석의 사내가 사이드 브레이크를 채우고는 부랴부랴 차 밖으로 뛰어나와 뒷문을 열어준다. 검은 양복 검은 안경, 왜소하지만 단단한 체구의 남자가 차에서 내려선다. 각진 광대뼈에 고집스럽게 다문 입술. 기름을 발라 단정히 빗어 넘긴 머리칼. 칼에 베어 피 흘리는 손가락을 맹렬히 빨던 그 남자다.

　선착장까지는 열네 계단이다. 남자가 앞장서서 걷고 사내가 두어 걸음 뒤를 따랐다. 선착장 끝에 남자가 멈추었다. 어두워지는 강 물살을 물끄러미 내려다본다. 바람이 차갑다. 찰랑찰랑 물소리가 들린다. 물비린내가 흩어진다. 왼손 검지에 두껍게 붕대를 감은 사내가 두어 걸음 뒤에서 그 모습을 지켜본다. 저물녘 강가에 선 남자의 잔등이 알 수 없도록 처절하다.

넉 달 전, 첫날을 생각한다. 남자를 뒷자리에 태우고 이곳 선착장에 찾아왔던 첫 번째 운행을. 저물녘 강가에 선 남자의 뒷모습을 바라보며 사내는 한강과 자살이라는 단어를 떠올리고 말았다. 사업 실패로, 생활고로, 그 밖의 이유로 투신자살을 생각하는 어느 운명들에 대해서. 예고도 없이 훌쩍 사라지고 마는 생명들에 대해서. 주머니칼에 베인 왼손 검지가 다시금 욱신거렸다.

부우우우.

강 저편 어둠에서 하얀 물체가 나타났다. 잔잔한 모터 소리를 길게 끌며 수면 위를 가로지른다. 청색 지붕의 12인승 레저보트다. 선착장 측면에 사뿐 옆구리를 붙이고 선다. 남자가 훌쩍 뛰어 보트에 올랐다.

"다섯 시간 뒤에 차 준비해놔."

어두운 강물 어디쯤을 향해 그렇게 중얼거린다. 사내가 꾸벅 허리 숙였다.

"다녀오십시오."

부우우우. 보트가 물살을 가르며 미끄러진다. 강 건너 어둠 속으로 유유히 사라진다. 수면 위의 불빛이 흐트러지고, 엔진 소리가 더 이상 들리지 않는다. 사내가 허리를 폈다. 잔뜩 웅크렸던 긴장이 조금 풀린다. 11월 강바람이 불었다. 멀리 한강 다리의 불빛이 그제야 눈에 들어왔다.

올드 라면 보이

12평 사무실에 완벽하게 감금된 다섯 사람이 자신들의 가련한 처지를 현실로 받아들이기까지는 그다지 오랜 시간이 걸리지 않았다. 외부와 이어지는 통로는 단 하나 밖으로 굳게 잠긴 철문뿐. 다섯 사람이 부지런히 머리와 몸을 모았지만, 철문은 꿈쩍도 하지 않았다. 가능성이라면 철문 밖에 누군가 찾아와서 자물쇠를 박살내고 빗장을 열어주는 상황 정도일 텐데, 아무리 고함을 지르고 철문을 두드려대고 그 소란을 듣고 찾아오는 사람은 없었다.

언제 어떻게 이 상황을 벗어날 수 있을지 감조차 잡지 못한 채, 그들이 할 유일한 생산적인 작업은 단 하나 라면과 관계된 일이었다. 끊임없이 라면을 고르고 끓이고 먹고 소화시키고 배설하는 일이었다. 더불어 읽고 외우고 꿈꾸는 일이었다. 소맥분(미국산, 호주산), 팜유(말레이시아산), 감자전분, 변성전분, 난각칼슘, 정제염, 야채풍미액, 면류첨가알칼리제(산도 조절제), 야채조미추출물, 복합 조미 간장 분말, 5-리보뉴클레오티드이

나트륨…… 1회 제공량 1봉지(130g), 열량 560kcal, 탄수화물 86g(26%), 단백질 13g(24%), 지방 18g(35%), 콜레스테롤 5*mg*미만, 나트륨 1,790(90%), ( ) 안의 수치는 1일 영양소기준치에 대한 비율임……. 이 제품은 메밀, 땅콩, 고등어, 게, 새우, 토마토, 새우를 사용한 제품과 같은 제조시설에서 제조하고 있습니다. 보관상 주의사항 : 직사광선을 피하고 서늘하고 건조한 곳에 보관하십시오……. 물 550*ml*(3컵 정도)를 끓인 후 면, 양념수프, 건더기수프를 넣고 3분 50초 정도 더 끓인 후 드시면 됩니다. 나트륨(식염) 섭취를 조절하기 위하여 기호에 따라 적정량의 수프를 첨가하여…….

"포장지 뒷면의 글자들이 다 거기서 거기 같지만, 제조사별로 내용과 형식이 다르거든요. 그걸 다 외웠어요. 218가지 라면을, 누가 더 정확히 더 많이 외우나 내기도 하고 그랬죠. 얼마나 열중했는지 나중에는 꿈에까지 나오더라고요."

"무슨 내기를."

"라면 내기요."

"그 사람들 다 어디 갔나요. 라면내기 하던."

"아아. 아아아."

실내에 바글바글 라면 끓는 소리와 냄새가 자욱하게 번지고 있다. 현수의 통통한 얼굴에 다시 슬픔이 차올랐다. 살진 어깨를 흔들며 훌쩍거리기 시작한다. 납치된 지 한 달째가 되어가는 새벽이었다. 잠결에 뭔가 이상한 느낌이 들어 눈을 떴다. 어둠 속에서 놀라운 광경이 벌어지고 있었다. 여자 두 명-졸업반 여대생과 비구승-이 누군가들에 의해 철문 밖으로 끌려가는 중이었다. 모두 네 명이었다. 한 달 동안 굳게 닫혀 있던 철문이 활짝 열려 있었다. 꿈인가 했다.

"좀비?"
"좀비가 아니에요. 하얀 옷에 하얀 신발과 하얀 장갑을 끼고 하얀 가면을 쓴 사람들이었어요."
"하얀 옷 하얀 가면이라."
"하긴 모르겠군요. 좀비가 가면을 썼을 수도."

짧은 순간이었다. 여자들은 마치 약에라도 취한 것 같았다. 도통 저항하는 기색이라곤 없이 힘겹게 부축을 받으며 문밖으로 나서는 모양새였다. 저놈들 잡아라! 현수가 외쳤고 대학생과 부평 목사가 눈을 떴다. 거의 같은 순간 그들이 밖으로 빠져나갔고 철문이 쾅 닫혔으며 다시 철컹 굳게 잠겼다. 남겨진 사람들이 길길이 날뛰었다. 특히나 2살 많은 연인을 눈앞에서 빼앗긴 대학생은 머리에 불이 붙은 사람 같았다. 그러나 한 번 잠긴 철문은 여태 그러했듯 지극히 견고할 뿐이었다.

"그들을 왜, 어디로 끌고 갔을까."
"저한테 물으시는 건가요?"

그날 밤 이후 졸업반 여대생과 비구니는 영영 다시 만날 수 없었다. 대학교 2학년생의 짐승 같은 고함과 욕설 섞인 울음소리가 여러 날 계속되었다. 그 속에 연천 목사의 낭랑한 기도 소리가 종종 이어졌다.

"불행인지 다행인지 그것도 며칠 못 갔어요."
"나머지 두 사람도 끌려간 모양이군요."
"눈치 빠르시네."

후루룩 쩝쩝 입천장 데는 줄도 모르고 요란하게 라면을 퍼먹던 사람들 가운데 한 명, 수형이 Z에게 손짓을 했다.

"아저씨 빨리 와요. 라면 새로 끓이고 있어요."

그로부터 정확히 일주일 뒤였다. 역시나 깊은 새벽. 잠결에 또 눈이 떠졌다. 아니다 그것은 모르는 일이다. 깊은 새벽 아니라 오후 2시쯤 되는 시간이었을지도. 약에 취했는지 잠에 취했는지 축 늘어진 연천 목사와 대학생의 어깨를 부축한 이들이 철문 밖으로 유유히 사라지는 중이었다. 거기 서! 힘겹게 몸을 일으키며 달려갔지만 철컹, 간발에 차로 철문이 닫히고 또한 잠겼다. 창살을 붙들고 선 채 현수가 고래고래 소리쳤다 아니 오열했다. 당신들 누구야! 여기 어디야! 그 사람들 어디로 데려가는 거야! 어서 이 문 열어!

"뭐라던가요."
"대꾸를 안 하더군요."
"……."
"아무 소리도 못 들은 것처럼. 난리를 치는 내가 보이지도 들리지도 않는 것처럼. 그래서 순간 이런 생각이 들었어요."
"어떤 생각?"

"하얀 옷 하얀 가면의 저 사람들, 모두 귀머거리에 장님인가. 아니면 내가 투명인간에 벙어리가 된 건가."

그렇게 혼자가 되었다. 하루가 지나고 이틀이 지났다. 한 달일지 모를 일주일이 지나갔다. 언제 어떻게 이 상황을 벗어날 수 있을지 언제쯤 다른 사람들처럼 끌려가는 신세가 될 것인지 감조차 잡지 못한 채, 유일하게 할 수 있는 생산적인 작업은 역시나 단 하나 라면과 관계된 일이었다. 끊임없이 라면을 골라 집고 끓이고 먹고 소화시키고 배설하는 일이었다. 더불어 (더 이상 함께 라면 내기를 할 동료도 없이) 포장지 뒷면을 읽고 외우고 꿈꾸는 일이었다. 온종일 사무실 바닥을 뒹굴며 배가 고프면 라면을 끓여먹었고 졸음이 쏟아지면 낡은 가죽 소파에 드러누워 잠을 청했으며 잠결에 눈이 떠지면 다시 라면을 끓여 먹었다. 하루에도 몇 번씩 '그 이상한 놈'들이 창살 밖을 서성이다가 사라지곤 했다. 혼자 된 그에게 그것은 적적함을 달래줄 좋은 구경거리였다.

"이상한 놈들이라."

"못 보셨어요? 으어어어 이상한 소리를 내며 어슬렁거리는 놈들. 한두 명이 아니던데."

머리 거죽이 벌겋게 벗겨진 놈. 눈알 하나가 빠진 채 뭔가를(아마도 자신의 눈알을) 질겅거리던 놈. 코를 심하게 물어뜯긴 놈. 피부가 심하게 부패되어 흘러내리는 놈. 대개는 철문 근처를 10여 분가량 서성거리다가 으어어어 게으르게 물러서곤 했다. 어떤 놈들은 창살에 반나절 동안 얼굴을 처박고는 탐욕스러운 눈빛으로 현수를 노려보기도 했다. 소름끼쳤지만 두렵지는 않았다. 꽁

꽁 잠긴 철문이 여간 견고하지 않음을 잘 알고 있었기 때문이었다. B급영화 속에서 막 튀어나온 것 같은 저놈들의 정체는 뭘까. 나도 언젠가 저런 신세가 될까. 아니면 저놈들의 밥이 되고 마는 것 아닐까. 근심 걱정 속에 느느니 라면이었다. 매운 라면. 순한 라면. 면발 굵은 라면. 면발 얇은 라면. 국물 있는 라면. 국물 없는 라면. 쇠고기 맛 라면. 닭고기 맛 라면. 돼지고기 맛 라면. 김치 맛 라면. 해물탕 맛 라면. 고추장 맛 라면. 된장 맛 라면. 간장 맛 라면. 포장지 빨간색 라면. 노란색 라면. 주황색 라면. 까만색 라면. 하얀색 라면. 금색 라면.

온종일 좁은 사무실 안을 뒹굴며 김치도 계란도 가래떡도 파도 없이 하루 다섯 끼씩 한 끼에 세 봉씩 라면을 끓여먹거나 부셔먹었다. 더불어 라면 포장지에 적힌 글자들을 열심히 외우고 '조리 예'의 아름다운 라면 사진을 감상했으며 포장지를 잘 펴서 그것으로 비행기나 학을 접었다. 더불어 이상의 행동들을 꿈속에서 다시 만났다.

"아무래도 저 라면 속에, 라면 아니면 수돗물 속에, 포만감을 억제하는 성분이 들어 있는 모양이에요. 먹어도 먹어도 배가 고프니."

꿀꺽꿀꺽 라면 국물을 들이켜던 수형이 으윽, 미간을 찌푸렸다.

"지겹지 않던가요."
"올드보이의 최민식보다야 낫죠."
"어떤 면에서?"
"짜파게티도 있고 비빔면도 있고 둥지냉면도 있고, 라

면은 종류가 다양하잖아요. 15년 동안 군만두만 먹는 것과는 차원이 다르니까."

선택

"엘리베이터! 엘리베이터!"

겁도 없이 복도로 나섰던 동해가 헐레벌떡 되돌아왔다.

"엘리베이터 움직여요! 빨리 나와 봐요!"

남미 중간보스가, 거의 동시에 Z가 발딱 일어나 문밖으로 달려 나갔다. 이소향과 수형이 뒤를 따랐다. 복도에서 왼편으로 한 번 꺾이고 잠시 뒤 오른편으로 꺾어져서 열일곱 걸음. 엘리베이터 앞에 다다랐다. 과연 불이 켜져 있다. 아까와 달리 층수를 표시하는 창에 B2라는 불이 선명히 들어왔다.

"이게 움직인다고?"
"방금 전에는 그랬어요. 볼래요?"

동해가 주저 없이 ↑ 버튼을 눌렀다. 그러자 위잉, 육중한 기계음이 이어졌다. 지옥의 밑바닥에서 시작되듯 아득한 모터 소리다. B2이던 글자가 이내 B3로 바뀌었다. 이어 엘리베이터 문이 철컹, 열리며 내부를 드러냈다. 텅 비어 있다. 화물용인 듯 무척 넓다. 연초록 페인트로 도색된 내부는 70년 전에 만들어진 모습 그대로다.

"오오! 오오오!"

러닝셔츠 밖으로 축 늘어진 가슴과 아랫배를 출렁거리며 현수가 달려왔다. 엘리베이터를 가리키며 뭐라 말하려는데, 씨근덕씨근덕 숨이 차서 그게 쉽지 않다. 철문 밖 세상에 나선 것도 살아 있는 엘리베이터를 구경하는 것도 얼마만의 일인지 모른다. 사람들을 감동시킨 엘리베이터가 스르륵, 수줍게 문을 닫았다. 깜짝 놀란 이소향이 다급하게, 한 번 가면 다시 못 만날 물건을 붙들듯, ↑ 버튼을 눌렀다. 닫히던 엘리베이터 문이 다시 덜컹 열렸다.

"……이제 어떻게 해요?"

수형이 나직이 속삭였다. 눈앞에 엘리베이터가 환히 열려 있다. 한없이 좁고 긴 복도의 외부로 연결되는 거의 유일한 통로다. 그렇다면 이제 어떻게 할 것인가. 사람들의 얼굴이 복잡해졌다.

"안 타나요?"

질문은 아니다. 재촉은 더더욱 아니다.

"어떤 일이 벌어질지 몰라. 지금보다 더 감당하기 힘든 상황을 만날 수도 있고."

Z가 숨을 들이마셨다.

"하지만, 결국은 피할 수 없는 일이겠지."
"저는 이게 제일 걱정이에요."

동해가 목에 단단하게 매인 금속 벨트를 톡톡 두드렸다.

"정해진 지역에서 벗어나면 자동으로 폭발한다든지, 칼날이 튀어나와 동맥을 끊어놓는다든지."
"에구머니 끔찍해라."

이소향이 입술을 일그러뜨렸다.

"한 사람이 대표로 다른 층에 다녀오면 어떨까요. 감당하기 힘든 상황이 있을지 없을지, 칼날이 튀어나올지 어쩔지."
"제비를 뽑자고?"
"내가 갈게요."

현수가 손을 쳐들었다. 자못 비장한 얼굴이다.

"여기서 벗어날 수만 있다면 뭐든 좋아요. 죽어도 좋아요. 라면이라면 죽을 만큼 먹었으니까."

남미 중간보스가 으르렁거렸다.

"뭐 그렇게 복잡해? 무서운 사람들은 여기 남아. 난 모가지가 잘리건 말건 여기서 나갈 거야."

그리고는 크게 입 벌린 엘리베이터 안으로 성큼 들어선다. 남은 사람들이 서로의 눈치를 살폈다. 흐읍. 크게 숨을 들이마신 현수가 뒤를 따랐다.

"인생은 선택이야."

Z가 교복 입은 아이들을 바라보았다.

"문제라면 뭔가 선택하는 순간, 우리들 대부분 알지 못한다는 점이지. 선택의 결과가 어떠할 것인지. 지금보다 나을지 그 반대일지."

"……"

"강요 안 해. 내키지 않으면 여기 남아. 사정이 허락하면 데리러 올게. 장담은 못 하지만."

"……아저씨가 엘리베이터를 선택하는 이유는 무엇인가요. 결과도 모르면서."

수형이 묻고 Z가 대답했다.

"내 선택이 옳은 것인지 아닌지, 그래야 확인할 수 있거든."

가쓰란

1932년 5월. 경성 시내. 일본식 목조 가옥이다. 뜰의 연못에 오후 햇살 비스듬히 드러누웠다. 평화로운 오후 시간이다.

> 강남달이 밝아서 님이 놀든 곳
> 구름 속 그에 얼굴 가리워졌네
> 물망초 핀 언덕에 외로이 서서
> 물에 뜬 이 한밤을 홀로 새우나

가수 윤주선의 노랫소리가 방 안에 나직하게 흐르고 있다. 4분의 3박자. 높고 청아한 목소리가 경쾌한 왈츠 리듬에 가볍게 어우러진다.

> 강남에 달이 지면 외로운 신세
> 부평의 잎사귀에 벌레가 우네

차라리 이 몸은 잠들리로다
님이 절로 오시어서 깨울 때까지

책상에 앉은 활란, 또는 가쓰란이 흥얼흥얼 노래를 따라 부른다. 방안에는 그녀 혼자뿐이다. 소리 없이 눈물 한줄기가 주르륵, 그녀의 뺨을 타고 흐른다. 처량하기 그지없는 노래가사 때문인지 모른다. 창밖으로 내려다보이는 정원의 우아한 고요 때문인지도 모른다. 〈낙화유수〉가 끝났지만 유성기는 멈출 줄을 모른다. 뱅글뱅글 맴돌며 치직치직 잡음을 뱉어내고 있다. 소매로 눈가를 훔친 활란이 유성기 쪽으로 갔다. 사운드박스를 들어 제자리로 옮겨놓는다. 잡음과 움직임이 이내 멈춘다.

간만에 맛보는 일상의 평화로움.

이게 얼마만의 일인가.

불과 얼마 전만 해도, 활란의 일상은 지긋지긋한 불안과 고통의 연속에 다름아니었다. 하루 수차례, 시도 때도 없이 엄습해오던 어지럼증. 머리 구석을 송곳으로 콕콕 찌르고 망치로 땅땅 때리는 것 같은 두통. 머리를 반으로 짜개고 그 안의 것을 수박 속 긁어내듯 하는 메스꺼움. 열여섯 살 꽃 같고 나비 같아야 할 활란의 일상을 송두리째 쥐고 흔들던 예의 증세가 온데간데없이 사라진 것이다. 오늘로써 일주일째다. 속이 통째로 뒤집히는 구토증도, 책을 읽거나 수업을 들을 때 갑자기 눈앞이 침침해지고 좌우 시야가 좁아지는 갑갑함도 이제 더 이상 그녀를 괴롭히지 않았다. 거짓말 같은 일이었다. 아버지의 말씀처럼 '머릿속에 자리 잡은 혹'이 그만큼 작아진 탓인지 모른다.

그러나 활란은 즐겁지 않았다. 지난 2년, 자신과 주변 사람들에게 상상 못 할 불안과 고통을 선사해온 병세가 눈에 띄게 회복되어가고 있건만 조금도 행복하지 않았다. 도리어 서글펐다. 도리어 괴로웠다. 도리어 환멸스러웠다. 도리어 참담했다. 역설적이게도, 지긋지긋한 두통 증세를 기적처럼 다스려주었던 탕약 때문이었다. 양의사인 아버지가 손수 달여 주시던 한약. 한 모금 들이키면 온 입안에 잉엇국처럼 비릿한 흙냄새가 진동하던. 그 주성분이 무엇인지, 황귀 오가피 감초 등과 더불어 병원 뒤뜰에서 온종일 달여지던 재료가 무엇인지, 오늘 확실하게 눈치챈 것이다.

역겹다는 느낌을 넘어서 다만 눈앞이 캄캄했다. 다만 서글펐다. 다만 괴로웠다. 다만 환멸스러웠다. 다만 참담했다. 병든 딸을 위해 그런 선택을 했던 아버지의 사랑이 아팠다. 그런 식으로 고통을 다스리며 살아가야 하는 자기 자신이 또한 아팠다. 죽고 싶었다. 죽으면 끝날까. 죽음으로서 이 구역질 나는 현재를 영원한 공(空)의 나락으로 돌릴 수 있을 것인가.

"가쓰란."

문밖에 누군가 있다. 활란을 부른다.

"가쓰란. 방에 있니?"

활란이 문을 열었다. 마당 한가운데, 옥윤 아줌마가 두 손을 모아 쥐고 섰다. 온화하게 미소 짓는다.

"뭐 하고 있었니? 원장님이 부르신다."

아줌마는 늘 아버지를 원장님이라고 부르신다. 병원에서의 호칭 그대로다. 활란이 방을 나섰다. 뜰에 핀 보라색 꽃이 오후 햇살에 유리알처럼 반짝이고 있다. 눈부신 날이네. 그래서 더 울적해지는걸. 활란이 그렇게 중얼거린다.

여기 아무도 없어요?

엘리베이터 계기판은 단순하다. 열림, 닫힘, 그리고 B3, B2, B1 버튼뿐. 말하자면 지하 1, 2, 3층을 오가는 엘리베이터다. 게다가 B1 버튼은 작동하지 않는다. B2 버튼만이 눌렸을 때 발갛게 불이 들어온다. 문이 닫히고, 바닥이 천천히 움직이기 시작한다. 지하 3층에서 지하 2층으로 향하는 시간이 지나치게 더디 흐른다.

"와아."

엘리베이터 밖으로 나온 사람들이 나직이 탄성했다. 지하 2층. 넓고 환하다. 좁고 어둡고 정육점과 시체공시소 냄새 가득하던 복도와는 많이 다르다.

대형마트다. 밝고 쾌적하고 넓다. 상상도 못 한 상황이다. 각종 식재료부터 즉석식품까지. 소주 맥주 양주 막걸리 등 주류부터 분유와 이유식 깡통까지. 사기그릇과 놋쇠냄비와 프라이팬과 앞치마 등 부엌용품까지. 양복과 티셔츠와 등산복과 속옷과 구두까지. 생리대부터 치약과 샴푸와 방향제와 콘돔까지. TV와 김치냉장고와 세탁기와 진공청소기와 노트북까지. 식탁과 꽃병과 침대보와 베개쿠션까지. 장난감과 학용품과 사무용품과 가정용 공구까지. 상품이라 이름 붙일 만한 물건이라면 없는 게 없을 것 같다. 다만 사람이 없다. 카트를 밀며 매장 사이를 거니는 고객도, 단정하게 유니폼 입고 열심히 상품 정리하는 직원들도 없다. 축구장만큼 넓은 마트 안에 사람이라곤 그들뿐이었다.

"계세요?"

Z가 크게 외쳤다.

"여기 누구 없어요?"

모두 어디 갔을까. 영업시간이 종료되어 손님도 직원들도 모두 떠난 것일까. 대법원이 결정한 의무휴무일일까. 그런 것 같지 않다. 온기라고는 느껴지지 않는다. 어딘지 모르게 삭막하다. 손에 가득 잡힐 듯 황폐하다. 70년 전 마트가 생겨난 뒤 지금까지 단 한 명의 사람도 찾지 않은 것 같다. 핵전쟁에 대비한 지하벙커 같다. 멸망한 세상 속 건물 풍경 같다.

"어서 나갈 길을 찾아보자고. 에스컬레이터라든지. 비상계단이라든지. 아니면 환풍구라든지."

수형이 나섰다.

"그전에요, 먼저 뭐 좀 챙겼으면 좋겠어요."
"뭘 챙겨."
"3일 동안 집에 못 들어갔어요. 필요한 게 얼마나 많겠어요."
"도둑질을 하자고?"
"우리도 살아야죠. 이런 기회가 또 언제 찾아올지 모르는데."
"……나쁜 생각은 아니군."
"10분 줄게요. 10분 후에 다시 모입시다."

Z가 지시했고 수형이 펄쩍 뛰었다.

"말도 안 돼. 2시간 주세요."
"쇼핑이라도 온 줄 알아?"
"아무리 그래도 10분이라니. 뭘 몰라도 너무 모르시네."

사람들이 넓은 매장 사이로 열목어 새끼들처럼 흩어졌다. 가장 먼저 음료수 코너로 달려간 동해가 1.5리터 콜라를 따서 벌컥벌컥 들이켰다. 냄비 가득 퍼먹고 퍼마신 라면 때문에 아까부터 무척 목이 말랐다. 뒤뚱뒤뚱 쫓아온 현수가 거의 비명을 질렀다.

"오 마이 갓뜨! 그동안 내가 제일 먹고 싶었던 게 뭔지 알아?"

수형은 가전제품 매장으로 가서 핸드폰 충전기와 콘센트, 모바일 라우터 등을 열심히 찾았으며 이수향은 의류매장 깊이 숨어

들어서 젖고 냄새나는 블라우스와 면바지를 편한 트레이닝복으로 갈아입었다. 며칠 된 속옷까지 벗어버리고 싶은 마음이 간절했지만, 꾹 참았다. 남미 중간보스는 가정용 공구와 스포츠용품 코너를 서성거리며 무기 될 만한 것을 열심히 찾았다. Z만이 처음 그 자리에 서서 휑한 실내를 한차례 둘러보았다. 먼지 가득한 샤워장. 좁고 어둡고 냄새나는 복도. 그리고는 사람 없는 쇼핑센터. 여전히 이해할 수 없다. 이해 못 할 상황의 연속이다. 이것이 우연이 아니라면, 누군가 사전에 준비해둔 설정이라면, 상황은 처음부터 피할 수 없었다고 해야 옳다. 선택에 의한 결과가 아니라 사전에 선택된 결과. 그렇다면 위기다. 알 수 없는 위기다. 알 수 없기에 더욱 위기다. 눈앞에 번득 스쳐 가는 뭔가가 있다. 붉다. 붉은색. 붉은 선혈의 강렬함. 불길하다. 불쾌하다. 뜻하지 않는 어느 순간, 멀지 않은 미래를 문득 마주 보게 되는 Z의 능력은 대체로 재앙과 같다. 그로 인해 위태로운 생명을 아슬아슬 구했던 때도 없지 않지만, 대부분의 경우 절대다수 속 끔찍한 고독을 홀로 감당해야 하는 저주에 다름 아니다. 미래를 언뜻 스쳐볼 뿐 바꿀 수 있는 힘은 주어지지 않았기에 더욱 그러하다.

"엄마야!"

의류매장 쪽이다. 새 양말을 갈아 신던 이소향이 질겁해 비명을 지른다. 좀비다. 모두 셋이다. 먼저 특가세일 부인복을 쌓아놓은 매대 쪽에서 두 명이 나타났다. 청바지 입은 청년은 찢어진 청바지 밖으로 허벅지 살점이 너덜너덜 늘어지고 뼈가 허옇게 드러났다. 노란 실크드레스의 파마머리 여인은 아랫입술부터 턱 부위까지가 거의 다 뜯겨나갔다. 둘 모두 샤워실의 녹색 후드티 청년처럼 어기적어기적 술 취한 걸음걸이들이다. 노란 실크드레스 여인은 특히나 지켜보기가 민망할 정도로 기우뚱거린다. 한쪽 발에만 하이힐을 신고 있기 때문이다. 그들로부터 도망치려던 이소향이 재차 비명을 지른다.

"사람 살려!"

부엌용품 코너에서 나타난 또 한 명의 좀비가 그녀 향해 두 팔을 활짝 쳐들고 있다. 우어어어. 누더기 양복을 입고 알 깨진 금테 안경을 낀 중년 사내다. 입가에 허연 거품이 말라붙고 눈 밑이 퀭하게 타들어 갔다. 세 명의 좀비가 이소향의 앞과 뒤에서 다가온다. 가장 먼저 청년 좀비가 팔을 길게 뻗어 그녀의 어깨를 잡았다. 치아가 삐죽 빼죽 엉망으로 깨진 입을 크게 벌린다. 카아아아. 끔찍한 악취가 쏟아진다.

상품 가득한 매장 사이를 옥수수 숲처럼 가로지르며 누군가 달려들었다. 남미 중간보스다. 대검처럼 양손에 세워 쥔 알루미늄배트를 힘차게 휘두른다. 큰 키와 굵은 팔뚝에서 나오는 호쾌한 스윙이다. 깡! 안면에 제대로 배트를 얻어맞은 청년 좀비가 삐걱, 고개를 꺾으며 주저앉았다. 다급하게 쫓아온 Z가 몸을 날렸다. 강력한 뛰어 옆차기가 노란 실크드레스 여인의 가슴팍에 작렬한다. 겨울 신상품 카디건을 걸친 마네킹과 '50% 세일' 광고판을 넘어뜨리며 여인이 우당탕탕 쓰러져 나뒹군다. 지체 없이 여인에게 달려드는 Z의 손에, 부엌용품 코너에서 집어온 주방 가위가 쥐어져 있다. 가윗날을 여인의 미간 한가운데 힘차게 꽂아 박는다. 카악! 뒤엉킨 옷가지 속에서 허우적거리던 그녀가 눈을 크게 뜬 채 털벅, 고개를 떨어뜨린다. 남미 중간보스가 다시 힘차게 알루미늄배트를 휘둘렀다. 깡! 재차 머리통을 얻어맞은 청년이 털썩 무릎을 꿇었다. 그 몸 위로 사정없는 방망이질이 두 번 세 번 이어졌다. 퍽! 퍽! 꿈틀꿈틀 살아 움직이는 장작을 패는 것 같다.

"꺄악!"

얼음기둥처럼 굳어 있던 이소향이 다시 찢어지게 비명 질렀다. 입가에 허연 거품이 말라붙은 누더기 양복 사내가 이소향을 끌어안았다. 크어억. 목덜미를 순식간에 한입 가득 물어뜯는다. 남미 중간보스가 부리나케 다가갔다. 그러나 차마 피 묻은 배트를 휘두르지 못한다. 두 남녀가 너무 밀착해 있기 때문이다. 대신 사내의 머리끄덩이를 거세게 잡아당겼다. 꿈쩍도 하지 않는다. 다시 있는 힘껏 잡아당겼다. 뒷머리채 한 줌이 뿌드득, 상한 잔디처럼 뽑혔다.

"비켜요."

Z가 달려들었다. 빨강 손잡이 주방 가위를 중년 사내의 뒤통수에 콱 꽂아 박는다. 커어어. 이소향의 살점을 모질게 물어뜯던 입이 그제야 떡 벌어진다. 입을 떡 벌린 채, 뒤통수에 손을 가져가려 한다. 그러려고 애쓰며 뱅글뱅글 제자리를 맴돈다. 이소향이 목덜미를 잡으며 주저앉았다. 손가락 사이로 팥죽 같은 피가 꿀럭꿀럭 새 나오고 있다. 수형이 달려와 그녀를 안았다. 현수가 씨근덕씨근덕 다가왔다.

"모, 목사님!"

뒤통수에 꽂힌 가위 손잡이를 잡지 못해 헤매는 좀비를 향해 외친다.

"아는 작자야?"
"그분이에요. 연천 목사님."
"아하."
"기도해야 한다고, 이 순간을 이겨내려면 쉬지 말고 기도해야 한다고 하시던 분인데. 아이고 목사님, 어쩌다가……."
"어서 주님 곁으로 보내드려야겠군."

Z가 셀로판 포장을 뜯고 새 가위를 꺼내 든다. 이번에는 노란색 손잡이다. 두 손으로 쳐든 가윗날을 중년 사내의 정수리 깊이 꽂아 박았다. 크어어. 사악한 욕망으로 이글거리던 사내의 얼굴에서 예의 표정이 천천히 사라져 간다. 그 커다란 몸집이, 철거 위해 막 폭파된 건물처럼, 기우뚱 중심을 잃는다. 털썩. 요란한 소리를 내며 쓰러진다.

실종신고

경찰서에서 나온 두 사람이 횡단보도 앞에 멈춰 선다. 남자가 여자의 어깨를 안았다. 바람 심한 날이다. 며칠 사이에 겨울이 성큼 다가왔다. 어제는 강원도에서 눈 소식이 들려왔다. 11월 같지 않은 폭설이었다. 윈도우 7이 출시되고 신종플루 사망자가 18명으로 늘었다. 인천대교가 완공되고 원더걸스의 〈Nobody〉가 빌보드차트 76위에 올랐다. 2009년 11월 28일. 토요일 정오.

"괜찮아?"
"응."
"배고프지?"
"조금."
"밥 먹고 들어가자."
"좋아."

여자가 버릇처럼 자신의 배에 손을 가져갔다. 산달을 두 달 앞둔 배가 팽팽하게 긴장해 있다.

"뭐 먹을래."
"아무거나."
"쌀국수 좋아하잖아. 그 집 갈까."
"거기 비싸잖아."
"비싸기는."

남자가 외투 주머니에 손을 집어넣는다. 손가락 끝에 뭔가 만져진다. 꺼내보니 사진 한 장이다. 경찰서에 비슷한 것을 한 장 맡기고 남은, 아버지 사진이다. 낙조가 유명하다는 서해 궁평항에서 혼자 찍은 사진. 흐린 날이라 낙조는 만날 길 없는 오후였고 바닷바람이 거센지 반백의 머리칼이 잔뜩 헝클어져 있었다. 여자가 고개 들어 남자의 손에 들린 사진을 바라본다. 지금보다 10년은 젊은 시아버지의 모습이다.

"괜찮으실 거야."
"……."
"경찰 아저씨도 그랬잖아. 너무 걱정하지 않아도 좋다고."
"……."
"내 말 듣고 있는 거야?"
"응."

짧게 대답한 남자가 다시 팔을 들어 여자의 어깨를 안는다.

아버지 실종신고를 하고 오는 길이다. 오늘로 닷새째다. 여태 전화통화 한 차례 되지 않았다. 집 말고 어디 가 있으실 만한 데야 있을 수도 있고 없을 수도 있다. 여태 이런 적이 단 한 번도 없었기에 문제다. 닷새 전 운행했던 차량이 강북구 삼양동 어느 아파트 단지 주차장에서 발견되었다. 그저께 오전 10시의 일이었다. 경찰은 택시 강도의 가능성을 일축했다. 차 안에 현금 14만 5천7백 원이 고스란히 남아 있다는 이유였다. 낯선 동네의 낯선 아파트단지 지하 주차장에 차를 버려둔 아버지가 돌연 어디로 사라진 것인지, 왜 그래야 했던 것인지의 문제는 유일한 식구인 아들 내외에게 고스란히 남겨졌다.

"우울증 같은 거 있으셨나요."

실종신고를 접수받던 이가 그렇게 물었을 때 아들도 그의 아내도 선뜻 대답 못 했다. 질문 아니라 공격을 받는 기분이었다. 56세. 아직은 몸도 마음도 청년 못지않게 건강한 아버지였다. 5년 전 어머니가 위암으로 세상 떠난 뒤 종일 혼자 운전하는 게 싫다며 평생 몰던 트럭을 버리고 택시 운전을 시작한, 하루 16시간을 운행하면서도 지친 모습 한 번 보인 적이 없던 분이었다. 그런 아버지가 우울증이라? 그랬던가?

"대한민국이요, 실종 공화국이에요. 18세 미만 미성년자는 시간당 3명, 성인은 5.3명이 실종이나 가출로 신고 되는 나라라고요. 미성년자 71명과 성인 127명이 매일같이 집 나가고 사라진다 이거지요. 특히 50~70대 중장년층 실종사건이 매년 1천 명씩 늘어나는 추세고. 뭔 말인지 아시겠어요? 경찰이라는 사람이 할 말은 아닙니다만 나나 내 가족이나 어느 날 갑자기 없어지지 않고 매일 있어야 할 자리에 붙어만 있어 주면 그것에 감사하며 살아가야 할 나라라 이거지요. 뭔 말인지 아시겠어요?"

계장이라는 남자의 이야기를 들으며 만삭의 어린 임산부는 내내 시아버지를 떠올리지 않을 수 없었다. 그 우락부락한 얼굴 표정과 거친 말투가 시아버지의 그것을 똑 닮아 있었던 것이다. 천성적으로 입이 거칠어서 종종 오해도 받지만 정이 깊은 분. 쉬는 날이면 인천으로 바다낚시를 떠나는 게 유일한 취미로, 종종 먹을 만한 생선들을 잡아오지 못하는 날이면 수산시장에서 횟감을 떠오시곤 하던.

"하지만 우리 아버님은 그러실 만한 이유가 전혀……."

검은 얼굴 노란 눈알의 계장이 말을 끊었다.

"그래서 결론이 무엇이냐, 너무 걱정하실 필요 없다 이겁니다. 뭔 말인지 아시겠어요? 늘 곁에 있던 사람이 며칠 안 보인다 해서 난리나 난 듯 호들갑 떨 필요 없다는 이야기지요. 세상에 실종의 경우들이라는 게 세상 사람들 숫자만큼이나 다양하거든요. 돌아올 사람은 그새 집을 옮기고 방을 빼도 알아서 찾아오게 되어 있어요. 돌아오지 않을 사람은 집안에 붙어 있어도 이미 집안사람 아니라고 보면 되고요. 그러니 너무 걱정 말고 일단 기다려보시라는 겁니다. 뭔 말인지 아시겠어요?"

갑자기 무슨 일이 생긴 것일까. 아니면 이미 오래전부터, 차마 아들 며느리에게 밝힐 수 없는 어떤 곤란하거나 절절한 사연이 아버지에게 있었던 것일까. 가족이라 봐야 아직 태어나지 않은 아기를 제외하고 세 식구. 21평 좁아터진 빌라에서 함께 살면서 하루 중 가족 모두가 함께 모이는 시간은 손에 꼽기도 힘들었다. 그에 대해 무엇을 알고 무엇을 알지 못했을까. 무엇을 안다고 믿었을까. 나한테 놀랐어. 평생을 함께 산 아버지에 대해 아는 게 이렇게 없다니. 어젯밤, 실종신고를 하기로 결정한 남편은 그렇게 중얼거렸다.

"오늘 정말 회사 안 가 봐도 돼?"

파란 불이 들어왔다. 우르르 움직이는 행인들을 뒤따라 젊은 부부가 총총 길을 건넜다.

"응, 상관없어."
"아, 쌀쌀하네."
"……."
"집에 갔을 때, 아버님이 딱 와 계셨으면 좋겠다. 너희 어디 갔다 오니? 그렇게 태연하게 물으시면서 말이야."
"……그러게."

다시 바람이 불었다. 겨울을 부르는 바람이었다.

총소리

수형의 무릎을 베고 누운 이소향이 창백해진 입술을 달싹였다. 피를 너무 많이 흘렸다. 머리를 부축하고 앉은 수형의 교복 치마에도 피가 잔뜩 젖어 있다. Z가 다가가 상처를 살폈다. 경동맥을 다친 것 같다. 금속 벨트 아래 드러난 맨살을 야무지게 뜯겼다. 불과 10분 전 눈앞을 스쳐 갔던 색채의 강렬함이 다시금 떠오른다. 텅 빈 마트에 서서 휑한 실내를 둘러보던 즈음, 눈앞에 번득 스쳐 갔던 그 붉은 색. 빌어먹을. 가슴이 답답하도록 불길하더라니.

"여기를 눌러. 아주 세게."

수형의 손을 잡아끌고는 상처 부위에 가져가 댔다. 그리고 이소향을 향해 고개를 끄덕였다.

"상처가 매우 깊어요. 내 말 알아듣겠어요?"

가만히 눈을 깜빡인다. 겁에 질린 것 같지는 않다. 대체로 평온한 얼굴이다.

"조금만 참아요. 지혈할 것을 찾아올게요."

"도, 동해……."

울상이 된 수형이 왼손바닥으로 이소향의 상처를 열심히 누르고 있다. 손가락 사이로 피가 끊임없이 번져 나오는 중이다. 동해가 그녀 곁에 다가와 앉았다.

"나, 죽으면, ……좀비로 변하니?"

동해가 머뭇거렸다.

"죽지 않을 거예요."

"죽으면 말이야. 만약에 죽으면."

"……몰라요."

숨을 크게 들이마신다.

"확실한 건 나도 몰라요. 가능성이 얼마나 될지."

다시 돌아온 Z의 양손에 신문지를 태우고 남은 재가 한가득이다. 수형의 손을 치우게 하고는 상처 위에 재를 뿌린다. 윽. 이소향이 허리를 틀었다.

"피가 멎는 데 도움이 될 겁니다."

Z가 중얼거렸다. 하지만 이건 정답이 아니다. 적절한 응급 처치라고 할 수도 없다. 다만 이 상황에서, 달리해줄 것이 없을 따름이다.

"약속해줘."

이소향이 더듬더듬 동해의 손을 찾았다.

"나 죽으면 초, 총을 쏴줘. ……좀비로 변하지 않게."
"……."
"약속…… 할……."

말을 끝내 잇지 못한다. 가만히 눈을 감는다. 침묵이 이어졌다. 현수가 뺨을 타고 턱으로 흐르는 땀을 닦아냈다. 동해가 잡힌 손을 조심히 빼낸다. 수형이 소리 없이 어깨를 떨었다. 무섭게 번지던 피의 흐름이 조금은 잦아든 것 같다.

"쇼핑 두 번만 했다간 아주 모가지가 남아나지 않겠군."

땡강. 남미 중간보스가 손에 든 알루미늄배트를 바닥에 내던졌다.

"밖으로 나가는 길은 아예 없는 거야? 이런 빌어먹을."

여기저기 처참하게 죽어 나자빠진 몸뚱어리들을, 살아남은 사람들이 망연히 돌아다본다. 동해가 엄지와 중지를 안경 사이에 집어넣고 눈과 눈 사이를 꾹꾹 눌렀다. 후우우우. 길고 깊은 한숨을, 고된 야근에 지친 회사원처럼, 뱉어낸다. 심각하다. 뭔가 심각한 얼굴이다. 이윽고 고개 들어 Z를 바라본다.

"아저씨."
"……."
"쏴주세요."
"……."

수형이 토할 듯 입술을 일그러뜨렸다.

"맙소사. 꼭 그래야 해?"
"어쩔 수 없어 누나."

동해는 단호하다.

"어서요 아저씨. 빨리 끝내야 해요."

선혈 낭자한 매장 바닥에 이소향이 길게 드러누웠다. 생명 끊인 온기는 빠르게 식어갔지만 아직은 산 사람에 더 가까운 얼굴이다. 목덜미의 끔찍한 상처만 제외한다면 말이다. 이 죽은 몸이 다시 움직일 것인가. 다시 눈을 뜨고 사람들 향해 으어어어, 흉포한 이를 드러낼 것인가.

"조금만 기다려보면 어떨까. 좀비로 변하지 않을 수도

있다며. 가능성은 여러 가지라며."

현수가 껴들었다.

"내 말은, 이미 죽은 사람이잖아. 좀비로 변하면, 그때 죽이면 되지 않느냐 이거지."

"맞아. 어차피 죽은 사람이지. 가능성도 여러 가지고."

동해가 아랫입술을 잘근 깨물었다.

"하지만 형은 몰라. 아줌마가 왜 나랑 약속을 하려고 했는지. 무엇을 두려워했던 것인지."

다시 Z를 바라보았다. 그 눈빛이 턱없이 진지하다. 잠시 생각에 잠겼던 Z가 리볼버 38구경을 내밀었다.

"받아."

곁에 선 수형이 더 놀란다. 동해가 얼떨결에 총을 받아든다.

"조심해. 장전됐어."

Z가 말했다.

"이것도 공부야. 약속은 당사자가 직접 지켜야지."

고이 눈 감은 이소향의 주검을 동해가 물끄러미 내려다본다. 깊이 잠든 사람 같다. 그래, 죽는다는 것은 잠드는 것, 다만 그뿐이야. 잠이 들면 가슴 속의 온갖 번민과 육체의 고통을 끝낼 수 있지. 죽음은 잠드는 것. 하여 잠이 들면 어떠한 꿈을 꾸게 되리라. 그게 걸리는군. 죽음 속에서 잠이 들 때, 세상 번민과 고통에서 겨우 벗어났을 때, 과연 어떤 꿈이 찾아들 것인가. 그렇다면 아줌마, 지금 무슨 꿈을 꾸고 있나요.

"뭐해. 빨리 끝내야 한다며."

Z가 재촉했다. 크험. 남미 행동대장이 저편 가전매장 쪽으로 시선을 돌린다. 동해가 권총을 들어 올렸다. 심장이 두근거릴 정도로 묵직한 감촉이 손안에 가득 찬다. 총구가 조금 떨렸다. 수형이 눈을 감았다.

탕!

왼쪽 눈썹 바로 위에 총을 맞은 이소향의 상체가 움찔했다. 그러나 물리적인 반응이다. 다시 살아난 것은 아니다. 매캐한 화약 냄새. 후우우. 현수가 긴 한숨을 뱉어냈다.

남자 화장실

지하 2층 쇼핑센터. 엘리베이터는 다시 작동을 멈추었다. 에스컬레이터나 비상계단은 결국 찾을 수 없었다. 직원용 컴퓨터는 인터넷이 연결되지 않았으며 구내전화는 끊겼고 핸드폰은 충전을 했지만, 여전히 먹통이었다. 거의 모든 상황이 핵전쟁 이후 멸망한 세상 속 같았다.

샤워장에서 정신을 차린 지 32시간째. 사람들이 지쳐갔다. 일단은 쉬어야 했다. 그러고서야 엘리베이터 지붕을 뜯던지 환풍구 통로를 벌레처럼 기어들 용기를 낼 수 있을 터였다.

푸드코트 안쪽에 바리게이트를 쳤다. 서너 사람이 드러누울 공간을 확보한 다음 책상과 침대받침과 냉장고 등을 켜켜 쌓아올렸다. 부탄가스, 헤어드라이어, 배드민턴라켓, 선풍기, 프라이팬, 캠핑랜턴, 변기 커버, 고무줄, 플라스틱 대야, 물티슈, 쿠킹호일, 좀약, 스킨로션 등을 한데 모아 몇 종류의 사제무기들을 만들었다. 세상 어떤 물건이건 그로부터 절절한 시(詩) 한 편이 탄생할 수 있다. 요는 그 물건이 시인의 가슴에 얼마나 가 닿았느냐의 문제다. 더불어 세상 어떤 물건이건 그로부터 치명적인 살인 무기가 만들어질 수 있다. 요는 예의 물건을 접한 이가 죽고 죽이는 상황에 얼마나 절실한가의 문제였다.

종이박스와 담요를 바닥에 깔고 사람들이 드러누웠다. 죽음 같은 피로가 살갗을 파고들었다. 다섯 사람이 한 시간씩 번갈아 경계 근무를 서도록 했다. 모든 것이 불편하고 불안하며 불완전했다. 지저분한 샤워장에서 정신을 차리던 때에 비교해 궁극적으로 달라진 게 요만큼도 없는 상황이었다. 충분한 식량과 생수가 준비되어 있다는 점만이 그나마 위안이었다.

남자 화장실에 불이 켜져 있다. 거가 누군가 있다. 세면대 앞에 혼자 서 있다. Z다. 수돗물을 틀고 상의를 벗는다. 푸푸 소리 내어 세수를 한다. 목덜미와 어깨와 겨드랑이도 철벅 철벅 물을 적셔 닦는다. 이어 물을 잠갔다. 화장실 안이 일순 조용해진다. 세면대 난간에 손을 짚고 거울을 바라본다. 군살 없이 단단한 상체에 잔 근육들이 나무줄기처럼 도드라졌다. 그리고 흉터. 잔등과 가슴에, 아랫배와 옆구리에 수없이 남겨진 피의 흔적들. 주먹을 쥐었다. 거울 저편 남자를 향해 천천히 팔을 뻗는다. 거울 저편 남자가 반대편 주먹을 쥐고 이편을 향해 똑같이 팔을 뻗는다. 차돌처럼 억센 두 주먹이 거울의 이쪽과 저쪽 사이 어디쯤에서 소리 없이 마주 부딪친다.

무심한 듯 침울한 얼굴. 절망스럽도록 깊고 어두운 눈동자. 그래, 바로 이게 내 모습이야. 세상이 나를 부르는 흔한 이름. 전설. 내가 알거나 알지 못하는 사람들이 멀리서 내 이름을 입에 올릴 때, 그들을 내심 들뜨게 하는 두려움이거나 자부심의 무게를 알고 있지. 남자 아니라 여자라는 이야기. 나이가 엄청나게 많다는 이야기. 평생 두 눈을 다 감고 잠잔 적이 없다는 이야기. 자맥질을 20분 넘게 한다는 이야기. 사실과 얼추 비슷하거나 전혀 그렇지 않은 일화들에 대해서도.

나는 여섯 살 때부터 자연을 그리기 시작했다. 화가가 되어 쉰 살에 명성을 얻었지만, 일흔 살 전에 했던 모든 작업은 쓸모없는 짓이었다. 일흔세 살에야 날짐승과 들짐승, 벌레와 물고기의 구조를 파악했고 식물이 자라는 이치를 이해했다. 계속 노력하면 여든여섯 살에는 그런 것들을 더 완벽하게 파악할 것이고, 아흔 살에는 자연의 핵심을 꿰뚫을 것이고, 백 살에는 신묘하게 통찰하며, 백서른 살이나 백마흔 살에는 내가 그린 점 하나 획 하나가 살아 움직이는 경지에 이를 것이다. 하늘이 내게 장수를 주시어 이 말이 거짓이 아니라고 증명할 수 있기를 바랄 뿐이다……. 일본 에도시대의 목판화가 가츠시카 호쿠사이는 그의 나이 일흔 살이 넘어 발표한 판화집에서 그렇게 이야기했다. 호쿠사이의 고백을 흉내 내자면, 나는 열두 살 때부터 사람을 죽이기 시작했다. 처음은 실패. 빌어먹을 소아성애환자 고아원 원장을 독살하려다가 그만 부원장 아주머니를 죽이고 말았지. 킬러가 되어 스물일곱에 명성을 얻었지만 서른둘 전까지 한 일은 모두 쓸모없는 짓이었어. 서른다섯에서 인체와 각종 살인 무기의 구조를 파악했고 생명과 죽음에 얽힌 이치를 이해했으니까. 그리고 서른아홉. 하늘이 내게 주시어 거짓이 아니라고 증명할 수 있는 가치는 무엇일까.

거울 속 남자가 뺨을 부풀리며 긴 한숨을 뱉어낸다. 서른아홉, 비로소 새로운 도전을 만났다. 지금 그 속을 저벅저벅 걸어 들어가는 중이다. 하지만 만만치 않다. 모든 상황이 예전과는 다르다. 며칠 전 영등포의 실내경마장 뒷골목에서 가까스로 '납치'된 경우부터 그랬다. 그를 위해 여드레 동안 꼬박 술에 취해서 일대를 헤매야 했다. 운이 필요한 일이었고 운이 따라주었기에 가능한 일이었다. 이와 같은 불안을 마주했던 적이 예전에 또 있었던가? 가장 문제는 미처 계산에 넣지 못한 숫자들이다. 사람들. 샤워장에서 함께 정신을 차린, 지금까지 생사를 같이 해오고 있는 저 사람들. 골치 아픈 일이다. 이야말로 예전에는 고민할 필요조차 없는 상황이었다. 이번 작업 와중에 뼈아픈 걸림돌을 불쑥 만나게 된다면 십중팔구 저들에 관한 것이리라. 그때 어떤 판단이 필요할 것인가. 문제라면 죄 없는 피해자라는 점이고 무엇보다 내가 그 사실을 잘 알고 있다는 점이다. 생각만으로도 머리가 지끈거린다. 죄 없는 이들을 죽여 없앨 수는 있지만 모른 체 내팽개쳐둘 수는 없다. 그건 스스로에게 견딜 수 없는 일이 되고 말 것이다.

거울 안팎의 두 남자가 나란히 맞댄 주먹을 거두어들였다.

불길해. 좋지 않아.

새벽 1시. 어수선히 바리게이트를 쌓아 올린 푸드코트 배식대 아래 임시초소. 동해가 꾸벅꾸벅 졸고 있다. Z가 어깨를 쳤다.

"고생 많다, 조느라."

"……아저씨."

"가서 자."

"교대시간 멀었는데."

"됐네요."

"……그럼 수고하세요. 졸지 말고."

무릎을 펴고 일어선 동해가 늘어지게 기지개를 켰다. 사람들이 누운 자리에서 나직이 코고는 소리가 들려왔다. 훤히 불 켜진 대형마트 안. 온갖 물건들로 가득한 사막이다. 인류의 발길을 단 한 번도 허용한 적 없는 원시 처녀림이다. 전파망원경에 의해 겨우 그 존재가 밝혀진 소행성의 뒤편이다.

"아저씨."

눈 비비던 동해가 멀뚱멀뚱, 다시 앉는다.

"저기요 아저씨."
"말해."
"궁금한 게 있어요."
"……."
"솔직하게 대답해줄 수 있나요?"
"어떤 질문이냐에 달렸지."
"……아저씨, 킬러죠?"

여기가 사막이라면 또는 깊은 밀림 속이라면, 그리고 밤이 깊었다면, 작은 모닥불을 피우고 그 앞에서 밤을 지새웠을 텐데. 별빛 가득 뿌려진 밤하늘을 올려다보며 내일의 날씨를 점쳐보았을 텐데.

"의뢰인으로부터 돈을 받고 누굴 죽이는 사람. 맞죠?"
"네 생각은 어때."
"회사원이나 공무원 같지는 않아요. 학교 선생님 같지도 않고. 식당 주인 같지도 않고. 킬러 맞죠?"
"잘 봤어."

"역시."

동해의 얼굴이 밝아졌다.

"누가 고용했는지 몰라도, 아저씨가 죽여야 할 목표는 우리들 가운데 없을 거예요. 그것도 맞죠?"

"왜 그렇게 생각하니."

"그랬더라면, 벌써 그랬을 테니까."

"……."

"말해주세요. 아저씨가 죽여야 할 목표가 누군가요. 좀비는 아닐 테고."

"새로 추가된 대상에 대해서는 말할 수 있어."

"새로 추가된?"

"너."

"농담 말고요."

"내가 농담 같은 걸 할 사람 같아?"

"……."

"너보다 조금 어릴 때, 부원장을 죽이고 고아원에서 도망치면서 다짐한 게 하나 있지. 누구든 나에 대해 알고자 하는 사람은 절대 살려두지 않겠노라고."

Z가 빙그레 웃었다. 처음 보는 웃음이었다. 동해가 따라 웃을까 말까 고민에 빠졌다.

타워 M

크림색 벤틀리가 성산대교를 달린다. 밤 9시 40분. 국회의사당에서 금융감독원 방면으로 좌회전 신호를 받는다. 빛과 어둠이 공존하는 여의도의 밤 시간. 빛은 어둠에서 나오고 어둠은 빛에서 시작된다. KBS 별관과 인도네시아 대사관을 지나자 왼편에 타워M이 나타났다. 1,904개의 검은 창문으로 만들어진 나선형 건물이다.

지하 4층 G22구역에 차가 멈추었다. 지하주차장이 광장만큼이나 넓다. 시동이 꺼지고, 세 사람이 차에서 나온다. 남 대장과 이븐, 그리고 주은이다. 남 대장은 은색 싱글에 흰 셔츠, 역시 은색 넥타이를 맸다. 짙은 남색 턱시도 차림의 주은은 당장 결혼식장에 가서 신랑 입장을 해도 좋을 모습이다. 허리와 엉덩이 곡선이 착착 감기는 진주색 실크원피스와 11㎝ 하이힐의 이븐은 내내 침통하다. 위장크림을 바르고 야간 산악작전에 투입되는 게 이보다 훨씬 더 적성에 맞는 일이다. 마지막으로 치마를 입은 게 언제던가.

"멋지군."

남 대장이 주은을, 이븐을, 자기 자신을 둘러보며 감탄한다.

"대종상 시상식장에라도 온 기분인데."
"좋아요?"
"나쁠 거 없잖아."

여전히 침통한 얼굴로 이븐이 투덜거렸다.

"짜증 나. 빨리 벗어버리고 싶어."
"곧 그렇게 될 거야."

남 대장이 차창에 자신을 비춰보며 넥타이를 매만졌다.

"싫어도 홀딱 벗어야 한다고. 그러니 안달할 거 없어."
"아아 미치겠네."
"힘을 내. 쉬운 작전이 세상에 어디 있어."

파티가 곧 시작된다. 한때는 중앙청 뒤편 명월관에서, 한때는 성북동 대원각에서, 한때는 삼청동 삼청각에서, 남산타워가 처음 생기던 무렵에는 그곳에서, 63빌딩에 처음 지어지던 무렵에는 또한 그곳에서, 강남이 막 개발되던 무렵에는 강남 모처에서 열렸던 파티다. 대단한 사람들이 몰려들 것이다. 빠르고 정확해야 한다. 실수는 곧 실패다.

"물건들은 어떻게 하나요."
"옷 속에 하나씩만 챙기자. 턱시도에 M16을 멜 수는 없잖아."
"몸수색 안 하겠죠?"
"당연하지."

남 대장이 빙그레 웃었다.

"어차피 홀딱 벗고 입장할 테니까."
"그쪽은 중화기로 무장하고 있겠죠?"
"시험 보는 데 연필 한 자루면 충분하잖아. 겁나?"
"아, 저기."

찻소리가 들린다. 점점 가까워지고 있다. 은색 바이마흐가 지하 경사로를 타고 미끄러져 내려온다. D구역에서 서서히 속도를 줄인다.

"첫 번째 손님인가."
"누군지 운 좋은 인간이군요."
"제가 갈게요."

이븐이 나섰다. 핸드백을 손에 들고 또각또각 걸음을 옮긴다. 진주색 실크원피스에 휘감긴 뒤태가 지극히 관능적이다. 남 대장이 그로부터 고개를 돌리지 않았다.

"저 여자 어때."

"……예?"

"스타일 괜찮지 않으냐고."

주은이 머뭇거린다.

"괜찮군요."

"싱겁기는."

"……."

"애인 있어?"

"애가 있습니다. 딸아이가."

"애인 있냐니까."

"애인이죠. 세상에서 가장 예쁜."

"몇 살?"

"2살이요."

"애 엄마는."

"죽었습니다."

"아이고야."

주차공간에 들어선 마이바흐의 시동이 꺼졌다. 이븐의 걸음이 빨라진다. 11㎝ 하이힐을 신었지만 또각또각, 우아한 걸음걸이에는 흐트러짐이 없다. 차 문이 열리고 누군가 나온다. 갈색 양복을 입은 중년 남성이다. 그와 이븐의 거리가 10m로, 그 절반으로 줄어든다.

"안녕하세요!"

해맑은 인사에 남자가 고개를 돌린다. 어리둥절한 얼굴.

"오랜만이에요. 일찍 오셨네요?"
"누구……."

핸드백에서 작은 총을 꺼내 주저 없이 발사한다. 퓻! 중년 신사가 오른쪽 목덜미에 손을 가져갔다. 이븐을 향해 뭐라고 한 마디 내뱉으려다가 비틀, 차 문을 붙들며 주저앉는다. 급기야 주차장 바닥에 쓰러져 눕는다. 뒤따라온 남 대장이 운전석에 올라타고 주은은 고이 잠든 중년 신사의 몸을 뒤진다. 양복 안주머니를 뒤적뒤적, 뭔가를 꺼낸다. 테두리에 황금색 라인을 두른 핏빛 붉은 종이봉투다.

"이건가요?"
"그렇겠죠."

운전대 주변을 이리저리 살피던 남 대장이 투덜거렸다.

"이 빌어먹을 똥차는 트렁크를 어떻게 여나…… 이건가?"

덜컹 트렁크가 열리고, 주은이 축 처진 중년 사내의 몸을 힘겹게 일으켜 세운다. 트렁크 안에 헌옷더미처럼 쑤셔 넣는다. 이븐이 남자의 손발을 뒤로 묶고 입에 재갈을 물렸다.

"하나 끝."

마취약에 잠든 이의 뺨을 찰싹, 때린다.

"고마운 줄 아세요. 아저씨. 응?"

지하 3층으로부터 다시 차 엔진 소리가 다가오고 있다. 세 사람이 일제히 고개 돌려 그쪽을 바라보았다.

습격

야근 경계근무의 마지막 당번은 현수였다. 졸음을 털고 일어선 그가 가장 먼저 휴대용 버너와 냄비를 찾았다. 물을 끓이고 삼다도 해물찌개라면을 두 봉지 뜯는다. 잠은 덜 깼지만, 맹렬히 배가 고팠다. 새벽 라면을 끓일 참이다. 참담한 상황 속에서도 라면 생각을 하니 잠깐 기분이 좋아진다. 지하 2층으로 올라온 지 여덟 시간째. 최근 들어 이렇게나 오랜 시간 라면을 멀리했던 없었다. 라면은 신이 내린 음식이다. 아무리 애써도 절대 물리지 않는다는 점부터가 그렇다.

좀비들이 다시 들이닥친 것은 새벽 4시 20분, 꼬들꼬들 익은 라면 가닥을 냄비 뚜껑에 푸짐하게 한 젓가락 덜어 옮기던 즈음이었다. 잠든 이들의 잔잔한 숨소리뿐 고요한 실내에 파박 팍! 크리스마스트리 알 전구 깨지는 소리가 적나라했다. 이어 찰강, 때그르르 빈 깡통 구르는 소리가 이어졌다. 가전제품 매장에서 그 맞은편 야외생활용품 코너까지 한 줄 나란히 설치한 경계용

발성 장애물이 일순 반응한 것이다. 뜨끈한 라면 가락을 한 입 가득 빨아들이려던 현수가 고개를 쳐들었다. 소리 나는 곳을 살폈다. 50m 전방. 세 명의 좀비가 서성이는 중이다. 안타까운 노릇이다. 아주 잠시 갈등하던 현수가 냄비뚜껑을 내려놓고 자리에서 일어섰다. 종이박스 위에 웅크려 잠든 이들의 어깨를 흔들어 깨운다.

"좀비에요!"

나직하게 외친다.

"일어나요. 좀비. 어서요!"

Z가 반사적으로 일어나 앉았다. 식탁 아래서 자던 남미 중간보스가 꿈틀꿈틀 몸을 일으키다가 탁, 모서리에 이마를 부딪치고 만다. 미간을 있는 대로 찌푸린 동해가 지금 몇 시야?, 잠꼬대하듯 웅얼거린다.

"다들 조용히. 죽기 싫으면 정신들 차려."

Z이 알루미늄 샤워 봉으로 만든 창을 쥐고 일어섰다.

"모두 물건 챙겨서 정해진 자리로 간다. 지시하기 전까지는 숨도 쉬지 마."

우워어어어. 사람 냄새를 맡은 모양이다. 서성이던 좀비가 이편을 향해 팔을 쳐들고 다가오기 시작한다. 작은 키에 통통한 체구, 보라색 등산복을 입은 60대 여성 좀비. 여드름 가득한 얼굴에 교복 바지를 심하게 줄여 입은 고등학생 좀비. 노랗게 탈색한 머리를 여자처럼 길게 기르고 핑크플로이드 티셔츠를 입은 30대 남성 좀비. 등산복 여인은 왼쪽 손목이 뜯겨나간 채 그 자리에 험하게 부러진 노뼈와 자뼈가 훤히 드러났다. 고등학생은 오른뺨에 커다란 구멍이 나고 그 사이로 잇몸과 어금니가 보인다. 장발 남성은 다리를 심하게 절고 있다. 금방이라도 엎어질 것 같은 걸음이다. 외관상으로는 확실치 않지만 심한 부상을 입은 것 같다.

"저것들은 도대체 어디서 나타나는 거야."

수형이 T자형 막대를 쥐고 울먹였다. 좀비를 죽이는 게 아니라 가까이 오지 못하도록 밀어내는 도구다.

"나가는 문도 들어오는 문도 없던데. 직원 휴게실에서 대기하고 있었나?"

우어어어. 잔뜩 취한 이들처럼 좀비들이 다가온다. 지켜보기 괴로운 속도와 움직임이다. 아이큐가 한 자릿수밖에 되지 않을 표정들이다. 딸꾹. 잔뜩 긴장한 동해의 황경막이 순간적으로 경련한다. 귀 밝은 등산복 중년여성이 번쩍 고개를 쳐들고 누런 이를 드러낸다. 크이이이.

"아직. 집중하고 기다려."

그들이 속옷매장을 가로질렀다. 아동용품 코너를 지나쳤다. 점점 가까워지는 모습들이 더욱 추악하다. 그들이 다가오는 쪽을 향해, 남미 중간보스가 거창하게 조합된 물건을 겨누고 있다. 진공청소기와 부탄가스, 시너 통, 대용량 믹서와 토스터기 등으로 만든 사제 화염방사기다.

"더 기다려."

계산대를 통과한 그들이 급기야 푸드코트 초입에 다다랐다. 참기 힘든 악취가 쏟아지고 있다. 5*m*. 3*m*. 다시 2*m*.

"발사!"

Z의 지시에 행동대장이 진공청소기를 작동시켰다. 위이잉, 모터 회전방향을 바꾼 청소기 입구에서 힘찬 바람이 쏟아진다. 동해가 토스터기에 전원을 넣었다. 화르륵. 적황색 불꽃이 강력하게 분출된다. 1.5*m*가 넘는 불줄기다. 간밤의 시험발사 때보다 2배가량 강렬했다. 시너의 양을 늘린 효과다. 장발 남성의 상체에 순식간에 불이 옮겨붙었다. 끄어어어. 그가 살아 있는 촛불처럼 절룩거린다. 좀비도 고통을 느낀다. 문제는 식욕이, 채워지지 않는 식욕으로 인한 고통이 다른 감각적 고통보다 훨씬 크다는 점이다. 살아 있는 생명의 생살을 씹고자 자신의 신체가 절단되는 위험마저 쉽게 감당하는 좀비들의 행태는 그 같은 특성에서 기인한다. 동해의 설명에 따르면 그렇다.

크어어어. 얼굴에 붉은 여드름이 덕지덕지 난 갈색 고등학교 좀비가 현수에게 다가왔다. 쩍 벌린 입가에 맑은 침이 고여 흐른다. 덜덜 떨던 현수가 손에 쥔 산악용 도끼를 휘둘렀다. 그러나 정수리를 쪼갰었어야 할 도끼날이 과녁을 빗나가 어깨를 때리고 만다. 크아아아. 화난 고등학생 좀비가 거침없이 현수를 끌어안았다.

"아, 안 돼."

있는 힘을 다해 가까스로 그 품을 뿌리친다. 휴대용 가스레인지 위에서 아직도 보글보글 라면이 끓고 있다. 냄비를 집어 든 현수가 그것을 냅다 집어던졌다. 퉁퉁 불은 삼다도 해물찌개라면이 고등학생 좀비의 얼굴에 철벅 쏟아졌다. 크어어. 좀비가 주춤했다. 검푸르게 썩은 손가락으로 얼굴에 엉킨 라면가닥을 걷어낸다. 잘 익은 얼굴 살점이 벌겋게 벗겨지고 있다.

"앗 뜨거!"

남미 행동대장이 질겁했다. 온몸에 불이 붙어 우왕좌왕하던 핑크 플로이드 좀비가 그에게 달라붙은 것이다. 머리카락이 불에 홀랑 타올랐고 두피가 지글지글 끓고 있다. 남미 행동대장의 사력을 다해 그를 밀쳐냈다. 그 와중에 팔등 안쪽과 손바닥에 화상을 입고 만다.

"꺄아악."

수형을 엎어뜨린 등산복 아줌마 좀비가 그녀의 배 위에 냉큼 올라탔다. 다람쥐처럼 민첩한 동작이다. 팔 힘 또한 수형이 감당할 수 없을 정도다. 수형의 목덜미를 물어뜯기 위해 입을 쫙 벌린다. 아찔한 구취가 작렬했다. 커억. 아줌마 좀비가 놀란 눈을 크게 뜬다. 검게 벌린 목구멍에서 뭔가 천천히 비집고 나온다. 길고 날카로운 칼날이다. Z가 그녀의 뒷덜미로부터 깊숙이 창끝을 쑤셔 넣은 것이다. 풀썩. 등산복 좀비가 수형의 몸 위에 힘없이 엎어졌다. 수형이 재차 찢어지는 비명을 질렀다.

"저기!"

동해의 놀란 얼굴이 딱딱하게 굳었다. 좀비다. 저편 속옷 매장 근처에 새로운 좀비들이 다시 나타났다. 이번에는 그 숫자가 더 많다. 열 명도 넘어 보인다. 꼬마전구가 파팍파팍 쉴 새 없이 부서진다. 발끝에 채인 깡통이 연이어 요란스럽게 바닥을 구른다. 그뿐 아니다. 맞은편 가전제품 코너에서도 비슷한 숫자의 좀비들이 쏟아지고 있다. 아무래도 그 숫자를 당해낼 재간이 없다. Z가 어금니를 악물었다.

"저쪽으로!"

위기일발. 죽음이 손 뻗으면 닿을 거리까지 접근해 있다. 수형의 손목을 움켜쥐고 달렸다. 동해가 필사적으로 뒤를 따랐다. 푸드코트 구석의 작은 창고. 안에 들어가 철문을 잠글 수 있는 공간이다. 간밤에 주변을 정찰하며, 부디 저 시설을 선택하는 순간이 오지 않기를 바랐다. 하나의 선택이자 최후의 선택이 될 수밖에 없기 때문이었다. 최후의 위기를 피하는 대신에 잠시 보류해두는 선택이 될 수밖에 없기 때문이었다. 그러나 이외에는 방법이 거의 없다고 할 상황이다. 이 기회나마 잡으려면 빠른 판단과 정확한 행동이 필요한 상황이다.

"아이고!"

현수가 울부짖었다. 쓰러져 불타오르는 핑크 플로이드의 몸통에 발이 걸려 넘어진 것이다. 재빨리 몸을 일으켜보려 하지만 쉽지 않다. 200킬로그램의 비대한 체구 탓이다. 창고 향해 달리던 남미 행동대장이 뒤를 돌아보았다. 다가가 도와줄까 하다가 주춤, 포기하고 다시 달린다. 우어어어. 좀비들이 몰려들었다. 몸을 일으키려 버르적거리는 현수의 잔등에 우르르 몸을 던진다. 그 숫자가 열 명을 넘는다. 머리부터 발끝까지, 깻묵에 파닥파닥 시커멓게 달라붙은 양식 미꾸라지처럼, 현수를 둘러싸고 먹어치운다. 꺽꺽 넘어가는 비명소리가 애처롭게 이어졌다.

"빨리!"

수형과 동해, 이어 남미 행동대장이 마지막으로 창고 안에 들어섰다. 부랴부랴 철문을 닫으려는데 크아악, 좀비 하나가 상체를 들이밀었다. 누더기 승복을 입은 비구승 좀비다. 현수와 함께 있었던 이가 당신인가. Z의 강력한 라이트훅이 비구니의 안면에 작렬했다. 주춤거리는 좀비를 떠밀어내고 겨우 빗장을 채웠다. 쾅쾅! 우어어어. 쾅쾅쾅! 좀비들이 철문을 두드린다. 다급하게 간절하게 철문을 두드려대는 소리가 폭포처럼 쏟아져 내린다.

경성, 여름

"계신가요."

1932년 7월. 경성의 여름은 연일 기록적인 더위가 계속이었다. 비도 오지 않았다. 가혹하도록 뜨거운 한낮의 거리는 그늘마다 찾아든 지게꾼과 인력거들뿐 오가는 사람이 드물었다. 천변의 나뭇가지들도 지쳐서 축축 늘어지는 오후. 숨 막히던 뙤약볕은 네 시 넘어서야 조금씩 가라앉는 중이었다.

대문 밖에서 누군가 서성이고 있다. 흰 저고리 검은 치마, 체구 아담한 여인이다.

"아무도 안 계신지요?"

하얀 손수건으로 뙤약볕을 가리는 얼굴이 아직 앳되다. 많아야 20대 중반으로 보인다. 집 안에서 이내 인기척이 들려왔다. 저벅저벅 구둣발소리.

"누구시오?"
"아, 저는……."

삐거덕 대문이 열리고 누군가 얼굴을 내민다. 포마드로 머리를 빗어 넘긴 남자다. 차돌처럼 단단한 시선으로 여자의 아래위를 훑는다. 책 몇 권을 품에 안은 그녀가 아이처럼 허리 굽혀 인사한다.

"안녕하세요. 활란의 담임선생입니다."

그 정도면 반가운 인사가 돌아올 만 하건만 방문객을 향한 남자의 얼굴에는 요만한 변화도 없다. 생애 단 한 번도 웃음을 지은 일이 없을 것 같은, 그런 얼굴이다.

"……어쩐 일이신가요. 제가 아비입니다."
"예, 아버님. 저는 다름이 아니라."
"가쓰란이 몸이 안 좋아 학교를 잠깐 쉬겠다고 이미 말해두었습니다만."
"잘 알고 있습니다. 저는 그저, 활란이 궁금하고 걱정되어서요. 몸이 좀 어떤지. 기운을 좀 차렸는지. 그래서 지나가는 길에 잠깐 들른 겁니다."

여인이 쩔쩔매듯 책 한 권을 내민다. 헤르만 헤세의 원서 〈Romantishe Lieder〉. 한 사람에게는 활란으로 한 사람에게는 가쓰란으로 불리는 소녀를 위한 시집이다.

"언제가 헤세의 시를 읽어보고 싶다고 했거든요. 그래서 제가, 한 권 구해주마고 약속을 했었지요."

"고맙습니다."

냉큼 시집을 받아들지만 표지조차 거들떠보지 않는다.

"딸아이에게 꼭 전해주도록 하지요."

"……예에."

괜찮으시다면 활란을 잠깐만 보고 갈 수 있을까요? 여인이 준비해왔던 한 마디를 꿀깍 삼키고 만다.

"걱정 않으셔도 됩니다. 아이가 잘 견디고 있으니."

가네야마라는 분이구나. 앵화의원 원장. 일본인 행세를 즐기는 조선인. 소문이라는 것이 원래 그렇지만 차마 듣고 싶지 않은 이야기가 너무 많았다. 헌병대와 가까이 지내며 조선인을 대상으로 끔찍한 생체실험을 벌인다는 둥. 몇 해 전 차례로 병들어 숨진 활란의 생모와 새어머니가 실은 그에 의해 독살되었다는 둥.

"그럼 아버님, 저는 이만……."

다시 허리 굽혀 인사하는데 대꾸도 없이 철컹, 대문이 닫혔다. 여인이 후우 한숨을 내뱉었다. 어쩌면 저렇게 무서운 사람이 있담.

용기 내어 이곳까지 찾아온 게 과연 잘한 일인지 알 수 없었다. 저런 아버지와 살다 보면 없는 병도 생기고야 말 거야. 활란이 안쓰러웠다. 그 착하고 여린 아이에게, 급기야 무슨 안 좋은 일이 생기는 것 아닐까.

정원을 가로지르는 돌길이 살림채를 지나 병원 후문까지 연결되고 있다. 가네야마가 병원 안으로 들어섰다. 환자들 드나드는 앵화의원은 큰 거리에 면해 있으며 이곳은 별채로 불리는 단층 건물이다. 찌는 듯 더운 날이지만 실내는 냉기가 느껴질 정도다. 복도 끝에서 걸음을 멈추었다. 육중한 철문을 열었다. 어디선가 오래된 정육점 또는 시체 공시소의 비린내가 풍겼다.

"누가 왔어?"

"응, 담임선생이라는 여자가."

"……그래?"

"일없이 돌려보냈네."

방 안에 두 사람이 있다. 한 사람은 등을 보이고 서 있으며 또 한 사람은 침상에 누워 있다 아니 묶여 있다. 두 팔과 두 다리가 침상 네 군데에 단단히 묶인 채 사지를 뒤틀고 있다. 크아아아. 듣기 괴로운 신음을 뱉어내는 중이다. 등을 보이고 선 사람이 침상에 묶인 사람을 물끄러미 내려다본다. 일그러진 얼굴은 물론 수술복 밖으로 드러난 팔뚝과 목덜미 등, 정상적인 사람의 것이라고 생각하기 힘든 신체를 신중히 살핀다. 등을 보이고 선 이는 군의관 오쿠다. 그 얼굴이 지나치도록 신중하고 진지하다. 가네야마의 의과대학 동기, 학창시절 '얼음 선생'이라는 별명으로 통하던 그였다.

두 눈과 귀가 멀 때까지

파티 입장을 위한 티켓 수집을 무사히 마쳤다. 원주인들은 그네들이 타고 온 승용차 트렁크에 고이 잠들어 있다. 사람에게 쓰는 마취제가 아니었으므로 적어도 12시간 동안은 깨어나지 못할 터였다. 12시간 뒤에는 누가 그들을 트렁크에서 꺼내줄 것인지 알 수 없다. 어쨌거나 그때쯤이면 모든 상황이 끝나 있을 터였다.

남 대장이 어깨걸이 홀스터에서 팔뚝만 한 권총을 꺼내 흔들어본다. 데저트이글. 흡족하다. 이 정도로 전후좌우 무게균형이 잘 맞는 녀석은 찾기 힘들다. 총신 35㎝ 포함, 전체 길이는 45㎝가 넘는 괴물이다.

"대포에요?"

이븐이 투덜거렸다.

"좀 무식해보이나."

"많이 무식해보여요."

"난들 어째. 다른 나라들처럼 백화점에서 6개월 할부로 신형 권총을 구매할 수 있는 형편도 아니고. ……움직여보자고."

남 대장이 조끼 안쪽에 데저트이글을 집어넣었다. 불 켜진 엘리베이터 입구를 향해 앞서 걷는다. 이븐이, 이어 주은이 뒤를 따랐다.

"상상도 못 할 분위기일 거야."

"……."

"홀리지 마. 차라리 즐겨. 대한민국 최악의 VVIP들이 모인 자리니까."

세 사람이 엘리베이터 앞에 선다. 기기는 1층에 멈춰 있다. 황금빛 ↑ 버튼을 누르는 주은의 팔을, 이븐이 잡는다.

"잠깐만요."

"예, 선배님."

주은이 뒤를 돌아본다.

"괜찮나요."

"……예?"

"괜찮으시냐고."

"아, 그럼요."

그제야 잡았던 팔을 놓는다.

"뭐 할 말 없어요?"
"무슨 말을……."
"잘 생각해봐요."
"……."
"오른쪽 눈 안 보이는 거, 왜 말하지 않나요."

주은의 얼굴이 굳는다.

"어떤 문제라도 있다면 미리 다 털어놓으라고 분명히 이야기했잖아요. 같이 목숨 걸고 일하는 사람끼리 그 정도는 기본 아닌가요."
"……언제 아셨나요."
"지금 확신했지요. 고개를 반대로 돌려서 나를 바라볼 때."

아이구야. 남 대장이 고개를 절레절레 저었다.

"제가 잘못했습니다."

일일연속극 속 슬픈 남자주인공처럼 주은이 중얼거렸다.

"활동에 지장이 있는 상황은 아니라서, 그래서 상관없을 줄 알았습니다."
"그건 본인 생각이지요."

이븐은 침착하다. 화가 난 것 같지는 않다.

"어쩌다 실명한 건가요. 외상?"
"변성 수모세포종이라더군요."
"……뇌종양?"
"비슷한 거죠."
"미치겠네."
"맹세코 아무렇지도 않습니다. 믿어주세요. 눈이 세 개 있는 사람도 저보다 정확하게 보고 행동하지는 못할 겁니다."

엘리베이터가 지하 4층에 도착했다. 느리게 문이 열린다. 주은이, 이븐이, 이어 남 대장이 그 안으로 들어선다.

"어쨌거나 명심해요."

엘리베이터가 움직이기 시작했다.

"작전이 무사히 끝난다 해도, 물론 그렇겠지만, 이 문제에 대해 분명히 책임져야 할 거예요."
"기억하겠습니다."
"사람 참……."

남 대장이 주은의 어깨에 손을 올렸다. 드높은 어깨 높이 때문에 그 자세가 조금은 부자연스럽다.

"왼쪽 눈은 괜찮은 거지?"

주은이 고개를 끄덕였다.

"물론입니다."

하지만 남은 시력 역시 조금씩 약해지고 있어요. 주은이 아주 작게 중얼거린다. 함께 엘리베이터를 타고 있는 사람들의 귀에는 들리지 않게. 언젠가는 눈도 귀도 모두 기능을 못 하겠지요. 그게 언제일지는 모르지만, 조만간 그렇게 되겠지요. 하지만 너무 걱정 마세요. 오늘 밤은 아니니까. 절대 그렇지는 않을 테니까.

뚜우.

고공 상승하던 동체가 서서히 속도를 줄이더니 급기야 멈추었다. 그리고 천천히 문을 열었다.

36층이었다.

창고

창고 안은 비좁다. 숨이 턱 막힐 정도다. 1평이나 될까? 게다가 구석에는 대형 식용유 깡통이 가득 쌓여 있다. 그 옹색한 공간에 Z와 동해, 수형과 남미 중간보스가 바투 뒤얽혔다. 앉을 수도 없고 허리를 펼 수도 없다. 다른 이들의 몸과 몸 사이에 끼인 팔을 쳐들 수도 내릴 수도 없다. 가만 서 있기조차 힘에 부친다. 숨을 내쉴 때마다 누군가의 어느 부위인지 알 수 없는 신체 일부가 적나라하게 와 닿는다. 아침 8시 12분의 지하철 2호선 열차 안 같다. 오후 7시 28분의 지하철 4호선 열차 안 같다. 잔등에 목덜미에 어느새 촉촉하게 땀이 배어났다.

"여기 좀 치워 봐요. 아 미치겠네."

누군가 투덜투덜 속삭이고 누군가 투덜투덜 항변했다.

"치우긴 어디로 치워. 잘라낼까?"

문제라면 이 상황이 언제까지 지속될지 알 수 없다는 점이며, 더불어 철문 밖의 보이지 않는 소란이 쉴 새 없이 이어지고 있다는 점이다. 우워어어 소름끼치는 울음소리들이, 손바닥으로 문을 두드리고 손톱으로 페인트칠을 긁는 소리가 2시간째 이어지고 있다는 점이다. 그게 2시간 아니라 20분째인지 모른다는 점이다.

"꺅!"

어스름한 창고 안을 찢어놓는 비명소리. 수형이다. 울음을 터뜨린다.

"뭐야. 왜 그래."

남미 행동대장이 어깨를 비좁게 뒤채며 투덜거렸다.

"귀청 떨어지겠다. 소리 좀 작작 지르라고."
"으아앙 나 몰라!"
"왜 그러냐고."
"버, 벌레……."
"응?"

그러고 보니 비좁은 창고 안에 바퀴벌레가 한가득이다. 그러고 보니 어둠 속에 자글자글 바퀴벌레 소리가 한가득이다. 사방 벽마다 수백 마리의 바퀴벌레가 바글바글 기어 다니는 중이다. 아까 구멍 난 캔버스화 한 짝에서 기어 나왔던 것처럼 크고 반질반질 윤이 나는 놈들이다.

"참아."

남미 행동대장이 한숨을 내뱉었다.

"그래도 바퀴벌레가 좀비보다야 낫지."

철문 밖에는 죽음이 생생하게 기다리고 있으며 철문 안에는 절망이 가득 번져 있다. 공간은 참기 힘들 만큼 비좁으며 시간은 오래전에 멈추었다. 극한의 부조리였다.

"어떻게 하나요. 우리 이제 어떻게 하나요."
"견뎌야지."
"언제까지요."
"조급해지지 말아야 해."

Z가 속삭였다.

"미리 계산하지 마. 얼마나 더 견뎌야 할지, 미리부터 걱정할 필요 없어. 그래 봐야 미치거나 절망할 뿐이니까."
"무작정 버티다 보면, 언젠가 뾰족한 수가 생길까요. 아, 허리 아파."
"두 가지 가능성이 있겠지."

"두 가지?"

"뾰족한 수가 생기거나. 그렇지 않거나."

철문 새로 바늘 끝 같은 불빛이 스며들고 있다. 그 불빛이 사람들의 일그러진 얼굴 위에 먹물처럼 번지고 있다.

"하지만 믿음을 버려야 할 이유는 없어. 믿음이 우리에게 기회를 줄 거야. 그때까지 조바심을 버려."

"어떻게 그럴 수 있나요."

"지난날을 생각해."

"지난날?"

"좋았던 때를. 떠올리는 것만으로도 기분 좋아지는 한 때를."

그런 때가 과연 있었을까. 좋았던 때가. 사람들이 생각에 잠긴다. 지난날, 아마도 볕이 따뜻하던 초여름 어느 일요일, 집에서 멀지 않은 공원에 김밥 도시락을 싸 들고 나들이를 간 적이 혹시 있었을까. 파도가 눈부시게 부서지는 해수욕장에서 유쾌한 친구들과 비치볼 놀이를 즐긴 적이 혹시 있었던가. 낙엽이 불타는 가을 산행을 온 가족과 함께 떠난 적이 혹시 있었던가. 하얗게 눈 내리는 크리스마스이브의 명동 거리를 사랑하는 이와 손잡고 거닌 적이 혹시 있었던가. 아무런 기억도 떠오르지 않는다. 궁리가 깊어질수록 머릿속은 텅 비어간다. 철문 밖에 대기 중인 죽음이 지나치게 생생한 때문이다. 철문 안에 도사린 절망이 지나치게 무거운 때문이다.

"이상해요. 기분이 이상해."

동해가 다시 중얼거리고 남미 행동대장이 다시 투덜거렸다.

"이 판국에 기분이 이상하지 않으면 그게 이상한 일이지."
"그게 아니라요, 왠지 낯설지가 않아요. 지금 이 상황이."

Z가 끼어들었다.

"아까 지하 3층 복도에서도 비슷한 말을 했잖아. 꿈에서 이런 장면을 여러 번 만났다고. 그런 것 같다고."
"했죠. 기억력 되게 좋으시네."

한 번 들은 이야기는 절대 잊어버리지 않는다. 한 번 본 사람은 절대 헷갈리지 않는다. 한 번 접한 소리와 냄새와 지형은 언제건 어떤 상황이건 그렇지 않은 것과 분명하게 구분해낼 수 있다. Z를 지금까지 살아 있도록 한 생존법의 하나다.

"끊임없이 좁고 복잡한 복도. 사람 없이 텅 빈 쇼핑센터. 엄청나게 비좁고 바퀴벌레 득시글한 창고. 꿈속에서 이런 장면들을 자주 만났다는 것과 실제로 지금 이런 상황에 처했다는 것. 두 사건은 어떤 관계로 엮여 있을까요."
"……."
"이런 일을 겪을 운명이기에 예고편 같은 꿈을 꿨던 것일까요? 그런 꿈을 꾸지 않거나 꾸었더라도 기억 못했더라면, 그렇다면 이런 상황을 피할 수 있었을까요?"

"……."

"태어나서부터 지금까지, 내내 이렇게 갇혀서 살아온 것 아닐까 하는 생각이 들어요. 평생 이렇게 갇힌 채로. 이따금씩 바깥세상을 꿈꾸면서. 조작된 기억의 세계를 환각 속 현실로 굳게 믿으면서."

"평생이라, 13년?"

"어리다고 놀리지 말아요."

존재는 위축되고 시간은 마비된다. 태어나기를 원한 적 없이 태어났으며 스스로 결정한 적 없이 세상 속에 던져진 세계-내-존재. 안타깝지만 그렇게 던져진 자기 스스로의 존재성을 이해할 방법 같은 것은 없다. 어두운 창고 안에서 존재적 유의의성은 철저히 봉쇄되었다. 더욱 문제는 이 운명이 어디로 언제까지로 지속될지조차 알 수 없다는 점이다.

"저 좀비들은 어디서 왔을까요."

미치도록 비좁은 공간. 사람들이 만들어내는 침묵을 향해 동해가 다시 속삭였다.

"태어날 때부터 좀비였던 게 아니라면, 언제 어떻게 좀비가 되어서 저렇게 헤매고 있을까요. 5년 전? 10년 전?"

"……."

"좀비가 되기 전에 저 사람들은 누구였을까요. 우리 같은 사람들이었을까요. 어느 화요일 저녁에 느닷없이 납치되어, 며칠 뒤 더러운 샤워실 바닥에서 정신을 차린 사람들일까요."

국회의원 조병갑

2009년 11월 14일. 월요일 오전 11시. 제주도 서귀포시 남원읍에 위치한 IS 컨트리클럽.

사철 푸른 숲과 제주 앞바다가 어디건 기가 막힌 경관으로 어우러져 있다. 전날 흩뿌렸던 초겨울 비가 그치며 하늘은 수건으로 닦아낸 듯 깨끗했다. 바람이 조금 심할 뿐 더없이 화창한 날이다.

오전 라운딩을 끝낸 멤버들이 클럽 내의 흑염소 전문식당에 다시 모였다. 3선 국회의원인 조병갑 국회 운영위원회 위원장과 국회운영제도개선소위원회 소속 황우영 의원이 그 자리에 함께했다.

여섯 사람이 둘러앉은 테이블에 음식들이 바삐 준비되고, 골프 이야기와 도내에 들어설 예정인 군사시설 이야기와 나흘 전 자살로 생을 마감한 한 여자 연기자와 그를 둘러싼 성 상납 스캔들에 대한 이야기가 한가로이 오고갔다. 한창 무르익는 자리에서 슬그머니 일어선 조 의원이 로비로 나왔다. 식당 창밖으로 푸른 바다와 가파도의 곡선이 그림같이 펼쳐지고 있다. 그 광경을 잠시 시선을 빼앗긴 뒤, 화장실 있는 쪽으로 바삐 걸음을 옮겼다. 속이 싸하다. 제일 안쪽 칸의 문을 잠그며 동시에 허리띠를 풀고 바지를 내렸다. 양변기에 앉자마자 묽은 것이 연신 바삐 쏟아져 내린다. 크음. 구겨져 내린 바지 주머니에서 핸드폰을 찾아든다.

흑염소 고기와 최고의 궁합이라는 삼지구엽주를 석 잔인가 받아 마셨다. 그것이 탈이 난 모양이다. 나이가 드니 장도 예전만 같지 않다. 물만 갈아 마셔도 속에서 바로 신호가 온다. 스트레스 때문인지도 모르겠다. 예전보다 스트레스가 심해졌다기보다 그에 대응하는 몸의 탄력이 점점 약해지고 있는 탓인지도 모르겠다. 더 나올 것도 없는데 아랫배가 여전히 싸하다. 기분이 썩 좋지 않다. 양변기에 걸터앉아 보좌관과 통화를 나눈다. 몇 마디 주고받다 말고 왈칵 짜증을 내고 말았다. 그리고는 짜증스럽게 전화를 끊었다. 성실하고 솔직하지만 그게 전부인 친구다. 일 부리는 사람이 답답한 나머지 화가 치밀도록 만드는 소질이 탁월한 친구다. 이걸 진작 잘랐어야 했는데. 손에 들린 전화기를 바라보며 의정부 남 사장을 떠올린다. 전화를 할까 말까. 그녀와의 통화라면 월요일 정오의 불쾌와 짜증이 말끔히 가실 것만 같다. 그러나 화장실 칸에 주저앉아 전화 통화를 한다는 것이 마음에 걸린다. 예민한 그녀라면 어느 장소에서 전화를 걸어온 것인지 단박에 눈치채리라. 전화에 대해 다시 궁리한다. 또 어디론가 전화할 데가 있을 것 같다. 어디더라.

화장실을 나와 다시 로비 창가에 섰다. 바다와, 바다 건너편 섬과, 바닷가에 홀로 선 풍력발전기가 만들어내는 한 폭의 그림에 다시 시선 빼앗긴다. 평화롭다. 때로는 사람 없는 그림이 가장 평화롭다. 조병갑 의원이 한숨을 내쉬었다. 이제 자리로 돌아가야 한다. 낮술 취한 이들의 웃음소리들이 커져만 갈 자리로. 피곤한 노릇이었다.

"의원님."

누군가 다가왔다. G건설 장 대표다.

"아, 장 대표."

그저께 처음 만나 일행이 된 사람이다. 그와 같은 D시 출신이며, 그와 같은 D국민학교와 D중학교를 나왔다고 했다. 다섯 살이 아래라고 했던가?

"왜 나와 계시나요."
"아, 잠깐 통화 좀 하느라고."
"들어가시죠."
"그럽시다."

머리가 썩 좋은 친구다. 욕심이 적지 않지만, 그것을 온화한 미소로 포장하는 재주까지 갖고 있다. 앞으로 가까이 지내면 피차 도움 주고받을 일이 적지 않을 터였다.

"저기, 의원님."
"예."

"고맙습니다. 이렇게 알게 되어서 정말 감사드립니다."
"무슨 그런 말씀을."
"제가요, 길지 않은 시간이지만 이번에 우리 의원님 뵙고 배운 게 참 많습니다. 감명 깊은 이야기도 많이 들었고요. 역시 사람은 자기보다 훌륭한 분을 가까이 모셔야 성장할 수 있는 법 아니겠습니까."
"……허허 별."

내용 없는 공치사나마 이처럼 자연스럽게 건넬 수 있다는 것도 재주라면 재주다. 장 대표의 손이 자연스럽게 조 의원의 팔꿈치 부근에 닿았다가 떨어졌다. 그런 식으로 친밀감을 표시한다.

"저기 의원님."
"말씀하세요."
"다른 게 아니라 다음 주 토요일에, 시간 좀 괜찮으실지 모르겠습니다."
"다음 주 토요일?"
"예. 28일."
"……."
"실은 제가 비서진께 미리 여쭈었습니다. 마침 그날 저녁 일정이 비어 있으시다고."

주머니에서 뭔가를 꺼내 내민다. 테두리에 황금색 띠를 두른 핏빛 붉은색 봉투다.

"이게 뭔가요."

"초대장입니다."

"초대장?"

"여의도에서 각별한 행사가 있다고 하더군요."

"……음."

아마도 보름쯤 전이다. 송암기업 곽 회장과 저녁식사를 나누었다. 그때 주고받은 이야기 가운데 하나가 안양 우영아파트 재건축에 대한 이야기였고 또 하나가 G건설사에 대한 이야기였다. 어제오늘의 제주행 역시 그날의 인연으로 비롯되었다고 할 수 있었다. 아, 이제 생각난다. 송임 곽 회장과 G건설 장 대표가 대구 J교회의 선후배 장로 사이라고 했다. 반짝이는 황금빛과 빨강 핏빛이 강렬하게 조화된 종이봉투를 들여다본다. 여의도 모처의 그 행사에 대해 조 의원도 아는 바가 아주 없지는 않았다. 의원들 사이에서 신화처럼 전해지는 일화들 가운데, 실은 예의 행사와 무관치 않은 내용들이 제법 있었다. 조병갑 의원이 그제야 조금 흡족해진다. 흡족함이 드러나지 않도록 유의하며 봉투를 받아 넣었다. 들리는 이야기로는 이게 웬만한 중형승용차 한 대 값이라고 했다.

"뭐 이렇게까지 신경을 써주시고."

조 의원의 마음을 읽은 장 대표의 얼굴이 한결 밝아졌다.

"행여 부담 같은 거 갖지 마시고요. 저도 토요일에 같이 가볼 생각입니다만, 의원님을 한 번 더 뵐 수 있다면 뭐가 아깝겠습니까."

통한다는 것은 언제나 좋은 일이다. 말이 통하고 마음이 통하고 입장이 통하며 이해가 통하는 일. 그렇게 통하는 이들이 서로 어우러지는 일. 통하지 않은 이들끼리 엮이는 경우와는 비할 바 아니도록 유익하고 보람된 인연이다. 창밖에 바람이 불고 있다. 제주의 바다가 검푸르게 부서지는 중이다. 3선 경력의 여당 중진 의원의 마음에도 바람이 불고 있다. 가는 게 있으면 오는 게 있고 통하는 게 있으면 움직이는 게 있다. 자신에게 그만한 자격이 생겼다는 듯, 장 대표가 한층 더 친숙하게 조 의원의 팔꿈치를 잡고 속삭였다.

"이제 들어가시지요. 음식 다 식겠습니다."

파티 타임 1

11시 10분. 파티가 이미 시작되었을 것이다. 주은과 이븐, 남 대장이 엘리베이터에서 차례로 나선다. 복도가 넓다. 벽지와 소파, 벽에 걸린 작은 액자들과 거기 담긴 그림들이 스텐리 큐브릭의 〈샤이닝〉을 연상시킨다. 복도 저편에 검붉은 출입구가 보인다. 출입구 양옆에 양복을 입은 남자 두 명이 서 있다. 사람이 아니라 오백 년 묵은 은행나무 기둥 같다. 나무기둥이 물었다.

"어떻게 오셨나요."

남 대장이 대답했다.

"파티가 있다고 들었습니다."
"초대장을 볼 수 있을까요."
"물론이지요."

상의 안주머니에서 종이봉투를 꺼내 내밀었다. 황금색 테두리에 핏빛 새빨간 바탕. 나무기둥 가운데 한 명, 사각 턱 남자가 봉투를 받아 그 안에서 플라스틱 카드를 꺼낸다. 영문과 숫자가 길게 프린팅된 초록빛 투명한 카드다. 플라스틱 카드에 인식기를 가져다 댄다. 인식기가 반응하지 않는다. 사각턱 남자가 아랫입술을 뾰족 내밀었다. 다시 바코드에 인식기를 읽힌다. 역시 아무런 반응도 돌아오지 않는다.

"이상하네."

사각 턱이 고개를 갸웃거린다. 양복 소매 밖으로 근육이 터질 듯 불거졌다.

"실례지만 선생님, 이게……."
"무슨 문제라도."
"이게…… 어어, 왜 이럴까."

남 대장이 꿀꺽 마른침을 삼킨다. 손바닥에 땀이 밴다. 뒤에 선 이븐이 짧은 순간 핸드백 속 32구경 자동권총을 떠올린다. 화장을 고치는 척 핸드백을 열고 총을 꺼내 두 사람을 쏘는 데 최소 1.4초가 소요될 것이다. 같은 순간 주은은 20분 전, 지하 4층 주차장 R32 구역에서 있었던 장면을 떠올린다. 벤츠에서 내린 중년 여성을 기절시키고 그녀의 에르메스 핸드백에서 저 봉투를 챙기던 순간을. 카드에 손상이 갈 만한 외부 충격 같은 게 그때 있었던가? 또 다른 나무 기둥이 사각 턱에게 다가왔다. 눈 양 끝이 팔자로 처졌으며 입술이 매우 두껍다. 더러운 인상이다.

"왜 그래?"

"이게 읽히지 않아서요."

"줘봐."

처진 눈매가 남 대장의 플라스틱 카드를 받아든다. 그리고 앞뒷면을 신중히 살핀다. 짧은 순간 남 대장이 나무기둥 같은 두 남자를 빠르게 살핀다. 사각 턱도 그렇지만 처진 눈매의 살기가 엄청나다. 적어도 30명 이상의 목숨을 제 손으로 직접 해치운 자들만이 가질 수 있는 눈빛이다. 그런 눈빛을 가진 사람만이 알아볼 수 있는 눈빛이다. 남 대장이 슬그머니 시선을 돌렸다. 상대가 똑같은 눈빛을 자신으로부터 발견해서는 곤란하다. 처진 눈매가 플라스틱 카드를 쥔 손에 살며시 힘을 준다. 카드가 둥그렇게 휘어진다. 그 상태에서 인식기를 가져간다. 삐빅. 경쾌한 기계음이 들린다. 다행이다.

"실례했습니다."

남 대장에게 카드를 돌려준 사각 턱이 이븐으로부터 종이봉투를 건네받았다. 삐빅. 이번에는 무사히 인식기가 작동한다. 주은의 것 역시 마찬가지였다. 사각 턱이 출입문으로부터 한 걸음 물러서며 오른손을 펴 보였다.

"확인 감사합니다. 입장해주세요."

출입문 안쪽, 다시 새롭게 복도가 이어지고 있다. 벽지는 노란색 줄무늬, 카펫은 짙은 초록색, 샹들리에는 왕관보다 무겁고 복잡하다. 반짝이는 금괴가 두 덩어리쯤 나뒹굴고 있대도 이상하지 않을 것 같은 공간이다. 피 묻은 도끼가 벽에 기대어 있대도 이상하지 않을 것 같은 공간이다. 복도 저편에 또 다른 출입구가 벨벳 커튼에 가려져 있다. 조용하다. 어디선가 향을 피우는지 뭔가 타오르는 냄새가 은은하다. 주은이 걸음을 멈추고 남 대장과 이븐을 돌아보았다.

"두려워?"

세상에 처음 날 때 그 의미를 이해하는 이가 한 사람도 없듯, 그들 모두 알지 못하고 있다. 커튼 너머에 어떤 세계가 펼쳐질지. 이븐이 짧게 대답했다.

"전혀요."

먼저 이븐이 두 손으로 커튼을 젖히며 그 안으로 몸을 들이밀었다. 그리고는 반사적으로 어머나, 내뱉고 말았다. 조명 어둑한 실내. 누군가 서 있다. 알몸의 남자다. 그가 70°로 허리 꺾어 인사한다.

하얀 작업복들

시간이 얼마나 흘렀을까. 창고 안은 여전히 비좁고 어둑하고 고통스럽다. 그런데 주목해도 좋을 변화가 바로 얼마 전부터 감지되고 있다. 대략 10여 분 전부터다. 철문 밖의 소란이 부쩍 사라졌다. 좀비들의 으어어어 배고픈 울음소리도 다급하게 철문을 두드리고 페인트칠을 긁던 소리도, 영화 속 배경음악이 페이드 아웃 되며 암전이 찾아오듯, 어느 결엔가 숨을 죽이고 만 것이다. 어스름 속에서 사람들이 서로를 마주 보았다. 불안과 고통으로 일그러진 얼굴들을.

"어떻게 된 거죠."
"그러게. 조용하네."
"모두 지쳐서 돌아간 건가."
"가긴 어딜. 귀신같이 숨어서 우리가 나오길 기다리고 있겠지."

희망도 미래도 아직은 입에 올리기 어려운 상황. 어쨌거나 모른다. 수선스럽던 좀비들이 제풀에 지쳐 어디론가 떠나간 것인지. 구석진 곳에 숨죽인 채 모여서 참다못한 사람들이 문을 열고 나오기만을 기다리는 중인지. 모를 일이다, 직접 확인하기 전까지는. 어쨌거나 철문 바깥은 조용하다. 여태까지와는 분명 다르다. 그것이 어떤 판단의 근거가 될 수 있을지는 모르되, 바스락거리는 소리조차 들리지 않는다.

"우리 언제 나가나요."

수형이 울먹였다.

"이렇게 내내 있을 수는 없잖아요."
"조금만 기다려봐."
"언제까지요."
"나도 잘 모르겠어. 솔직히."

Z가 실토했다.

"어쨌거나 조금만 더 기다리자. 여태까지 잘 참았잖아."
"뭘 기다리나요. 좀비들이 다시 몰려와서 철문을 긁어 대기를?"
"목소리 낮춰."
"아, 미치겠네."
"왜 그래. 폐쇄공포증이라도 생긴 거야?"

수형이 다시 울먹거렸다.

"……화장실 가고 싶어요. 아까부터 급했어요."

웃는 사람들은 없다. 남미 중간보스가 진지하게 충고했다.

"여기서 싸."
"뭐예요?"
"옷 입고 선 채로 싸라고. 가능하지? 이해할게. 이 판국에 이해 못 할 거 없지."
"이거 성희롱 맞죠?"
"성희롱 아냐. 농담도 아니고. 오줌 때문에 우리 모두 좀비에게 뜯어 먹힐 수는 없지. 아이고 다리야."

동해도 이번만큼은 누나 편이 아니었다.

"그래 누나. 죽는 것보다는 쪽팔린 게 낫잖아."

비좁은 창고 안에 어둠과 침묵이 교차한다. 자그락자그락 바퀴벌레 소리만이 쉼 없이 이어지고 있다.

"오줌 아니에요."

수형이 이를 악물었다.

"라면 먹은 게 잘못됐나 봐. 아아, 나 죽을 거 같아요."

"뭐야, 큰 거?"
"짜증 나. 아아."

죽음 앞에서도 물러서지 않고 당당히 맞설 수 있는 가치란 무엇일까. 요컨대 좀비들에게 산 채로 뜯어 먹히는 최후와도 가히 맞바꿀 만한, 비참할수록 위기 깊을수록 도리어 담대해지곤 하는 생의 존엄이란 무엇일까. 빗장을 풀고 살며시 철문을 열었다. 철컹. 빛이 쏟아져 들어온다. 여전히 조용하다. 조심히 고개를 내밀어본다. 아무것도 없다. 어떤 움직임도 감지되지 않는다.

"아아악!"

수형이 창고 밖으로 불꽃처럼 달려나갔다. 야간자율학습이 한창인 복도에서 유령을 만난 소녀처럼 가련한 비명을 지르며 화장실로 질주했다. 동해가 미간을 찌푸렸다. Z가 한 손에 단검을 한 손에 권총을 쳐들고 빠르게 주변을 살폈다. 다행히도 또한 놀랍게도, 그 많던 좀비들이 단 한 명도 보이지 않는다. 창고 밖으로 엎어지듯 쏟아져 나온 사람들이 뻣뻣하게 굳은 몸 여기저기를 매만지고 주무르고 두드려댔다. 처참하게 어질러진 마트 안을 둘러본다. 좀비들은 다 어디로 떠나갔을까. 그들이 떠나간 길을 뒤쫓는다면, 그로부터 이곳을 탈출할 묘안을 찾을 수 있지 않을까.

수형이 돌아왔다. 평온을 되찾은 얼굴이다.

"속이 시원하니."
"시원하네요."

"고생 많았다."

"내 덕분에 창고에서 나온 줄 아세요."

"그래, 네 똥 덕분이다."

으엑! 동해가 허리 꺾고 구토를 게워내기 시작한다. 왜 저러지? 뭔가 발견한 남미 행동대장이 미간을 찌푸렸다. 저편, 어수선한 매장 바닥에 뭔가 한가득 쏟아져 있다. 돼지 내장 가득 담긴 드럼통이 엎어졌다면 아마도 저런 꼴일 것이다. 현수의 흔적이다. 생전의 현수를 닮은 부분은 요만큼도 찾을 수 없다. 엉망으로 뜯겨져 몸통과 팔다리의 형태조차 가늠하기 힘들다.

저벅저벅 발소리가 들려온다. 저편 남성의류 매장 쪽이다. 화들짝 놀란 사람들이 일제히 시선을 돌린다. 누군가 나타났다. 좀비가 아니다. 사람이다. 적어도 낯선 이를 조우했을 때 인사 대신 으어어어, 소리를 내지 않을 줄 아는 사람들이다. 온통 하얀색 작업복을 입었다. 대기권 밖 우주승무원처럼 하얀 부츠 하얀 장갑으로 무장했으며 어항 같은 우주인 헬멧 대신 하얀 가면을 썼다. 빙그레 웃는 눈 모양과 발그레한 분홍빛 뺨.

"뭐야 저 사람들."

"그러게."

"사람 맞죠? 좀비 아니죠?"

낯선 이들을 반겨야 할지 그로부터 도망쳐야 할지 미처 결정 못한 상태에서, 동해가 어색하게 손을 흔들어 보였다. 모두 네 명이다. 중력이 약한 월면 위를 걷듯 느릿느릿 여유로운 걸음으로 그들이 다가온다.

"이거 봐요!"

남미 중간보스가 간질거리는 뒤통수를 손바닥으로 쓱, 훑으며 한 걸음 나섰다. 새끼 바퀴벌레 두 마리가 후드득 떨어져 도망친다.

"당신들 누구……."

질문을 채 마치지 못한다. 목덜미에 두 손을 가져가며 상체를 움츠린다. 몹시 괴로운 얼굴이다. 잠시 잊고 있었지만 강철벨트가 급기야 문제다. 벨트 가장자리에서 빨간 불빛이 반짝이고 있다.

"어라, 이거 왜 이러지."

심하게 목이 졸리는 중이다. 벨트가 서서히 조여들고 있다. 그 속도는 빠르지 않지만 그 압력은 대단하다. 위이잉. 부드러운 모터 소리가 들릴락 말락 한다. 벨트 안에 필사적으로 손가락을 집어넣고 잡아당겨본다. 그러나 꿈쩍도 하지 않는다. 씨름선수 네댓 명이 한꺼번에 목을 조르는 것 같다. 이런 용도였구나. 남미 중간보스뿐 아니다. 얼굴이 일그러진 동해가 털썩, 무릎을 꿇었다. 파들파들 어깨를 떤다. Z도, 수형도 바닥에 쓰러져 버르적버르적 나뒹굴기 시작한다. 빠르게 의식을 잃는다.

파티 타임 2

"환영합니다."

이마부터 인중까지를 덮은 하얀색 얇은 금속 가면. 눈은 빙그레 웃는 모양이며 뺨은 발그레 수줍은 분홍색이다. 가면 쓴 남자의 목에, 샛노란 색이 앙증맞은 나비넥타이가 달려 있다. 하얀 가면과 노란 나비넥타이. 그 두 가지를 제외하고는 완전 알몸이다. 팬티 한 장 입지 않았다. 잘 발달한 상체와 조각 같은 복근, 갈색 무성한 음모와 우람한 성기. 이븐이 잠깐 말을 잃는다. 노란 나비넥타이가 발그레한 뺨으로 빙그레 웃는다. 손을 들어 오른편 통로를 가리킨다.

"먼저 복장을 갖춰주세요. 안쪽에 탈의실과 개인사물함이 마련되어 있습니다."
"아."

"입장하시기에 앞서 옷들을 모두 벗어주셔야 합니다. 그 어떤 속옷도 허용되지 않습니다. 가면 외에는."

"그렇군요."

"탈의실을 지나서 우측으로 입장해주시면 됩니다."

뒤이어 남 대장이, 주은이 커튼 안으로 들어섰다. 노란 나비넥타이가 녹음기처럼 인사했다.

"환영합니다. 먼저 복장을 갖춰주세요. 안쪽에 탈의실과 개인사물함이 마련되어 있습니다. 탈의실을 지나 우측으로 입장해주시면 됩니다."

남 대장이 안경을 만지작거렸다. 우스꽝스럽도록 큼직하고 두꺼운 뿔테 안경이다.

"이건 어떻게 하나요? 내가 안경 없으면 장님이라."

"안경을 착용하신 채로 쓸 수 있는 가면이 따로 준비되어 있습니다."

나비넥타이가 두 손바닥을 마주 모았다.

"자유롭게 즐기시되 타인의 자유를 제한하지 말아주세요. 일단 입장하시면 새벽 3시 전까지는 어떤 이유로건 퇴장하실 수 없습니다. 이상 두 가지만 지켜주시면 되겠습니다."

탈의실 구석. 빈 사물함 앞에 홀로 선 이븐이 아아, 신음했다. 이제 벗을 시간이다. 치렁치렁 저주스러운 실크원피스와 11㎝ 하이힐을. 그야 반길 일이지만, 덩달아 뽕이 잔뜩 들어간 브래지어며 거들과 팬티까지 벗어던져야 한다. 그리고는 모르는 이들 앞에 나서야 한다. 죽겠구나. 스물다섯 살 때, 얼굴만 마주치면 성희롱을 일삼고 입만 벌리면 성행위를 요구하던 대대장의 안면을 철모로 내려치고 여군 소위 신분을 버렸다. 이후 9년. 군대가 훈련의 연속이라면 이 세계는 실전의 연속이었다. 훈련이 가상의 적들을 상대하는 일이라면 실전은 상상도 할 수 없는 현실을 상대하는 것이었다. 그간 별별 상황을 다 만났다. 남의 집 보일러실에 시신 두 구와 함께 사흘 밤낮을 지새우기도 했다. 젖먹이부터 90대 노인까지 일가족 7명이 몰살되는 장면을 지켜보기도 했다. 허공에 대롱대롱 매달려 따귀를 130대쯤 맞다가 기절하기도 했다. 왼쪽 고막이 그래서 요즘도 좋지 않다. 그러나 이런 경우는 단연코 처음이었다. 사우나라고 생각하자. 온천여행 왔다고 생각하자. 남녀혼탕이라고 생각하자. 아아. 그래도 이건 아니잖아. 천하의 엉큼한 남 대장에게 알몸을 내보이니. 천하의 저질스러운 남 대장의 알몸을 좋건 싫건 마주해야 한다니. 맙소사, 그러고 보니 주은도 있었네.

드넓은 실내에 온갖 가면들이 한가득 진열되어 있다. 전시실 같고 박물관 같다. 초등학교 운동장에 팔랑이는 만국기 같다. 60억 인류의 얼굴보다 다양할 것 같은 가면들. 제대로 구경하자면 하루는 족히 걸릴 것 같았다. 개중에 하나를 골랐다. 분홍색 보송보송한 털을 가진, 길고 뾰족한 코와 검은 수염이 앙증맞은 여우가면이다. 가볍고 얼굴에도 잘 맞는다. 분홍 여우가 전신거울 앞에 섰다. 쭉 뻗은 다리와 적당히 아담한 젖가슴, 오목한 허리와 갈색 아담한 둔덕을 이룬 음모. 이만하면 아직 봐줄 만한 몸이다. 쇄골 아래에 길게 남은 칼자국 흉터도 보기에 많이 흉하지 않다. 가만있자, 남자랑 자본 게 도대체 언제더라.

"준비 끝났어?"

누군가 다가왔다. 시커멓게 반짝이는 다스베이더 가면을 썼다. 아임 유어 파더. 후욱 후욱. 남 대장이다. 신경이 울컥 곤두선다.

"경고에요. 쳐다보지 마요."
"뭐야?"
"내 몸 보지 말라고. 정말 안 참을 거야."
"쳐다보다니."
"아닌 척 자꾸 힐끔거리는 거, 내가 모를 줄 알아요?"
"계속 이상한 소리 하네. 힐끔거리긴 누가 뭘."
"아 짜증 나."
"눈 감고 작전할까? 억울하면 당신도 내 몸 봐. 자."
"작전이고 뭐고 다 때려치울 줄 알아요."
"제발 그만들 좀 하세요."

주은이 나직이 호소한다.

"홀리지 말라면서요. 차라리 즐기라면서요. 이러다 10분 도 안 돼서 들키겠어요."

말끔히 빗어 넘긴 금발. 우수에 젖은 얼굴. 제임스 딘 가면이었다.

좀비 추출물

"좀비를 죽이려면 머리를 공격해야 한다는 거. 그래야 완벽하게 끝낼 수 있다는 거. 가슴을 찌르고 배를 쑤시고 팔다리를 잘라야 아무 소용없다는 거. 이제는 대단한 비밀도 아니지요. 애고 어른이고 모르는 자들이 없으니. 이걸 어떻게 생각하세요. 도대체 이게 어떻게 된 노릇일까요."

"모르지. 학교 생물 시간에 가르쳐주나?"

"네이버 댓글 보세요. 툭하면 이상한 음모론이나 올리는 빨갱이 새끼들. 대통령보고 쥐니 닭이니 망발하는 종북세력들. 국정원이 작년 말에 전수조사에 들어갔는데, 그중의 90%가 중학교 남학생들이래요. 그러니 이 녀석들을 어쩌겠어요. 국가가 바로 살려면 빨갱이 부모새끼들부터 죄다 잡아서 족쳐야 하는 거죠. 더욱 문제는 뭔지 알아요?"

"영화 이야기로군."

"왜 아니겠어요. 슬픈 일이에요. 인류의 비극이에요. 영화에서 낭만이 사라지고 말았어요. 낭만이 사라진 자리에 좀비가 들어섰지요. 좀비 아니면 연쇄살인마가. 영화가 관객들에게 낭만 대신 공포를 선사하는 세상이에요. 꿈과 환상 대신 잔인한 적개심만을 선사하는 세상이지요. 죄다 잡아서 족쳐야 해요. 개새끼들."

"좀비라. 당신은 좀비에 대해서 어떻게 생각해?"

"내 생각이 궁금해요? 진심으로?"

"그렇다고 해두지."

"내 생각에, 세상에 좀비 같은 건 없어요. 좀비 영화에 나오는 그런 놈들은."

"전적으로 동의해."

두 사람이 쉴 새 없이 떠들며 실내에 들어선다. 하얀 작업복을 입었고 하얀 가죽 부츠와 하얀 가죽 장갑을 꼈으며 하얀 가면을 썼다. 눈은 빙그레 웃는 모양이며 뺨은 발그레 수줍은 분홍색이다.

실내에 철제침대가 두 줄 나란히 늘어서 있다. 20개의 침대에 사람들이 누워 있다. 사람이 아니라 좀비다. 죽은 좀비들도 있고 살아 있는 좀비들도 있다. 살아 있는 좀비들은 침대에 두 손과 발이 단단히 묶인 상태이며 실내에는 그들의 울음소리가 우워어어 시종 비참하게 떠도는 중이다. 죽은 좀비의 외관은 더욱 비참하다. 총알에 이마를 관통당하고, 옷과 피부가 불에 타 엉겨 붙고, 심하게 얻어맞아 머리가 함몰되고, 목덜미에 깊고 날카롭게 구멍이 뚫렸다. 대개 그 비슷한 상태다. 작업복 한 명이 바퀴 달린 기기를 침상 가운데 통로로 끌고 나아간다.

"하루 만에 여덟 마리가 당했어요. 말이 되요?"

"전쟁터가 따로 없군."

"생긴 게 흉하다는 이유만으로, 행동이 굼뜨고 멍청하다는 이유만으로 낙엽처럼 죽어 나갔다고요."

"달리 선택의 여지가 없었겠지. 좀비건 똥개건 누군가 자신을 물어뜯으려고 달려든다면, 자네라고 구경만 할 수 있겠어?"

"문제는 폭력성이에요. 사람들이 날이 갈수록 폭력적으로 변하고 있어요. 죄다 분노조절장애자들뿐이라고요."

"너무 안타까워하지 마. 그렇다고 이 녀석들이 멸종되지는 않을 테니."

첫 번째 침상 앞에서 걸음을 멈추었다.

"09M3703입니다. 22일 전에 한 차례 생식을 했어요. 활성화는 미미할 겁니다."

"애석하군. 시작하자고."

누더기 양복을 입고 알 깨진 금테안경을 낀, 입가에 허연 거품이 말라붙은 중년 사내 좀비다. 뒤통수의 머리채가 흉하게 뜯겨나갔으며 정수리에 폭 2.5㎝ 깊이 6.8㎝의 자창(刺創, stab wound, 가늘고 긴 흉기를 그 긴축방향으로 찌르거나 치거나 해서 생긴 상처)이 났다. 가위 날이 꽂혔던 자국이다. 후임 작업복이 미용실 열기구처럼 생긴 기기를 연천 목사의 머리 쪽으로 가져갔다. 이마에 씌우듯 고정시킨다.

위잉!

헬멧 안에서 경쾌한 기계음이 시작된다. 작은 톱날들이 맹렬히 회전한다. 한때 연천 개척교회 목사였던 그의 눈썹 위 1*cm* 높이에서 톱날 7개가 회전하며 360도 돌아간다. 8.5*mm* 두께로 두개골을 잘라낸다. 치이잉. 정육점 그라인더로 냉동 돼지고기를 절단하는 소리. 대단히 정교한 작업이다. 이윽고 기기를 벗겨 내었다. 이마에 붉은색 테두리가 한 줄 단정하게 생겨났다. 후임 작업복이 연천 목사의 정수리 쪽 머리채를 쥐고 천천히 잡아당겼다. 쩌억. 간장게장 뚜껑 열 때와 비슷한 소리에 이어 머리 뚜껑이 열렸다. 그리고 선홍빛 뇌가 드러났다. 이어 선임 작업복이 나섰다. 수술 장갑을 낀 양손으로, 주로 엄지와 검지를 이용해, 뇌 연수부위를 신중하게 파헤친다. 흙 반죽을 다루는 도공의 손 놀림처럼 신중하고 섬세하다.

"메스."

후임 작업복이 건네는 수술칼을 뇌 깊숙한 곳에 가져간다. 검푸른 조직을 조심스럽게 절개해낸다. 이윽고 담즙 주머니처럼 생긴 무엇을 집어 든다. 그것을 유리 용기에 소중히 담는다.

"280㎎ 정도 되겠군."

일단의 작업이 끝났다. 후임 작업복이 기기를 밀고 다음 침상으로 이동한다. 이번에는 살아 있는 좀비다. 카아아아. 사람 냄새를 맡은 좀비가 이를 드러내며 반응한다. 팔다리를 힘차게 뻗대자 손목과 발목을 옥죈 벨트가 철컥거린다. 후임이 차트를 읽었다.

"08F4478입니다. 보면 아시겠지만 3시간 전만 해도 미친 듯이 생살을 뜯어먹고 있었지요."

남색 치마와 남색 조끼, 왼쪽 가슴에 하얀 명찰이 붙은 유니폼의 여성이다. 그 입가에 핏자국이 낭자하다. 현수의 몸을 뜯어먹었던 흔적이다. 카아아아. 머리에 헬멧 같은 기기를 씌우자 더욱 미친 듯 반응한다.

위잉!

헬멧 안 일곱 곳에서 작은 톱날이 경쾌하게 회전한다. 이마를 향해 예리하게 각도를 좁힌다. 이내 기기를 치우고 정수리 부분을 당겨 두개골을 연다. 선임 작업복의 정교한 손가락이 선홍빛 뇌의 한 부분을 헤집는다. 으어어어. 08F4478이 발가락을 꼼지락거리며 경련한다. 고통스러워 하는 것도 같고 간지럼을 타는 것도 같다. 이내 허옇게 눈을 치뜨며 움직임을 멈춘다. 뇌에서 돼지 쓸개같이 생긴 물질을 끄집어내 유리 용기에 담았다. 척 보기에도 이전보다 두 배가량 양이 많다. 흐음. 선임 작업복이 권태 가득한 한숨을 뱉어냈다.

나쁜 꿈

드넓은 연회장에 사람들이 가득하다. 가면으로 얼굴 가리고 옷 벗어 알몸 드러낸 사람들. 남 대장이, 이븐이, 주은이 잠시 할 말을 잃는다. 30명은 넘을 듯하다. 가슴이 크고 골반이 좁은 여자. 상체에 비해 하체가 유난히 비만한 여자. 임산부처럼 배 나온 남자. 음모에 흰털이 섞인 남자. 갈비뼈를 셀 수 있을 만큼 깡마른 여자. 어깨가 좁고 축 처진 남자. 가슴이 작고 유두가 유난히 뾰족한 여자. 엉덩이 끝이 까맣게 죽은 남자. 하얀 피부에 유치원생처럼 작은 성기를 가진 남자. 긴 생머리를 엉덩이까지 기른 여자. 팔뚝에 거미 문신을 새긴 남자. 가면과 달리 알몸은 솔직하다. 자신이 누구인지, 성별과 연령대와 건강상태까지를, 얼굴 드러내고 몸 가리고 있을 때보다 훨씬 더 솔직하게 알려주고 있다.

"빌어먹을 큰일 났네."

다스베이더가 후우후욱 가쁜 숨을 뱉어냈다.

"왜요."
"자꾸 커져서."
"……아."
"자네는 괜찮아?"
"저는."

다스베이더의 반쯤 발기한 성기를 힐끔 쳐다본 제임스 딘이 황급히 고개를 돌렸다.

"긴장해서 그런지 오히려 쫄아드는군요."
"차라리 그게 낫겠네. 촌스럽게 이게 뭐야. 적응되면 좀 나아지려나."

분홍 여우가 이를 악물었다.

"변태 새끼."
"변태?"

다스베이더가 발끈했다.

"자꾸 사람 이상한 쪽으로 몰고 가지 마. 눈앞에 벌거벗은 여자들이 저렇게 나돌아다니는데, 안 커지는 게 변태 아냐?"

실내 공기가 따뜻하다. 홀딱 벗고 있지만 그래서 조금도 쌀쌀하지 않다. 따뜻한 공기 속에 달콤하고 부드러운 향냄새가 은은하다. 경직된 몸 긴장된 마음을 편히 어루만지는 향기다. 연회장에 가득한 형형색색 가면들 속에, 다른 것과는 종류가 다른 가면들이 종종 눈에 뜨인다. 이마에서 인중까지를 가리는, 빙그레 웃는 눈매 발그레 분홍빛 뺨의 하얀 가면들. 가면이 같은 모양이듯 체구들 역시 대체로 엇비슷하다. 피부는 구릿빛이고 팔뚝은 허벅지처럼 굵으며 복근은 조각 같다. 그네들의 숫자와 동선을 다스베이더가 유심히 관찰한다. 지금은 연회장의 도우미 역할이지만 장차 큰 위협으로 맞서게 될 존재들이다.

하얀 가면 노란 나비넥타이 한 명이 술잔 가득한 쟁반을 들고 곁을 지나간다. 다스베이더와 분홍여우가 나란히 술잔을 집어 들었다. 나비넥타이의 우람한 성기가 행여 허벅지에 스칠세라 제임스 딘이 슬그머니 한 걸음 물러선다.

"두 가지야. 오늘 밤 우리가 기다릴 것은."

다스베이더가 술잔을 입에 가져간다. 체리와 알로에를 섞은 듯한 냄새. 뒷맛은 삶은 밤처럼 고소하고 은은하다.

"하나, 원장이라는 자가 찾아올 거야. 또 하나, Z로부터 데이터가 날아오겠지. 하나에는 최대한 움츠리고 또 하나에는 빠르고 정확하게 행동 개시한다. 아까 내가 뭐라고 했지?"
"원장을 조심하라고 했지요."
"그간 우리가 만나왔던 괴물들보다 몇 배는 괴물 같은

작자야. 나서지 마. 나서지 말고 관찰만 해. 머리부터 발끝까지, 움직임 하나하나 놓치지 말고."

분홍 여우가 물었다.

"파티 끝날 때까지 나타나지 않으면 어떻게 하나요."

"그럴 가능성은 없을 거야. 매주 빼놓지 않고 찾아왔다니까."

"가능성 없는 일이 혹시라도 벌어지는, 그런 경우를 묻는 거잖아요."

"글쎄다 그럴 경우는…… 일단 여기 온 사람들부터 움직이지 못하도록 해야겠지."

"이 많은 사람들을 어떻게?"

"발목을 자른다든지."

제임스 딘이 가면 안에 손가락을 집어넣는다. 왼쪽 눈 주변을 검지로 꾹꾹 누른다. 아까부터 편두통이 심하다. 관자놀이 주변이 쿡쿡 쑤신다. 속도 메스껍다. 영 기분이 좋지 않다. 눈도 더 침침해진 것 같다. 제기랄, 설마 벌써?

간밤에 나쁜 꿈을 꾸었다. 딸아이를 만나는 날이었다. 죽은 아내도 함께 있었다. 옛날에 함께 살던 그 아파트였다. 말갛게 오후 볕이 드는 것을 보니 오후 세 시가 넘었을 것이다. 아이가 웃었고 아내가 웃었다. 가슴이 벅찼다. 말랑한 아이의 뺨에 입을 맞추고 아내의 촉촉한 입술에 입을 맞추었다. 행복해서 눈물이 나왔다. 누구의 생일일까. 케이크의 촛불을 끄던 참이었다. 별안간 어둠이 찾아왔다. 사위가 온통 캄캄했다. 왼쪽 눈도 오른쪽 눈도 보이지 않았다. 칠흑 어둠 속에서 팔을 뻗어 사랑하는 이들을 찾았다. 아무도 아무것도 만져지지 않았다. 텅 빈 허공뿐이었다. 여보, 왜 그래? 괜찮아? 아내의 목소리가 자꾸 멀어졌다. 아이가 찢어지게 울어댔다. 다급한 구둣발소리가 들려왔다. 문 열어! 성난 고함소리가 이어졌다. 탕! 한 발의 총소리가 들려왔다. 그리고 고요. 화약 냄새가 매캐했다. 어디선가 바람이 불어왔다. 피에 젖은 바람이었다.

"왜 그래?"

다스베이더가 어깨에 손을 올렸다.

"왜 그렇게 얼이 빠졌어."
"아, 그게."

제임스 딘이 가면을 고쳐 썼다.

"기다림이 너무 길지 않았으면 좋겠어요. 그뿐입니다."
"기다림?"

실명의 시간이 멀지 않은 곳에서 그를 기다리고 있다. 정확하게 그만큼의 거리 저편에서 얼굴 모르는 적들이 다가오는 중이다. 둘 중 어느 편을 먼저 만나게 될지 아직은 가늠할 수 없다. 분명한 것은 그 시간이 점점 짧아지고 있다는 사실이다. 오래 걸리지는 않을 것이다. 죽거나 사라지는 것은 상관없다. 다만 멈출 일이 걱정이다. 5천만 원. 아빠를 잊고 살아가야 할 딸을 위해 그가 할 수 있는 유일한 선물이다. 그것이 남은 왼쪽 눈의 시력을 걱정해야 하는 유일한 이유다. 아직 멀었다. 멈춰서는 안 된다. 상대는

120살이 넘은 살인마다. 죽음은 문제가 되지 않는다. 자신에게 허락된 시간은 얼마나 될 것인가.

경성 죽첨정 단두유아 사건

1932년 3월 17일. 조선총독부가 대한제국을 지배한 지 23년째 되던 해. 봄바람 심하던 어느 날 아침, 경성 시내를 발칵 뒤집어 놓는 괴이한 사건이 벌어진다. 죽첨정(竹添町. 지금의 서대문구 충정로 3가) 쓰레기매립지에서 끔찍한 물건이 발견되었다. 헌 치마폭에 싸인 1~2세 아기의 머리통이었다. 몸은 어디로 가고, 남아인지 여아인지를 분간하기 힘든 머리통만 덩그러니 잘려 있는 것이었다. 더욱 경악스럽게도 현장엔 뇌수가 흩어져 있었으며, 사체 일부를 확인한 결과 아기의 골을 파낸 흔적까지 발견되었다. 다음은 발 빠르게 사건을 다룬 그 날 동아일보 석간기사다.

> 금 십육일 아침 팔시 경에 서대문 죽첨정 정목 금화장 못 밑에 흙과 씨럭이 내다 버리는 곳에 어린애 시체가 발견되었다. 보고를 접하고 소과 서대문경찰서에서는 서장 이하 각 주임급 형사 순사가 현장에 급행하야 경계선을 느리고 외인

의 출입을 일체 금하고서 증거인멸을 방지하고 법인의 수사에 노력하는 등 실로 현장은 어마어마한 듯하엿고 의주통길과 금화사는 가는 길에는 문자 그대로 호기심에 끌리는 군중으로 담을 싼듯하였다.

마포선 전찻길에서 현장으로가는 길에는 방울방울 피가 흘렀고 현장에는 아직도 새밝안 피가 임리하야 보는자로 빈축케 함을 금치 못하는데 더욱히 어린애가 남녀를 분간할 수 없고 검은 머리통만 남어서 조사하는 경관들도 머리를 흔들엇다.

범행은 아마 새벽 一, 二시경에 잇은 것 같은데 싼 것이 힌당목치마폭으로 또조히로 덮었는데 범인은 누구일가? 이 참혹한사건은 그범행의 원인이 어데잇을가 죽엿으면 그대로 내다버릴것인데 목을 잘라다가 머리만갓다 묻엇으니 몸동이는 어데가 버렷는가 미신이 낳은 범죄인가 또는 원한이 낳은것인가불의의 관계에서 나온 범행인가백퍼센트의 흥미를 끄을고 잇다.

일본이나 만주에 서는 이종류의 범행이 잇다는 말을 들엇지마는 아직 조선에는 이종류의 참혹한 사건이 없어서 전율할 이 범행의 주인공이 누구일가 또 그 동기는 어데서 나왓으며 그 범행자가 여자인가 남자인가 그들의 소행은 어떨가 소설과 같은 연극과같은 고담과도 같은 이사건의 추이는 게급을 통하야 각사회의 흥미와 주의를 총집중하고 잇다.

소관 서대문경찰서 모 간부는 말하되 "범행은 금일 새벽에 잇엇다고 봅니다. 아직도 혈색이 선명한 것으로 보아서 그러코 원한이나 치정관계에서 나온 것이나 아닌가 생각됩니다. 경성에서는 근래에 없는 중대한 사건입니다. 만전을 다하야 범인을 잡을려고 합니다. 그러고 범행은 여기서 된것 같지 않습니다 아직 수사중임으로 더 자세한 말을 할수없읍니다."고 진말을 피하엿다…….

총독부는 사태를 예의 주시하며 괴사건의 정체를 밝히도록 특별히 지시 내렸다. 가뜩이나 민심이 예민한 상황에 이와 같은 사건이 조선인들을 동요시키지 않을까, 그것이 가장 걱정이었다. 관할 서대문경찰서는 골치 아픈 숙제를 떠맡은 셈이었다. 인력을 총동원해 조사에 나섰지만 별다른 단서는 나오지 않았고 수사는 좀처럼 진전이 없었다. 서대문경찰서는 의심되는 조선인들을 마구잡이로 연행하고 나섰다. 자백을 받아내려 모진 고문을 가했지만 성과는 없었다. 살이 썩어들어가는 한센병(문둥병) 환자들이 더러 병을 다스리기 위해 아이를 납치하고 간을 빼먹곤 한다는 괴담에 경찰은 주목했다. 그리하여 근방의 한센병 환자들을 모두 잡아가 역시 모진 고문을 가하며 심문했다. 그러나 이렇다 할 단서조차 얻을 수 없었다.

수많은 무고한 이들이 경찰서에 들락거리며 취조를 당하는 동안, 하나의 의문이 사람들 사이에서 고개를 쳐들었다. 미처 주목 못 했지만 대단히 중요한 의문 한 가지. 대략 이런 것이었다. 죽첨정에서 발견된 그 불행한 아이는 살아 있을 때 머리가 잘렸을까, 아니면 죽은 후에 잘렸을까?

그 대답을 추론하는 일은 어렵지 않았다. 경찰은 관내에 접수된 유아 실종 신고가 최근에 없었음을 주목했다. 마지막 실종신고는 작년 12월에 있었고, 그것도 5살짜리 남아였다. 그렇다면 누군가, 그 부모조차 까맣게 모르는 채, 죽어 땅에 묻힌 아이를 머리를 무참히 베었을 가능성이 크다고 할 수 있었다.

4월 들어 경찰은 서대문 근처에 자리 잡은 공동묘지를-새 무덤을 중심으로-죄다 뒤졌다. 그야말로 지푸라기라도 잡는 심정이었다. 수사 50여 일만에 마침내 성과가 나타났다. 어느 작은 무덤에서 머리 없는 아이의 시신을 발견해낸 것이다. 2세 정도 되는 여아였다. 과연 이 몸이, 사건의 발단이 된, 머리만 남은 아기의 것일까. 부검 결과, 서로 다른 장소 서로 다른 시간대에 발견된 몸과 머리가 동일인물의 것이라는 사실이 밝혀졌다.

수사는 급물살을 탔다. 피해자 아기의 부모와 그들의 거처, 그 주변을 중심으로 모든 인력이 집중되었다. 유력한 용의자가 발견되었다. 아기가 살던 집에 곁방살이를 하던 배구석이란 남자였다. 체포된 지 3일째, 배구석은 범행 일체를 털어놓았다. 모진 고문을 못 이긴 자백이되 거짓은 아니었다. 그의 진술에 따라 윤명구라는 자가 공범으로 함께 체포되었다. 이렇게 사건은 마무리되었다. 미궁에 빠져 있던 처음 몇 달에 비해 싱겁도록 빠른 결말이었다.

배구석이 그런 끔찍한 범죄를 저지른 것은 윤명구의 사주 때문이었다. 윤명구에게는 완구라는 아들이 한 명 있었는데 간질병을 앓는 중이었다. 아들의 간질을 다스리고자 윤명구는 좋다는 약을 죄다 찾아가며 구해 먹였지만 별 효과는 없었다. 그러던 중 '어린아이의 골수에 있는 뇌장(뇌척수액의 이전 용어)이 간질에 좋다'는 이야기를 접했다. 귀가 번쩍 뜨였지만 난감했다. 어린아이의 뇌수를 어디서 어떻게 구한다는 말인가. 그러던 참에 배구석의 주인집 딸인 한 살배기 기옥이 일주일 전(2월 10일)에 죽었다는 소문을 접했다. 하여 윤명구는 이 끔찍한 사건을 계획하게 된다. 평소 잘 알고 지내던 배구석에게 찾아가 '땅에 묻힌 기옥의 사체에서 뇌수를 꺼내달라'고 청한 것이다.

"죽어서 흙으로 돌아갈 몸 아닌가. 그 몸으로 살아 있는 아이의 병을 고칠 수 있으면 얼마나 의미 있는 일이겠나 말일세. 이번 일만 해주면 앞으로 먹고살 일은 아무 걱정이 없도록 돕겠네. 내가 약속하지."

주변 사람들의 평처럼 '평소 술 한 잔 못 마시는 얌전한 성격'의 배구석이 어째서 윤명구의 사주를 순순히 받아들였던 것인지, 사람들의 이야기처럼 윤명구의 끔찍한 자식 사랑에 마음이 움직였던 것인지는 확실치 않다. 어쨌거나 배구석은 아무도 모르게 혼자서 이 일을 벌인 모양이다. 그래서 그가 체포된 뒤, 배구석의 처는 몇 날 며칠을 경찰서 앞에 주저앉아 '우리 남편 한 번만 만나게 해달라'며 울며 사정을 했다고 한다. 그가 무엇 때문에 잡혀 갔는지는 까맣게 모르는 채 말이다.

생체실험

눈을 떴다. 불빛 강렬하다. 다시 눈을 감는다. 난 누군가 여긴 또 어디인가.

목덜미의 강철 밴드가 조여지며 의식을 잃었다. 바로 그런 용도였다. 어떠한 필요가 있을 때, 누군가 원격으로 기기를 작동시켜 누군가를 쓰러뜨리는. 경동맥을 적절히 압박하면 뇌에 공급되는 혈류 흐름이 끊기며 산소 공급이 차단, 7초가 지나면 실신하고 10초가 지나서부터는 뇌 손상이 시작된다. 격투기의 쵸크 등이 바로 이를 응용한 기술이다. 가만있자. 그런데 목에 채워졌던 '쵸크 기구'가 보이지 않는다. 어떻게 된 일일까. 상체를 일으킨다.

철컥.

양손과 발이 단단히 묶였다. 그리하여 철제침대에 큰 대 자로 눕혀져 있다. 이건 목덜미에 쵸크 기구가 채워진 것보다 몇 배는 험한 상황이다. 여기가 어딘지 알 수 없다. 지저분한 샤워실도 사람 없는 쇼핑센터도 비좁은 창고도 아니다. 병원 수술실 비슷하다. 포르말린 냄새가 코를 찌른다. 불빛을 조금만 줄여주었으면.

"기분 좀 어떠십니까."

머리맡에 누군가 다가와 선다. 두 명이다. 하얀 작업복을 입고 하얀 가면을 썼다. 왼쪽 팔이 따끔하다. 두 사람 가운데 한 명이 Z의 왼팔에 주사를 놓는다.

"궁금한 게 많을 겁니다."

나머지 한 명이 말했다. 가면 밖으로 턱이 길게 튀어나온 남자다. 남달리 긴 턱 때문에 학창시절부터 많은 놀림을 받았을 것이다. 그에 해당하는 별명도 한두 가지 아니었을 것이다. 그로 인해 상처도 많이 받고, 그로 인해 성격장애가 생기기도 했을 것이다. 카랑카랑 새된 목소리로 주걱턱이 말했다.

"당신들 뭐 하는 사람들이냐. 왜 나를 납치한 거냐. 지금 무슨 약을 주사한 거냐. 왜 나를 묶어놓았느냐. 나에게 무슨 짓을 하려는 거냐. 다른 사람들은 다 어디 갔느냐. 그와 같은 궁금증들이 머릿속에 가득하실 겁니다. 불안은 호기심이 다른 이름이니까요. 에에, 이런 저런 의문들을 속 시원하게 풀어드릴 수 없어 안타깝게 생각합니다. 하지만 조금만 참으세요. 마지막 순간에 이르렀을 때, 많은 분들이 그 숱한 의문들의 정답을 스스로 찾아내곤 하더군요. 여태까지의 경험에 비춰보면 그래요."

말이 많은 친구다. 말은 많은데 들어줄 내용은 그다지 없는 친구다. 그런데 마지막 순간이라? 왼손에 온 신경을 집중시킨다. 수갑이건 매듭이건 가죽 벨트건 마찬가지다. 손목이 묶였을 때 이를 풀어내는 방법은 대략 세 가지. 묶인 것을 끊거나, 손목을 자르거나, 손목보다 손의 두께를 작게 만들거나. 수갑이 손목을 구속할 수 있는 것은 손목보다 손이 두껍기 때문이다. 수갑뿐 아니다. 족쇄나 목줄 역시 마찬가지다. 이를 반대로 이용하면 된다.

"아쉬우니까 한 가지만 말씀드리지요. 방금 전에 주사한 것은 지금 시작하려는 검사가 원활해지도록 돕는 약품입니다. 인체에 전혀 무해하죠. 내시경검사 전에 맞는 위장운동억제제 같은 거라고 생각하시면 좋겠습니다."

Z가 처음으로 입을 열었다.

"무슨 검사 말인가요."
"저런, 질문들이 무럭무럭 자라는 소리가 들리는군요. 조금만 참아주세요. 모든 것은 시간이 해결해줄 겁니다."

주사를 놓았던 하얀 가면이 수술용 트레이를 들고 돌아왔다. 핀셋으로 알코올 솜을 집어 팔등에 열심히 바른다. 차갑다. 다시 왼손에 온 신경을 집중한다. 대단히 고통스러운 일이다, 오므린 손의 두께를 손목보다 가늘게 만드는 일은. 신체의 고통을 넘어 거의 초인적인 정신 집중이 필요한 일이다. 자칫 잘못하면 손을 영영 못 쓰게 될 위험이 따르는 일이다. 하지만 달리 방법이 없다. 묶인 것을 끊을 수도, 손목을 끊을 수 없는 상황이다. 잔등에 후끈 땀이 배었다.

"잠시 실례."

하얀 가면이 알코올 솜으로 닦아낸 Z의 왼팔 부위에 메스를 가져간다. 피부를 얇게, 10원짜리 동전 크기만큼 절개한다. 깔끔한 솜씨였다.

"무슨 짓이야!"
"움직이지 마세요. 다칩니다."

커다란 주삿바늘이 다시 팔에 꽂혔다. 채혈을 시작한다. 200*ml*의 주사기에 검붉은 피가 한가득 담긴다.

"담배는 7년쯤 전에 끊으신 것 같군요."
"당신들 뭐야."
"동물성 단백질 섭취량도 적당하고, 근육량이 대단한 수준이군요. 관리 참 잘하셨어요. 부럽습니다. 모발을 채취하겠습니다. 움직이지 마세요."

싹둑. 머리칼을 몇 가닥 잘라낸다. 머리카락만이 아니었다. 허리띠를 풀고 속옷을 끌어내리는 거침없는 손길에 Z가 다시금 이를 악물었다. 음모 몇 가닥을 잘라낸 손길이 성의 없이 팬티를 올려

준다. 때가 되었을 때 가장 먼저 죽여 없앨 놈이 이로써 정해졌다. 왼손에 다시 신경을 집중한다. 손등의 감각이 점점 희미해지고 있다.

포도주의 맛

벌거벗은 가면들의 향연. 처음 연회장 들어설 때의 눈이 멀 것 같은 충격이 조금씩 가시고 있다. 술잔을 손에 들고 고딕창가의 벽난로 주변을 서성였다. 그러던 중 누군가와 눈이 마주쳤다. 가부키 가면을 쓴 여인이다. 납득할 수 없는 일이지만 가면 너머 눈빛을 피하기가 힘들다. 여인이 사뿐사뿐 다가왔다. 맨발이 아니라 하이힐이라면, 양모 카펫이 아니라 나무 바닥이었다면 또각또각 발소리가 사무쳤을 걸음걸이다.

"안녕하세요, 제임스 딘."

대뜸 아는 체를 한다.

"괜찮으세요?"
"아, 뭐, 괜찮습니다."

아는 사람도 없지만 낯선 이도 없다. 친구도 없지만 친구 아닌 이도 없다. 나도 없지만 남도 없다. 얼굴 없는 연회장 분위기란 대체로 그와 같다.

"아까부터 그쪽을 지켜봤어요."

그러지 않으려고 했건만, 가부키 여인의 벗은 몸에 자꾸 눈이 간다. 작은 키, 적당히 아담한 어깨와 적당히 풍만한 가슴과 적당히 귀여운 옆구리 살. 40대 중반 여인의 부담 없는 몸매다. 그 목소리조차 부담 없이 평범하다.

"저를요?"
"예."
"저를, 어째서."
"혼자 그렇게 서서 두리번거리는 게, 왠지 불안해보였거든요. 키도 이렇게 크신 분이. 거리에 처음 나선 유기견처럼."

신체 일부가 멋대로 반응하려 한다. 여인의 몸매와 목소리가 일본 성인비디오에 등장하는 배우 같았더라면 오히려 이렇지 않았을 것이다. 남은 술을 홀짝 비웠다.

"어떻게 아셨나요. 가면 속 얼굴이 불안한지 행복한지."
"가면을 쓰면, 온몸이 얼굴이 되지요."
"잘 보셨습니다. 실은 이런 분위기, 처음이라서."
"부끄러워 마세요."

"……무엇을?"

"불안을. 불안의 마음을."

지나가는 나비넥타이의 쟁반에서 술잔 두 개를 집어 든 여인이 그중 하나를 제임스 딘에게 건네었다.

"불안과 공허는 생의 근본과 같지요. 그러니 용기를 가지세요. 불안과 공허에 대한."

"……하이데거."

"아시는군요."

"뭐 하나만 여쭤 봐도 될까요."

"물론이죠."

누군지 모르는 이에게 무엇인지 확실치 않은 것을 묻는다. 가면 놀이의 모호함이 깊어지고 있다.

"당신은 누군가요."

"저요?"

"그렇습니다. 제 앞에 서 계신 당신."

가부키가 대답 대신 손을 뻗어 제임스 딘의 가슴에 가져간다. 통통하고 부드러운 손가락이 넓은 가슴 곡선을 천천히 쓰다듬는다. 그 느낌을 좋지도 않고 싫지도 않다. 좋다기엔 뭔가 부족하며 싫다기엔 뭔가 미진하다. 어쨌거나 피하기 쉽지 않은 손길이다.

"이해하기 힘든 질문이군요."

"어째서 그런가요."

"왜냐하면, 당신은 날 모르니까요."

"그런데요?"

"당신이 누구냐는 것은 질문을 받는 상대방이 누구인지, 이 사람인지 또는 저 사람인지, 이미 식별이 가능한 경우에만 가능한 질문이잖아요."

"어렵군요."

술기운이 오르고 있다.

"내가 누구냐면, 마스크를 쓴 사람이라고 할 수 있지요."

"그건 분명하군요."

"물론 그렇지요. 지금 당신의 지각 능력에 의문을 제기하는 게 아니에요. 가면 쓴 사람더러 누구냐고 묻는 것에 대한 모순을 지적하려는 것뿐이죠. 귀여운 제임스 딘 씨."

한발 다가온 가부키가 제임스 딘의 엉덩이를 잡는다. 세게 잡아 쥐었다가 놓는다. 제임스 딘이 움찔, 몸을 떤다. 아슬아슬하던 성기가 거침없이 발기하고 만다. 가면을 쓰고 있다는 것이 이렇게 다행스러울 수 없다.

"우리는 언제나 누군가에 닿아 있지요. 그림자의 앞면이거나 뒷면."

가부키가 속삭였다.

"오늘 밤, 부디 그분을 찾으시길 바라요."

"……."

"저는 저기 두 번째 방에 있을 거예요. 원한다면 찾아오세요. 마음의 인연이 된다면."

사뿐 몸을 돌린 여인이 멀어진다. 거리낌 없이 드러난, 희고 아담하고 조금 처졌지만 아직은 충분히 봐줄 만한 중년 여인의 몸매다. 저 몸에 손을 댔다면 어떤 반응이 돌아왔을까. 가슴을 쓰다듬거나 엉덩이를 쥐지 않더라도, 가면 아래 드러난 입술을 건드리거나 손을 잡았더라면.

어느덧 자정 넘은 시간이다. 간밤에 만났던 꿈의 기억이 다시 떠오른다. 누군가 다시 그에게 다가왔다.

"좀 어때요."

"……당신은 또 누군가요."

"응?"

"당신도 아까부터 나를 지켜봤나요. 내가 그렇게 불안해 보였나요."

"이게 뭔 헛소리야."

분홍 여우다. 아니 이븐이다. 가부키보다는 젊고 늘씬하고 탄탄하다.

"아, 죄송. 순전히 벗은 몸들이라서."

"정신 안 차릴래요?"

"차리겠습니다."

"내 몸도 그만 좀 보시고."

"아."

"저기, 저 사람들 보여요?"

분홍 여우가 고갯짓으로 자신의 등 뒤를 가리킨다. 분수대 옆, 검은 가죽 소파에 사람들이 둘러앉아 있다. 여남은 명이 소파에 앉거나 팔걸이에 기대서거나 바닥에 모로 드러누워 환담을 나누고 있다. 거침없이 밝고 유쾌한 웃음이 시종 이어지고 있다.

"누군지 아나요."

"모르지요."

"국군 미모."

"확실해요?"

"확실하다마다. 저번에 만난 새끼가 바로 저기 있는걸요. 저기 타이거 마스크 가면 쓴 새끼. 어깻죽지에 흉터 있는."

"오오. 대박."

"어때요. 호랑이 굴에 제대로 들어왔죠?"

"에이, 호랑이까지야."

"살쾡이가 늙으면 호랑이 되는 거니까."

"가볼까요? 어떤 사람들인지 보고 싶었는데."

"조심하는 게 좋을 거예요."

국군 미모. 국가 안보를 걱정하는 군 미필들의 모임. 풀이하면 그런 명칭이었다.

동종요법

"굉장해."

오쿠다가 침상에 묶여 있는 사람을 내려다보며 중얼거린다. 사람의 것 같지 않은 몸. 팔다리는 당뇨병 말기 환자인 양 가짓빛으로 부어올랐고 눈알은 동자가 쌀알만큼 줄어들었으며 그 색도 연회색으로 희미해졌다. 무엇보다 얼굴을 가져가면 시선을 마주하는 대신 크아아, 입 벌려 적개심을 드러내는데 그로부터 형언키 어려운, 시취에 비할 악취가 쏟아졌다. (나중에 밝혀진 사실이었지만 크아아, 입 벌려 드러내는 감정은 적개심이나 분노가 아니라 분노와도 같은 식욕이었다.)

"대단한 발견이야. 과학적으로. 더불어 국가적으로."

그러던 오쿠다가 등 뒤를 돌아본다.

"아, 자네 개인적으로는 지극히 불행한 사건이 되겠네만."

가네야마가 어깨를 으쓱, 해 보였다.

"그렇게 말해주니 고맙네."
"무슨 소리."
"실은 그동안 불행을 느낄 새도 없었어. 도대체 이게 무슨 노릇인지, 장차 이 사태가 무엇을 의미할 것인지 궁리에 바빠서 말이야."
"……그렇기도 했겠군."

동경의대 재학시절, 일본인 오쿠다와 조선인 유학생 가네야마는 의외의 단짝이었다. 오쿠다가 '얼음선생'이었다면 가네야마는 '조센징 얼음선생'으로 통했다. 그로부터 10년. 식민지 조선 땅에 배치된 군의관과 경성의 어느 작은 내과의원 원장의 신분으로 다시 만난 두 친구는 과거 그네들에게 따라붙었던 별명의 의미를 스스로 증명해 보이고 있다. 유일한 혈육이 불과 며칠 만에 짐승의 혼이라도 씌워진 듯 믿기 어려운 형용이 되었음에도 이토록 냉철하고 진지한 모습을 유지하고 있는 가네야마가 그러했다. 도저히 사람의 모습이라고 보기 힘든 사람의 모습을 느닷없이 접하고도 놀라는 기색은커녕 의학적인 관심부터 드러내 보이는 오쿠다가 또한 그러했다.

침상에 묶여 상처 입은 짐승처럼 씨근덕거리는 이는 가쓰란이다. 조선어 이름으로 활란, 가네야마의 외동딸이다. 가쓰란은 예전의 그녀가 아니다. 예전 그녀의 모습이 적잖이 남아 있기는 하지만 예전의 그녀 같지 않다고 해야 마땅할 구석이 그보다 몇 배는 많았다. 자기 이름을 부르는 아버지 가네야마의 목소리 대신 피가 뚝뚝 떨어지는 고깃점에 더 적극적인 반응을 보이는 존재. 단 일주일 만에 사람다운 구석을 대부분 잃어버리고 만 이 존재를 도대체 무어라고 이름 붙이면 좋을까. 여리고 고운 열여섯 살 소녀의 모습을 송두리째 지워버린 이 변이를 도대체 어떻게 이해하면 좋을까. 유성기가 재생하는 독일가곡을 그리도 좋아하던 아이는 어디로 간 것일까. 저잣통의 거지를 만나면 그냥 지나치지 못하던 그 착한 아이는 도대체 어디로 사라진 것일까.

달라진 가쓰란은 한 마디로 위협적이었다. 지능이 크게 떨어진 대신에 포악하고 민첩한 공격성이 몇 배로 늘었다. 하여 기회만 생기면 사람을 물어뜯으려 했다. 이레 전 가정교사 요시다가 돌연 팔뚝을 물어뜯긴 것이 시초였다. 움푹 파인 상처에서 피가 철철 흘렀다. 자신의 살점을 질경질경 씹어 삼키는 가쓰란의 모습에 요시다는 끝내 기절하고 말았다. 그때만 해도 아직은 '사람으로서의 의식'이 가쓰란을 지배했다고 해야 옳을 것이다. 비명소리에 놀란 사람들이 모여들었고, 이내 정신을 차린 그녀가 온몸에 번진 핏자국에 질겁하며 울어대었던 것이다. 그것은 시작에 불과했다. 가쓰란은 점점 더 가파르게 자신을 잃어만 갔다. 한 마디로 속수무책이었다. 하여 이틀 전부터는 이렇게 온몸이 결박된 채 병상 아닌 병상에 누운 지경에 이르렀다. 이러지 않았다가는 집안사람들의 안전은 물론 밤낮으로 흉하게 퍼져나가는 소문을 영영 다스리지 못할 터였다.

이것이 질병이라면, 증세를 다스리고 늦추는 문제에 대해서는 영 속수무책인 반면 예의 병인을 짐작하기란 어려운 일이 아니었다. 평상시에 비추어 뭔가 같지 않았던 일상의 기록들. 무릇 생체의 균형을 깨며 찾아오는 모든 변화가 거기서 출발하기 마련이었다.

경성을 떠들썩하게 했던 이른바 죽첨정 단두유아 사건. 신문을 통해 그를 접한 것이 두 달 전이었다. 간질병에 고통받는 아들을 고치고자 죽은 어린아이의 뇌장을 구했던 한 아비의 사연. 그리고 가네야마는 홀로 무릎을 쳤다. 별 흉악한 일을 다 보겠다고 모든 이들이 눈살을 찌푸리는 예의 사건으로부터 특출난 정답을 발견해낸 심정이었다. 고질적인 뇌병으로 고생하는 딸 가쓰란을 위해 할 수 있는 마지막 방법을 만난 심정이었다.

동종요법(homeopaths, 同種療法). 일찍이 히포크라테스는 '우리 안에 있는 자연적인 힘이야말로 진정한 치료제'라고 선포했다. 그리고 1790년, 독일의 사무엘 하네만은 사람이 질병에 걸렸을 때 질병의 원인과 같은 물질을 소량 사용해 그 증상을 낫게 한다는 개념을 발전 개발시켰다. 환자의 증상을 억제하거나 그와 반대되는 작용을 유발시켜 질병 치료를 유도하는 이종요법(異種療法, allopaths)과 반대로, 하네만은 질병의 각종 증상들이 '질병을 몰아내려는 인체의 자구노력을 반영한다'고 보았다. 병의 각종 증상들을 질병이 아니라 치유과정의 일부로 파악한 것이다.

"환자의 병적 상태와 유사한 증상을 유발시키는 자연약품을 이용해 자가 면역능력을 키우고, 이로써 병세가 스스로 치유되도록 유도하는 치료법이지."

"동양에도 비슷한 믿음에서 나온 관습이 있잖아. 요컨대 눈이 안 좋을 때 짐승의 생간을 먹으면 좋다거나. 무릎이 안 좋을 때 소의 무릎을 고아 먹으면 효과가 있다거나."

"아들의 간질을 다스리고자 죽은 아이의 뇌를 생각했

던 윤명구의 생각은 훌륭했어. 간질 역시 뇌의 잘못된 작용으로 인한 질병이니까."

"하지만 신문을 보면, 별 효과가 없었다던데."

"죽은 지 일주일이나 지난 시신이라는 점이 문제였겠지. 아무리 좋은 약재라도 상한 것의 효과를 기대할 수는 없을 테니."

"나에게 그런 부탁을 했던 이유가 그것이었군. 갓 효수한 조선인들의 머리를 그렇게나 찾았던 이유가."

오쿠다가 묻고 가네야마가 고개를 끄덕였다.

"미리 털어놓지 못한 점 미안하게 생각하네."

"이해해. 나라도 그랬을걸."

가죽장갑을 벗은 오쿠다가 그것을 뒷주머니에 꽂았다.

"중국 무협지의 한 장면을 보는 것 같군. 가시오가피, 천궁, 감초 등 응혈을 풀어주는 기본 한약재와 더불어 갓 효수된 사람 머리를 만 하루 동안 푹 고아 끓인 탕약이라. 대단히 인상적이야."

"한의사라는 자들로부터 조언깨나 얻어야 했지."

"효과는?"

"말한 그대로야. 단 이틀 만에 차도가 보이더라고. 그 심하던 두통과 구역 등 뇌종양 증상이 거짓말처럼 사라지더라니까."

"그렇다면……."

"탕약의 특정한 성분이 아이의 뇌에 어떠한 변화 가능한 영향을 주었음은 분명해. 그렇다면, 가쓰란이 지금 같은 모습으로 변이하고 만 것 역시, 바로 그와 같은 기전이 관계하고 있음을 짐작해볼 일이겠지. 안 그런가?"

카아아. 철제 침상에 손발 꽁꽁 묶인 소녀가 허리를 뒤틀고 이를 드러내며 서럽게 신음했다.

"어쨌거나 자네에게는 안 된 일이야. 부디 기운 내게."
"그래야지. 고마워."
"아까 말했지만 731부대의 이시이 장교를 소개해줄 수 있어. 자네가 원한다면."
"생각해보지."

가쓰란의 발등에 가네야마가 손을 가져갔다. 믿기 힘들만큼 차갑고 거칠다. 가쓰란은 죽었다. 예전의 가쓰란은 이미 죽고 없었다. 하지만 그 일부는 아직 살아 있다. 변함없이 살아 있다.

"이제 뭘 어떻게 하면 좋을지 진지하게 고민 중이야. 자네가 의견 주었던 부분까지를 물론 포함해서."
"많이 힘들겠군."

오쿠다가 가네야마의 어깨에 손을 올렸다.

"어쩌겠나. 이것이 내 운명이라면."

몹시 불쾌한 얼굴

하얀 방이다. 불빛 강렬하다. 저편에 하얀 작업복을 입은 사람 둘이 서성이고 있다. 철제 침상에 두 팔 두 다리가 꽁꽁 묶여 있다. 이게 뭐지? 똥 마려운 누나 덕분에 그 비좁은 창고에서 나와서, 그리고는 바로 저 사람들을 만났는데. 그리고 정신을 잃었는데.

"우리 누나 어디 갔나요."

그렇게 중얼거리던 동해가 내심 놀란다. 자기 목소리가 자기 것 같지 않다.

"여기 어딘가요. 내가 얼마나 기절해 있었던 건가요."

하얀 작업복들은 대꾸가 없다. 정신이 좀 드니? 살가운 인사는커녕 이편을 돌아볼 줄도 모른다.

"그 좀비들. 도대체 뭔가요."

동해가 소리를 높였다.

"지금 뭐하는 건가요. 저기요, 내 말 안 들려요?"

눈을 감았다. 어지럽다. 숱한 장면들이 번득 떠올랐다가는 사라져가기를 반복한다. 악몽보다 섬뜩하고 B급영화보다 황당한 장면들이.

"……알겠어. 이제 알 것 같아. 지하 3층의 샤워장도, 좁고 어두운 복도도, 지하 2층의 텅 빈 쇼핑센터도, 사람들을 위한 장소가 아니었군요. 좀비들의 놀이터였군요. 아니야. 좀비 농장이라는 편이 더 정확하겠네. 그러면 아저씨들은 좀비를 사육하는 사람들인가요? 〈레지던트 이블〉에서, T-바이러스를 개발하고 인체 실험을 벌이는 엄브렐러사 직원처럼? 세상에나, 이거 꿈 맞죠?"

두 명의 하얀 작업복 가운데 한 명이 납작한 유리 용기 위의 어떤 물질에 파란 약물을 한 방울 떨어뜨린다. 그러자 어떤 물질이 살아 있는 생물처럼 움직인다. 연탄불 위의 마른오징어처럼 양식장에서 갓 딴 전복처럼 천천히 꿈틀거린다. 방금 전 동해의 팔 안쪽에서 절개한 피부 조직이다.

"그렇다면 우리들은, 좀비들의 장난감이거나 먹잇감이

겠군요. 젖소 농장에 쌓인 건초더미 같은. 우리 속 호랑이에게 던져주는 생닭 같은. 소 돼지 먹이는 미국산 옥수숫가루 같은. 양식 미꾸라지에게 먹이는 깻묵 같은. 햄스터 좋아하는 콩 줄기 같은."

동해가 계속 종알거린다.

"하지만 모르겠어. 여전히 모르겠어. 젖소처럼 우유를 짤 것도 아니고. 닭처럼 알을 받을 것도 아니고. 양처럼 털을 깎을 것도 아니고. 사슴처럼 뿔과 피를 얻을 것도 아니고. 사향고양이처럼 대변 속 커피열매를 구할 것도 아니고. 도대체 어떤 이유로 좀비들을 사육하는 건가요. 도대체 뭘 얻으려는 건가요. 단백질 대체식품? 군사용 살인 병기?"

하얀 가면 가운데 한 명이 바쁜 일손을 놓고는 아아아, 괴롭게 신음했다. 고개를 절레절레 흔든다. 침상 쪽으로 성큼성큼 다가온다. 장갑 낀 손으로 동해의 뺨을 거세게 잡아 쥔다. 악감정이 한가득 실려 있다.

"배고프지 않니?"

나이 든 여자다. 주홍색 립스틱을 짙게 발랐는데 입가에 그만한 연륜이 엿보인다.

"배고프지 않느냐고."

"……아아 아파요."

"배고프겠지. 당연히 그렇겠지. 그렇게 쉴 새 없이 떠들어대니 배가 고프지 않으면 그게 이상한 일이겠지."

"이거 좀 놔줘요."

"변성기 남자애 앵앵거리는 목소리가 얼마나 듣기 짜증나는지 모를 거야. 입 다물고 있어. 주둥이 꿰매버린다는 말 들어봤지? 난 정말로 그렇게 할 자신이 있다고. 알았어?"

"알았어요."

"그래야 할 거야. 이제 시작할 테니까."

"시작? 뭘 시작해요? 생체실험? T-바이러스?"

그때였다. 노크도 없이 문이 열리고 누군가 성큼 들어섰다.

남자다. 40대 중후반. 왜소하지만 다부진 체구. 각진 광대뼈에 고집스럽게 다문 입술. 이대 팔로 단정히 빗어 넘긴 머리칼. 검은 안경을 쓰고 있지만, 그 너머의 날카롭고 강렬한 눈매가 보일 듯하다. 실내 분위기가 일순 경직된다. 하얀 작업복 두 명이 하던 것을 멈추고 일사불란하게 차렷 자세를 취한다. 척추에서 우두둑 소리가 들릴 만큼 절도 있는 동작이다.

"오셨습니까."

주홍색 립스틱이 인사했지만 남자는 대답이 없다. 굳게 입을 다문 채 실내를 천천히 돌아본다. 그 시선이 침상에 묶인 동해에게 향했다.

"13세 중학생 남자아이입니다. 반응 결과 양성입니다.
곧 변이를 진행할 예정입니다."

남자는 고개 한 번 끄덕일 줄 모른다. 실내에 가득 차오르는 정적. 몹시도 불편한 정적. 동해는 갑자기 머리가 아팠다. 갑자기 속이 메스꺼웠다. 갑자기 기분이 나빠졌다. 남자의 등장 이후로 갑자기 그랬다. 저 사람은 잠잘 때도 저렇게 검은 안경을 쓸 거야. 밥을 먹고 국을 마실 때도 저렇게 입을 꾹 다물고 있을 거야. 곁의 누군가 비명을 지르며 죽어가도 저렇게 무표정한 얼굴일거야. 돌잔치 하던 아기 때도 저렇게 해병대 훈련조교 같은 얼굴이었을 거야.

실내 한가운데 멈춰 서 있던 남자가 휙 몸을 돌렸다. 들어설 때 그러했듯 빠르게 문밖으로 나섰다. 하얀 작업복들이 서로를 돌아본다. 느닷없이 찾아든 남자가 잠시 머물다 간 시간은 2분여. 남겨진 존재감의 여운은 그 몇 배 길었다.

"엄청 긴장하셨네."

동해가 눈치 없이 종알거렸다.

"누군가요. 회장님? 박사님? 대장님? 주인님? 그렇게
부서운 분인가요?"
"또 떠든다 또."

주황색 립스틱이 다시 한 번 아프게 동해의 뺨을 꼬집고 흔들었다. 아야야. 그녀의 손에 뭔가 들려 있다. 작은 병이다. 갈색의 점

성 있는 액체가 그 안에 반 넘어 담겨 있다. 병뚜껑을 열고는 내용물을 줍고 긴 티스푼에 조심히 붓는다. 시럽 감기약 같다. 감기약은 아닐 것이다. 또 다른 작업복이 다가와 양손으로 동해의 얼굴을 붙들었다. 귓구멍이 위로 향하도록 고개를 억지로 돌리더니 움직이지 못하도록 내리누른다. 투박하고 거친 손길이었다.

"지금 뭐하는 건가요."

얼굴 짓눌린 동해의 발음이 정확지 않았다.

"곧 잠들게 될 거야."
"자고 싶지 않아요."
"엄마 말 들어야지."
"맙소사. 사람 살려."
"너무 두려워 마."

주홍색 립스틱이 귓가에 나직하게 속삭였다.

"머지않아 두려움이 뭔지조차 잊게 될 테니."

시큼한 침 냄새와 분 냄새, 립스틱 냄새가 한 데 섞여 있다. 초등학교 때, 악마라는 별명을 가진 교감선생님과 대화를 나누다가 이런 냄새를 맡은 적이 있었다.

"움직이지 마. 100*mg*에 1천만 원짜리야. 흘리면 아깝잖아."
"사람을 좀비로 변하게 하는, 그런 약이군요."

"……똑똑하다니까."

가늘고 긴 스푼 머리가 귓구멍에 와 닿는다. 차가운 감촉에 어깨가 움찔 떨린다.

"숱한 인간들을 만났지만 너만큼 똑똑한 사람은 못 봤어. 이거 칭찬이다."

깨질 듯 얼굴이 아팠다. 작업복이 있는 힘을 다해 동해의 얼굴을 잡아 누르는 중이다.

"사, 사람 살려. 이러지 마요."
"순간을 즐기렴. 살아 있는 느낌을. 내 안의 또 내가 잠깨어 일어나는 느낌을."

귓구멍을 타고 차갑고 묵직한 액체가 조금씩 흘러든다. 그 이물감에 재차 어깨를 떨었다. 달콤한 비릿함이 느껴졌다. 체리와 알로에, 삶은 밤을 섞은 듯한 냄새였다.

승리자들

검은 가죽 소파 주변에 사람들이 모여 있다. 7인용 소파지만 주변에 서고 앉고 누운 이들은 그 두 배가 넘는다. 제임스 딘과 분홍여우가 그 곁에 다가간다. 소파에 앉은 누군가 목소리 높여 떠들고 있다. 금빛 현란한 베네치아 가면이다. 가슴에 희끗희끗 흰 털이 났고 아랫배가 조금 쳐졌다. 내세울 것 없는 몸매지만 목소리만큼은 외화를 더빙하는 성우처럼 감정 풍부하며 자신감 넘친다. 감정 풍부하고 자신감 넘치는 사람들이 대개 그러하듯, 그 역시 자신의 풍부한 감정과 넘치는 자신감을 드러내는 데 있어 요만큼의 조심스러움도 없다.

"여하튼 그 양반, 분위기 파악 안 되는 사람이었지요. 친일이니 독재니 갈등이니 고집만 세서는. 그래서 내가 그랬던 거예요. 뭣도 모르고 저렇게 설치다가 큰 코 다친다고. 처음부터 역사가 그렇게 정해진 거라고. 대통령 되자마자 탄핵 맞을 뻔한 것도 다 그런 맥락이었다고."

거기서 말을 끊은 베네치아 가면이 사람들을 둘러보았다. 소파 주변에 서고 앉고 누운 가면들이 그의 이야기에 넋을 놓고 있다.

"내가 분명히 말했거든요. 그 양반, 대통령 자리 물러나면 6개월 안에 큰일 당하고 만다고요. 공장 하나 걸어도 좋다고. 그런데 이제 와서 딴소리들이셔. 됐어요 됐어. 공장은 필요 없으니 속 시원하게 인정하세요. 내 말, 맞았어요 틀렸어요? 딱 맞췄죠?"

금빛 현란한 베네치아 가면은 STK모터스의 김연승 부회장이고 '그 양반'이란 지난 5월, 경남 김해시 봉화산의 어느 바위에서 몸을 던져 스스로 생을 마감한 전직 대통령을 말한다.

"하여간 불쌍한 사람이에요."

눈과 입 부위에 구멍을 뚫은 검은 복면의 여인이다. 당장에 은행을 털러 가도 좋을 것 같은 복면의 그녀가 소파 구석에 모로 드러누워 있다. 키가 크고 어깨가 넓으며 왼쪽 목덜미에 까만 점이 있다. 그녀가 다시 속삭였다.

"무식한 게 불쌍한 거죠. 정치적으로 너무 미숙했어요. 미숙아는 인큐베이터에 있어야죠. 그래서 대학 나온 대통령이 필요하다는 거잖아요."

파란 얼굴과 검고 동그란 안경, 똘똘이 스머프 가면이 검은 복면 쪽으로 몸을 기울였다.

"너무 슬퍼하지 마세요."

악수를 청하듯 손을 가져간다. 그녀의 작고 단단한 가슴을 한 차례 어루만진다.

> "삶과 죽음이 모두 자연의 한 조각 아니겠나요. 운명입니다. 오래된 생각입니다."

전직 대통령의 유서를 고스란히 인용하는 똘똘이 스머프, 삼선전자 이재룡 부회장의 농담에 가면 쓴 사람들이 웃는다. 4년 전인 2005년 8월 세 번째 월요일이자 광복절. 서울 장충동 S클럽 VIP룸에서의 '세월 조찬모임'에 그는 참석하지 않았다. 그즈음 검찰 조사 때문에 정신이 없었던 것이다. 따라서 그날 TV로 생중계되던 광복절 기념식을 지켜보며 STK모터스 김연승 부회장이 했던 말을, 그날을 떠올리며 공장 운운하는 베네치아 가면의 농담을 이해 못 하고 있다. 대강 그러려니 짐작만 할 뿐이었다.

바로 그 날, 2005년 광복 60주년 기념 경축사를 통해 언급되었던 이른바 친일반민족행위진상규명위원회가, 그로부터 4년여 만인 오늘 오후 경남 봉하마을을 방문했다. 막 발간된 '친일반민족행위진상규명 보고서'를 전직 대통령 영전에 봉헌하기 위해서였다. 산 사람들의 대화 속에 죽은 사람이 끼어드는 일은 대체로 이런 경우에 가능하다. 알몸의 가면들 가운데 누군가 오늘 있었던, 뉴스에 짤막하게 소개된 그 사건을 언급하며 세상 뜬

전직 대통령을 기억 속에서 불러내었던 것이다. 2005년 5월 31일 '일제강점하 반민족행위 진상규명에 관한 특별법'에 따라 구성된 위원회는 며칠 전, 장장 4년 6개월에 걸친 활동을 종료하면서 4부 25권 2만1천여 쪽에 달하는 친일반민족행위진상규명 보고서를 발간했었다. 1,005명의 친일반민족행위에 대한 조사 결과가 담긴 보고서다. 그러나 이 방대한 자료가 국민적인 관심을 모으거나 세상을 바꾸는 어떤 영향력을 시도하리라 믿는 이들은 거의 없다. 그것은 4년 전, 예의 특별법이 만들어지고 전격적으로 위원회가 구성되던 즈음에도 마찬가지였다. 세상은 변하고 사회는 바뀌며 역사는 흐른다. 많은 이들이 그렇게 믿고 싶어 한다. 그것이 결코 쉽지 않은 가치이기 때문이다.

"친일 보고서까지 나왔으니 이제 대한민국 좌파들은 또 뭘 가지고 트집을 잡을까요. 유신? 반미? 88올림픽? 4대강 사업? 무상급식? 장애인 인권?"
"뭐가 되었건 멈추지 않고 투덜대겠지요. 그리고는 못 살겠다고 떼를 쓰고 징징거리겠지요. 일곱 살 아이들처럼."
"참 이해가 안 되는 게, 그 사람들은 왜 매사에 국가 탓만 하는 겁니까? 자기들이 게으른 탓을 해야지."
"누가 아니래나요. 그렇게 빨갱이가 좋으면 북한으로 넘어가든가."

제임스 딘이 빨아먹듯 그들을 지켜보고 있다. 국군 미모. 정계와 재계, 법조계와 언론계, 학계와 연예계 등 대한민국의 핵심 가운데 핵심들에 의해 자발적으로 만들어진 모임이다. 소문은 익히 들었지만 이렇게 가까이 대하기는 생전 처음이었다. 반갑다기보다 신기했다. 국가란 무엇인가. 정의란 무엇인가. 진리란 무엇인가. 권력이란 무엇인가. 세상을 움직이는 힘이란 무엇인가. 바로 여기 답이 있다. 국가란 이들이다. 정의란 이들이다. 진리란 이들이다. 권력이란 이들이다. 세상을 움직이는 힘이란 바로 이들이다.

"네이버를 잡아야 해요."

배트맨 가면을 쓴 누군가 담배를 비벼 껐다.

"대한민국 제1포털인 네이버를 철없는 종북좌파 세력들에게 내어줄 수야 없지요. 국가가 바로 서려면 그래서야 안 되지요."
"동감입니다. 그런데 방법이 있을까요. 대국민사찰? IP 추적? 압수수색?"
"디시인사이드라는 곳이 있어요. 젊은 친구들 사이에서 인기가 대단하지요."
"아, 들어본 것 같아요."
"그곳의 일간베스트 게시물들을 한데 모은 웹페이지가 몇 달 전에 따로 떨어져 나왔지요. 이름이 뭐라더라. 거기 나도 들어가 봤는데, 굉장하더군요."
"뭐가 굉장하던가요."
"좌파선동에 물들지 않은, 요즘 보기 드물게 건전한 이야기들이 가득하더군요. 유머도 있고. 참신하고. 무엇보다 가치관 건강하고. 알아보니 유저들 대부분이 중고등학생부터 20대 취업준비생들까지 젊은 친구들이었어요."

"저도 한 번 찾아봐야겠군요."

"그처럼 올바른 국가관으로 무장한 친구들이 네이버로 대거 유입된다면 어떨까, 그런 생각을 해봤던 것입니다."

"아, 중요한 말씀이군요."

황금색 베네치아 가면이 고개를 끄덕였다.

"이번에도 내기를 걸고 싶습니다만, 머지않아 그렇게 되리라 믿습니다. 물 흐르듯 자연스럽게 말이지요. 어차피 민심은 위에서 아래로 흐르는 법이니까."

하아아아.

끊어질 듯 이어지는 신음소리. 소파 구석에 누군가 고개를 꺾고 드러누웠다. 은행 강도처럼 검은 복면을 쓴 여인이다. 소파에 나른하게 기대어 누운 그녀가 뒤집어진 사마귀처럼 긴 팔다리를 하느작거린다. 한 손으로 자신의 가슴을 애타게 쓰다듬고 있다. 다른 한 손으로 자신의 여성을 어루만지고 있다. 두 허벅지가 대문처럼 활짝 열려 있다. 거무튀튀 늘어진 계곡이 질척하게 젖어 있다. 검지와 중지의 움직임이 조금씩 빨라지고 있다. 손가락이 끈적끈적하게 젖어들고 있다. 애달픈 신음이 하아아아 잦아들고 있다.

하아아아.

나지막이 신음하던 그녀가 곁에 앉은 이의 손을 잡아당긴다. 레이건 가면을 쓴 남자다. 레이건이 선택된 데에는 달리 이유가 있지 않다. 다만 곁에, 가까이 손닿는 곳에 그가 있었을 뿐이다. 레이건이 머뭇머뭇 검은 복면에게 이끌린다. 질척하게 젖은 그녀의 계곡 위에 그만 얼굴이 처박힐 기세다. 그렇게 머뭇거리던 레이건이, 마지막 순간에 가까스로 그녀의 손길을 뿌리친다. 도망치듯 자리를 뜨고 만다. 이를 지켜보던 가면들이 소리내어 웃는다. 하아아아. 레이건으로부터 버림받은 검은 복면이 아쉬운 한숨을 뱉어내고 있다.

미친년 같으니.

소파에서 벗어난 레이건이 투덜거린다. 하마터면 수많은 가면들이 지켜보는 속에서 섹스를 할 뻔했다. 여기 와서까지 남들의 구경거리가 될 수는 없는 일이다. 아무리 가면 속 얼굴들이라지만 말이다. 레이건은 쇼 무한대결의 메인 MC 홍지석이다. 방송에 지친 일상으로부터 그를 구해주는 단 하나의 위안, 이 밤이 점점 짧아지고 있다. 애석한 일이다.

뭔가 빠는 소리가 난다. 잠 깬 아기가 고무 젖꼭지를 빨듯 절실하다. 어디서 나는 소리지? 주변을 둘러보던 제임스 딘이 소리 없이 질겁한다. 저편 양탄자 위에 도라에몽이 드러누워 있다. 드러누운 도라에몽의 남성에, 인디언전사가 얼굴을 묻고 있다. 거대하게 발기한 살 기둥을 열심히 빨아대고 있다. 무릎 꿇고 웅크린 채 고개 숙인 인디언전사의 남성 역시 터질 듯 화가 나 있다. 연회장 이곳저곳에서 난교가 벌어지고 있다. 술에 취하고 약에 취한 가면들이 미치도록 어우러지고 있다. 포르노 테이프 속 장면과는 다르다. 생살이 찢기고 비명이 낭자한 살육의 현장만큼이나 적나라하다. 누군가 춤을 추고 있다. 탁자에 올라서서 하느작하느작 나비춤을 추고 있다. 부담 없이 아담하고 부드러운 몸의 가부키 여인이다. 탁자 위의 가부키 여인이 느리게 춤을 추고 곁에 선 광대가 밝게 눈물 흘린다. 우스꽝스러운 뿔 모자를 쓴 광대가 검은 눈물을 뚝뚝 흘리며 외친다.

아모르! 아모르 파티!

격정의 밤이 깊어가고 있다.

좀비의 탄생

앵화의원 별채 지하실. 어두운 구석에 큼직한 철장이 놓여 있다. 떠돌이 개를 가두어두는, 그런 용도의 물건이다. 지금 철장 안에 두 생명체가 웅크리고 있다. 사람이다. 남자 한 명 여자 한 명. 지하 시설은 습하고 좋지 않은 냄새가 고약하다. 두 사람은 이미 사람의 몰골이 아니다. 눈빛부터가 일찍이 사람이었던 기억 따위는 까맣게 잊고 만 것만 같다.

지하 실험실에 두 사람이 더 있다. 철장 밖의 사람들이다. 한 사람은 하얀 의사 가운을 입었고 한 사람은 군복 차림이다. 하얀 가운을 입고 하얀 마스크를 쓴 이가 철장으로 몇 걸음 다가간다. 쇠꼬챙이에 매달린 것을 그네들 앞에 내민다. 바싹 익힌 돼지고기다. 철장 안의 존재들은 별다른 반응이 없다. 여전히 멍한, 기가 죽은 얼굴들이다. 하얀 가운이 또 다른 쇠꼬챙이를 집어 들었다. 이번에는 익히지 않은 생고기다.

"크아악!"

웅크려 있던 생명체들이 단박에 반응을 시작한다. 날고기 냄새 때문이다. 날고기에서 뚝뚝 떨어지는 선혈 때문이다. 송곳니가 하얗게 드러내고 검붉은 눈알이 번득거린다. 당장에라도 철장을 찢고 뛰쳐나올 기세다. 그물망 가까이 고깃점을 가져갔다. 개중의 한 명이 얼른 그것을 낚아채 입에 가져간다. 카아아아. 옆에 있던 한 명이 크게 분노한다.

일련의 시범이 끝났다. 빨간 중위 계급장의 짙은 녹색 군복이 천천히 박수를 쳤다.

"자네 말이 맞아. 지난번보다 훨씬 심해졌군."

녹색 군복의 오쿠다. 동그랗고 검은 얼굴이 더없이 진지하다. 하얀 가운의 가네야마가 마스크를 벗으며 고개를 끄덕였다.

"피와 살을 갈망하는 본능이 극도로 확장된 상태라고 할 수 있겠지."

크어어어. 구석진 철장 안에 웅크린 존재들이 다시 슬프게 울부짖었다. 방금 전에 날고기 한 점을 잽싸게 챙겨 먹은 쪽은 시장 방앗간에서 군일을 거들던 팔룡이다. 그 옆에 부스스한 쑥대머리로 하얀 눈알을 희번덕이는 이는 옥윤 어멈, 한때 생화의원과 집안일을 챙겨서 맡아주던 그녀다.

"죽은 듯하다가 이런 모습으로 변이했다는 것인가."

"죽은 듯이 아니야. 두 번이나 확인했다고. 분명히 뇌사에 심폐사였어."

"저 이스라엘의 예수란 자도 아니고, 12시간 만에 부활을?"

가쓰란이 세상을 떠난 그해 경성은 유난히 뜨거웠다. 이즈음 경성은 바람 차가운 겨울이다. 참으로 많은 일이 그새 있었다. 누구 못지않게 험한 이생의 고통을 끝마친 딸아이가 저 먼 세상으로 먼저 떠나갔다. 딸아이와의 좋았던 기억들과 함께, 그녀의 죽음이 남긴 과제들과 함께 많은 날을 견뎌야 했다. 아버지라는 이름을 버리고 의학자로서의 자신을 견뎌야 했다. 지난한 작업이었다. 외롭고 험난한 작업이었다. 세상에서 단 한 사람, 자신만이 할 수 있으며 자신만이 해야하는 작업이었다.

부검에는 엄청난 시간이 걸렸다. 짐승처럼 변한 가쓰란의 외모와 행동을 대할 때 그러했듯, 지극히 해부학적인 작업의 와중에도 감당하기 쉽지 않은 감정의 파도를 맞닥뜨려야 했다. 주목할 만한 소득이라면 뇌 한구석에서 발견한, 도통 정체를 파악할 수 없는 물질이었다. 연수부의 혈관 일부가 일곱 배가량 팽창하며 주머니처럼 그 내부에 고인 갈색의 점성 물질. 며칠 밤을 새며 그 성분을 분석했다. 기본적으로는 변성 단백질의 한 형태였다. 이 물질이 어찌하여 가쓰란의 뇌에서 발견되었는지 알 수 없었다. 이 물질이 가쓰란의 뇌 조직에 생겨난 '작은 구멍들'과 어떤 관계로 연결되는지 알 수 없었다. 그러던 어느 새벽. 가네야마는 자기 자신이 뭔가 이상하다는 것을 느꼈다. 몽롱하게 술에 취한 것 같은 기분. 술이라면 근처에 간 적도 없었다. 그런데 왜 이럴까. 며칠 밤낮을 쉬지 않고 무리한 끝에 몸에 이상이 생긴 것일까. 결국은 자신이 가스중독 상태와도 비슷한, 경증의 환각에 빠져 있음을 인정하지 않을 수 없었다. 실험을 중단한 가네야마는 원장실 간이침대에 쓰러져 이틀 동안 잠들었다. 잠 속에서도 깊은 환각 속을 헤매는 느낌은 여전했고, 그 와중에 어렴풋이 깨달을 수 있었다. 갈색 점성 물질. 그래, 그 때문이야.

첫 번째 임상시험 대상은 옥윤 어멈이었다. 새로운 건강제인데 특히 피부미용에 효과가 좋다고 소개하며 1.5*mg*을 근육주사했다. 2시간도 지나지 않아 고열과 구토 증세가 발생하고 의식불명 속에 20시간 동안 사경을 헤매다 숨을 거두었다. 그리고는 8시간 만에 다시 깨어났으니, 저 철창 안의 사람도 도사견도 아닌 모습이었다. 의미심장하게도 그것은 생전의 마지막 얼마간 가쓰란으로부터 볼 수 있었던 그것을 꼭 빼닮은 외모와 행동이었다.

두 번째 실험대상은 팔룡이었다. 옥윤 어멈이 그렇듯 어느 날 일상 속에서 갑자기 사라진다 해도, 연락도 없이 갑자기 그런 일이 생긴다 해도, 주변에 궁금해할 이들이 그다지 없는 사람들이라는 점이 선택의 이유였다. 실험 결과는 팔룡의 경우도 대동소이했다. 다르다면 2.5*mg*을 정맥에 주사했으며 1시간 만에 숨을 거두었다는 점이었다. 그뿐 '변이' 후 본능에 가까운 식욕과 공격성 등에는 큰 차이가 없었다.

"그렇다면 저것들의 뇌에도, 말하자면 가쓰란의 뇌에서 발견되었던 물질이 생성되어 있을 것이다, 그게 자네의 생각이군."

"유추지."

가네야마가 지하실 구석에서 낡은 철제침상을 끌고 왔다.

"그리고 사실이 어느 편인지, 바로 오늘 확인해보려는 거고."

오쿠다가 침상의 한쪽 끝을 잡아들고 거들었다. 가쓰란이 두 달 가까이 결박되어 있었던, 끝내 숨을 거두었던 바로 그 침상이다.

"나 좀 도와줘야겠어."
"마땅히 그러지."
"먼저 마취제를 놓을 생각이거든. 둘 모두에게."
"잘 알겠네."
"그러고는 저기 오른쪽부터 끌어낼 거야. 멧돼지에게 쓰는 약이니까 중간에 깨날 걱정은 없겠지."
"조심해."

오쿠다가 충고했다.

"저것들이 자네 손목을 맛있게 뜯어먹는 모습은 보고 싶지 않으니까."

환각

택시 안이다. 손님 없이 을지로 2가 쪽을 혼자 운행 중이다. 오전 열한 시가 조금 넘었다.

신호에 멈춰 서서 무심코 옆자리를 보았다. 5백 원짜리 동전이 떨어져 있다. 하나가 아니라 두 개다. 동전을 집어 드는데 조수석 깔창 구석에 뭔가가 눈에 뜨인다. 노란 종이쪽지다. 아니, 종이쪽지 아니라 돈이다. 가로로 두 번 세로로 한번 접힌 5만 원짜리다. 누굴까. 어느 손님이 비상금으로 꼬불쳐놓았던 녀석을 빠뜨리고 간 모양이다. 접힌 종이돈을 펴보던 그가 오오, 중얼거렸다. 두툼하다. 5만 원짜리가 1장이 아니다. 두툼하다. 3장쯤 되나 봤더니 무려 5장. 순식간이 공돈 25만 원이 손아귀에 들어왔다. 이런 눈먼 돈이야 찾을 사람도 없고 찾아줄 방법도 없다. 있다 해도 시치미를 떼기로 하면 그만이다. 누군지 모를 손님으로서는 속 쓰릴 일이겠고 그 자신에게는 더없이 행복한 사건이다. 손님 떠난 자리에서 푼돈을 줍는 게 아주 드문 경우는 아니지만 이만한 액수는 처음이었다. 이 돈으로 뭘 할까. 주말에 아들 며느리 데리고 한우나 먹으러 가면 좋겠다. 임신한 아이가 언젠가 TV에서 고기 구워 먹는 장면을 보며 '아, 맛있겠다.' 중얼거리던 생각이 난다. 애가 애를 낳는다더니, 소녀 같기만 한 며느리에게 아이가 생기고 산부인과를 찾고 하는 모습이 여전히 실감 나지 않았다. 시아버지라고 힘들어하는 며느리에게 해준 게 뭐였던가.

신호가 바뀌었다. 지폐 다섯 장을 주머니에 넣으며 막 출발하려는데 조수석 문이 열렸다.

"타도되죠?"

여자다. 상쾌한 향수 냄새가 코를 찌른다.

"그럼요. 타세요."

예쁘다. 적당히 예쁘고 적당히 풍만하다.

"어디로 모실까요."
"아무 데나요."
"허허."
"정말이요. 아저씨 가고 싶은 데로 가세요."
"……."

택시기사 몇 년 동안 별 손님을 다 겪었다. 딸내미 같은 여성에게 성희롱 비슷한 것도 당해봤고, 그러던 여자가 어설픈 꽃뱀으로 변해서 경찰서로 가자고 난리 부리는 통에 애를 먹기도 여러 번이었다.

"손님. 정말 아무 데나 상관없어요?"

"그렇다니까요."

기분은 나쁘지 않았다. 될 대로 되라 싶었다. 죽기밖에 더하겠나. 차가 어느새 장충동 지나 남산길로 올라가고 있다. 운전대를 잡은 시선이 살금살금 옆자리에로 향한다. 짧은 치마와 갈색스타킹의 허벅지가 대리석처럼 단단해 보인다. 좋구나. 젊음이 좋구나. 마누라 죽은 지 5년이 지났다. 아직은 남자로서 기운이 남아도는 나이였다. 여자를 안아본 게 얼마 만이던가.

"저기요, 아저씨."

올해 초, 예전에 함께 트럭 몰던 동료들을 간만에 만났다. 그때 찾았던 수원 시내 어느 단란주점이 마지막 경험이었다.

"말씀하세요."

술 마시고 노래하고 춤을 추고, 소파와 테이블이 놓인 바로 그 공간에서 즉석으로 성관계를 갖는 업소였다.

"다른 게 아니라요."

여자의 목소리가 잔뜩 젖어 있다. 쥐어짜면 끈적끈적한 물이 한 바가지는 나올 것 같다.

"한 번만 만져도 돼요? 딱 한 번만."

하체는 이미 차돌처럼 단단하게 발기되어 있다. 아까부터 그랬다. 뭐라 대답하기도 전에 여자의 손끝이 바지 위 그의 물건에 가 닿았다. 조심조심 어루만지기 시작한다. 통증 비슷한 쾌감이 뒷덜미를 쿡쿡 찌른다. 외진 도로변에 차를 거칠게 몰아세웠다. 여자가 입안 가득 그의 남성을 빨아들였다. 그리고는 우물우물 말했다.

"아유, 잘 좀 해봐. 미치겠네."

귀에 익은 목소리다. 놀란 그가 여자를 안아 일으켰다. 낯익은 얼굴. 아내다. 생전의 쾌활하던 그 모습 그대로다. 울컥, 격한 감정이 북받쳐 오른다.

"……잘 지냈어?"

조명 밝은 실험실. 침상 위에 남미 중간보스가 누워 있다. 두 손 두 발 묶인 채 잠이 들었다. 아니다 약에 취해 있다. 약에 취해 온갖 강렬한 환각을 경험하는 중이다. 뺨을 타고 눈물 한줄기가 주르륵 흘러내렸다. 환각 상태에 빠진 이들에게서 종종 볼 수 있는 모습이다. 하얀 가면 하얀 작업복 두 명이 그를 내려다보고 있다.

"심박수가 280을 넘었어요."

가면 밖으로 동그란 턱선이 드러난 한 사람이 말하고 콧수염을 기른 한 사람이 고개를 끄덕였다.

"아까 얼마나 했더라."

콧수염이 묻고 동그란 얼굴이 대답했다.

"35% 희석액을 120㎎ 투여했습니다. 32분 전에."
"한창 진행 중이겠군."
"보시다시피요."

콧수염이 후임을 바라보았다. 후임이 덩달아 선임에게로 고개 돌렸다.

"아무래도 조금 더 기다려야겠지?"
"……그렇겠지요."
"그러니까 우리, 커피 한 잔씩 하고 있으면 어떨까. 잠도 깰 겸."
"커피요?"
"그래. 우유와 설탕을 듬뿍 넣은."
"그거 좋겠군요. 커피. 우유와 설탕을 듬뿍 넣은."
"물론 좋겠지."
"……."
"내가 가져올까?"
"예?"
"커피 말이야. 우유와 설탕을 듬뿍 넣은. 마시고 싶지 않아?"

"좋지요. 따끈하게 한 잔."

"어때, 내가 가져올까?"

"아하."

동그란 얼굴이 비로소 고개를 끄덕였다.

"아니요. 선배님. 제가 준비해 오겠습니다."

역습

"사람은 죽어요. 누구나 죽지요."

하얀 가면이 다정히 말했다.

"차이가 있다면 그것이 의미 있는 죽음인가, 그 의미를 당사자가 충분히 이해하고 있는가 하는 문제일 것입니다. 그것이 어째서 문제냐 하면, 그런 죽음이란 손에 꼽을 정도로 드물기 때문이지요. 전태일이나 간디의 삶을 동경하는 사람은 많아도 그들과 같은 마지막을 맞이하는 사람은 흔치 않은 때문이지요."

침상에 묶인 Z가 급기야 질끈 눈을 감았다. 주걱턱 가면의 끊임없는 수다에 귀가 먹을 것 같다. 시간이 얼마나 흘렀을까. 왼쪽 손목을 옥죄고 있던 철제벨트로부터 지금 막 손을 빼낸 참이다.

탈골시켰던 엄지 관절의 감각이 조금씩 돌아오고 있다. 뼈가 부러진 것 같지도 않고 근육이 찢어진 것 같지도 않다. 이후의 험난한 여정을 생각하면 참으로 다행이었다. 그러나 이제 시작일 뿐이다. 여전히 벼랑 끝이다. 두 사람이 지켜보는 앞에서 남은 한 손과 두 발목의 족쇄를 풀 수는 없는 일이다.

"그렇다면 지금 선생이 누운 자리를 생각하세요. 지금이라는 상황을 생각하세요. 어차피 한 번은 맞이할 죽음에, 그 이면에, 얼마나 위대한 의미가 간여하고 있는지를 또한 생각하세요. 그 의미를 지금 얼마나 완벽하게 이해하고 있는지를 또한 생각하세요. ……정말이지 다행스러운 일 아닙니까?"

"그렇다면. 그러니까."

Z가 중얼거렸다.

"이제 내가 죽는 건가요. 이제 나를 죽일 건가요."

"죽음은 과정입니다."

주걱턱이 입술을 비틀며 웃었다.

"짧고 간단한 과정이지요. 지금의 선생이 지금 이후의 선생으로 옮겨가는 데 꼭 필요한 통과의례 말입니다. 모든 과정이 무사히 진행될 수 있도록 곁에서 돕는 것이 바로 우리의 역할이고, 바로 그것이 지금 이 자리의 의미지요."

조그마한 갈색 유리병을 흔들어 보인다. 그 안에 무엇이 들었는지, 누운 위치에서는 잘 보이지 않는다.

"이제부터 어떤 일이 벌어질지, 간단히 말씀드리겠습니다."

또 다른 작업복이 다가왔다. Z의 얼굴을 거세게 붙들고는 왼쪽으로 돌려 눕힌다. 배려라고는 요만큼도 느껴지지 않는 손길이다.

"젠프록사프로베타아미노이드24. 멋진 이름이죠? 36% 희석액 110mg을 선생의 왼쪽 귓속에 흘려 넣을 겁니다. 귓속의 약물이라. 참 낭만적인 방식 아닌가요."

Z가 감은 눈을 뜨지 않았다.

"일반적으로 고객들이 접하는 것은 7~8% 수준의 2급 희석액이죠. 순도는 한참 떨어지지만 그 정도만 해도 굉장히 귀한 물건이고요. 지구상에 유통되는 것들 가운데 가장 안전하고 획기적인 환각제. 그런데 이 정도의 농도와 양에 이르면, 이게 단순한 환각제의 기능을 넘어섭니다. 죽음과 부활! 새로운 탄생! 영화 같고 신화 같은 이야기가 이로써 가능해지는 겁니다. 기가 막히는 노릇 아닙니까? 가슴 벅찬 소식 아닙니까?"

주걱턱이 귓가에 속삭였다. 며칠째 씻지 못해 지저분한 Z의 머리칼을 다정히 쓰다듬는다.

"가능성은 두 가지였습니다. 새로운 생명으로서 지하 2층과 3층에서 자유로이 살아가느냐. 아니면 그네들의 먹잇감으로써 기꺼이 생을 마감하느냐. 싫어서 피할 수 없으며 좋다고 선택할 수 없는 가능성들이죠. 그리고 불과 몇 시간 전, 선생 아니라 선생의 항체반응이 이미 선택을 마쳤습니다. 설명이 되었나요?"

얼마나 많이 이런 일이 있었을까. 얼마나 많은 사람들이 두 손 두 발 묶인 채 이 자의 혓바닥으로부터 까마득한 공포를 맛보았을까. 지금 동해는 어디 있을까. 수형은 무사할까. 영화 속 남미 갱단의 중간보스 같던 그 남자는 어찌 되었을까.

"어째서……. 어째서……. 사, 사람 살려."

"오래전부터 그랬어요. 최후를 맞이하는 순간, 수많은 분들이 자책하거나 욕을 하거나 항변했지요. 왜 나냐고. 왜 하필이면 나만 이런 운명이냐고. 어째서 나만 이토록 비참해야 하는 거냐고."

귓가에 차가운 것이 와 닿는다. 스푼의 가늘고 긴 주둥이다. 소름이 오싹 돋는다. 어디선가 달콤하고 비릿한 과일 향이 나는 것 같다. 체리와 알로에, 삶은 밤을 섞은 것 같은 냄새가.

"사람이 비참해지는 이유는 단 하나, 집착 때문이지요. 집착을 이해 못 해서지요. 빌어먹을 집착이 지금도 자기 자신을 비참하게 만들고 있다는 것을 미처 깨닫지 못해서지요. 그러니 부디 받아들이세요. 목덜미에 힘

빼시고. 그게 순리입니다. 그게 집착을…… 어라?"

입가에 허연 거품을 만들며 시종 떠벌리던 주걱턱이 흠칫 놀란다. 가죽 벨트에 단단히 채워진, 그래왔던, 그렇게 믿었던 Z의 왼쪽 손목이 자유로운 때문이다. 또한, 그 손에 10번 메스가 단단히 쥐어 있는 때문이다.

쉬익 쉭.

칼날이 허공을 빠르게 두 차례 갈랐다. Z의 고개를 거세게 잡아 누르던 작업복이 움찔 몸을 떨었다. 콜록콜록. 밭은기침을 불편하게 내뱉으며 뒷걸음질 친다. 뭐라고 입을 달싹거리지만 미처 말이 되어 나오지 않는다. 울대뼈 아래 *3cm*가량이 깊게 깔끔하게 두 차례 베였다. 상처로부터 검고 진한 피가 꿀럭꿀럭 쏟아져 흐른다. 하얀 작업복 상의가 검붉게 물들어가고 있다. 주춤주춤 물러서던 그가 테이블 위 모니터를 안으며 모로 쓰러졌다. 와장창.

주걱턱이 놀라 어쩔 줄을 모른다. 후두가 예리하게 찢긴 동료 작업복이 목을 쥐고 자빠져서 죽어간다. Z가 자유로워진 왼손으로 오른손목과 두 발을 질기게 옥죄던 가죽 벨트를 재빠르게 풀어낸다. 그리고는 날아오르듯 철제침상 밖으로 내려섰다. 이어 주걱턱의 안면에 Z의 경쾌한 레프트훅이 작렬했다. 퍽. 하얀 가면이 저만치 날아갔다. 빙그르 180도 돌아간 주걱턱이 벽을 짚으며 무너져 앉았다. 영화나 격투기의 한 장면과 달리, 단 한 차례 주먹질로 상대를 실신시키는 것은 쉽지 않은 일이다. 야무지게 멱살을 잡아 쥔 Z가 주걱턱 바로 아래에 메스를 가져갔다.

"사, 사, 살려주세요."
"어째서?"

엉망으로 터진 입술을 덜덜 떨기 시작한다. 가면 벗겨진 주걱턱은 납작한 코와 작은 눈을 가졌다. 지극히 못생긴 얼굴이다.

"주, 죽을죄를 지었……."
"몇 명이야."

침착하게 빠르게 Z가 물었다.

"모두 몇 명이냐고."

저편 구석, 목에서 콸콸 피를 쏟으며 버르적거리던 작업복이 스르륵, 다리 움직임을 멈추었다.

"길게 안 묻겠다."
"사, 살려……."
"말해. 몇 명인지."
"여여여열한며명이요."
"지하 1층에만?"
"그그그렇습니다."

열한 명. 거기서 둘이 제거되니 아홉 명이 남는다. 가장 먼저 통제실을 접수해야 한다. 5분 안에 상황을 끝마치는 게 좋다. Z가 그러쥐었던 주걱턱의 멱살을 놓았다.

"충고 한마디."

"사, 사, 살려주세요."

"계속 가면을 쓰고 다니도록 해. 그런 얼굴로 다시 태어난다면."

메스 끝이 주걱턱의 목을 한 줄 깊게 그었다. 빠르고 날렵하던 아까의 손놀림과 달리 지금은 대단히 신중하고 힘이 넘친다. 붓글씨 첫 획을 긋는 것 같다. 카악 칵! 후두가 잘려나간 주걱턱이 눈을 크게 떴다. 눈알이 쏟아질 것만 같다. 그러나 비명도 지를 수도 숨을 쉴 수도 없다. 손가락 사이로 주룩주룩 피가 쏟아져 흐르고 있다. 고통스럽게 다리를 버르적거리는 희생자를 향해 Z가 속삭였다.

"집착일랑 버리고 순리를 받아들여. 그게 마음 편할 거야."

임상실험

1933년 1월. 대한민국 임시정부 15년. 경성에 10년 만의 대설이 찾아왔다. 며칠째 이어지던 눈발이 그쳤지만 거리는 그야말로 순백의 세상이었다. 지난해 1월 일본 경시청 사쿠라다몬 앞에서 일왕 히로히토에게 폭살을 시도한 이봉창, 상하이 점령 전승기념행사에서 폭탄을 투척해 파견군 총사령관 시라카와 요시노리와 일본 거류민 단장 가와바타 사다쓰구 등을 죽인 윤봉길 의사가 며칠 전 일본 육군 형무소에서 나란히 사형되었다. 나치는 총선거 결과 제1당이 되었고 히틀러는 독일 수상에 취임했으며 일본은 국제연맹 탈퇴를 눈앞에 두고 있었다. 세상이 시끄러웠지만 눈 내린 경성은 그런대로 평화로웠다.

앵화의원은 작년 말로 문을 닫고 말았다. 가네야마로서는 더 이상 속병 앓는 노인이나 감기 걸린 꼬맹이 환자들을 돌볼 상황이 아니었다. 하나뿐인 딸을 병마로 잃고서 끝내 병원 일마저 접고만 가네야마의 슬픔과 실의를 이웃들은 자기 일처럼 가슴

아파했다.

진실은 그와 조금 달랐다. 가쓰란은 죽음은 아직 끝나지 않았다. 그로 인한 역사가 여전히 진행 중이었다. 밤 11시가 넘은 시간. 의원 건물에 불이 환히 켜져 있다. 별채 1층 진료실이다. 사람들의 발길이 끊어진 그곳에서 세상 가장 은밀하고 위태로운 의학 실험이 진행되는 중이다.

"150시간째라."

오쿠다. 그리고 가네야마.

"만 엿새를 넘긴 거지."

"아무것도 먹이지 않고? 물도 주지 않고? 잠도 재우지 않고?"

"하지만 봐. 더없이 만족스러운 얼굴 아닌가."

"그건 틀림없는 것 같네만."

"혈압 맥박 호흡 체온 모두 정상 범위 안이야. 나보다 더 건강한 셈이라고."

"굉장해. 일주일 가까이 완벽한 환각 상태에 빠져 있을 수 있다니."

철제침대 위에 한 남자가 누워 있다. 팔다리는 묶이지 않았으며 그럴 필요조차 없어 보인다. 손발을 모으고 옆으로 웅크려 누운 남자가 새근거리고 있다. 지그시 눈 감은 그 얼굴이 더없이 평화롭다. 잠든 것은 아니다. 환각에 빠져 있다. 꿈속에서 꿈을 꾸듯 나른하기 그지없는 행복감이 그 얼굴에 가득하다.

"이 상태로 얼마나 더 버틸 수 있을까."

"모르지. 어쨌거나 실험은 계속될 거야."

"마치 동면에 든 것 같군."

"이런 겨울잠이라면 얼마든지 잘 수 있을 것 같지 않아?"

"나라면 사양하겠네."

오쿠다가 숨을 길게 들이마셨다.

"대일본제국을 위해, 해야 할 일이 많거든."

침상에 편히 드러누운 이의 눈 밑에 검푸른 점이 거의 콩알만 하다. 고등계 형사 양병준. 전매청의 고발을 받은 그가 총독부 내사과에 잡혀 들어간 게 달포 전이다. 1년 가까이 총 11회에 걸쳐 아편 15㎏를 빼돌리고 유통시켰다는 죄목이었다. 버틸 만한 상황이 아님을 직감한 그는 혐의 일체를 자백하고 벌금형과 관직 박탈을 받아들였다. 아편 밀매 대금을 나누어 착복한 전매청의 실무급 관리와 총독부 고위공직자 등 2인에 대해서는, 더불어 불법매매에 깊이 관여해온 가네야마에 대해서는 별다른 조사도 처벌도 이뤄지지 않았다. 양병준이 몰락한 이후로 가네야마에게는 예전보다 많은 양의 아편을 밀거래해야 할 숙제가 주어졌다. 밀매 수익금을 나누어야 할 일인 공무원들의 숫자가 두 배로 늘어난 때문이다. 그리고 칠푼이 양병준은, 한때는 잘 나가던 고등계 형사로 사상 불순한 조선인들을 잘도 잡아들였던 그는, 이처럼 실험실 침상에 약 먹은 생쥐 꼴로 드러눕게 되었다.

"어쨌거나 대단해. 정말이지 놀라워."

오쿠다가 고개를 끄덕였다.

"처음부터 지금까지 지켜본 입장에서, 내 감히 말할 수 있네. 이건 가네야마 자네와 죽은 가쓰란이 함께 이루어낸 쾌거야. 인류의 미래를 위한 혁명이라고."

"너무 추켜세우지는 말게. 어지러우니까."

"겸손하기까지."

빙그레 웃었다가, 더없이 진지한 얼굴이 된다.

"다시 말하지만 이건 보통 사건이 아니야. 우리들만 알고 있을 수는 없는 의학적 발견이라고. 무슨 소린지 알겠어?"

"……."

"상상해보게. 이번 연구가 대일본제국의 무궁한 영광을 위해, 황군의 영원한 승리를 위해 어떤 역할을 해줄 수 있을지를."

"……하하."

가진 것 모두 잃고 반 폐인이 되어 대낮부터 술잔이나 끌어안고 있는 양병준을 어렵게 찾아낸 곳은 서대문 우시장 근처의 작은 주막이었다. 그를 위로하는 척 막걸리를 몇 잔 대작해주었고, 취한 그를 어렵잖게 집으로 끌어들일 수 있었다. 다음 날 아침, 옥윤 어멈의 뇌 연수에서 추출한 원액을 네 배로 희석해서 따뜻한 꿀물에 타 먹였다. 효과는 빨랐고 정확했으며 만족스러웠다. 사람을 대상으로 한 첫 번째 임상시험이었다.

"생각 난 김에 하는 이야기지만, 어어, 지난번에 내가 제안했던 것 말이야."

오쿠다가 조심스럽다. 야심이 지나치지만, 타인을 배려한다는 것의 의미를 아는 사람이다. 상대가 비록 조선인이라 해도 말이다.

"어때. 생각 좀 해봤나? 우리 매형, 735부대의 이토오 장교 말이야. 굉장히 똑똑한 양반이거든."
"아."
"자네로서도 나쁠 게 없을 텐데. 안 그래?"
"물론 그렇겠지. 하지만 일단은 조금만 신중하게."
"더 신중할 필요가 뭐고 두고 볼 이유가 뭐겠어. 동양 최고의 의학실험 장비와 인력들을 갖춘 735부대 아닌가. 자네의 놀라운 발견이 대동아공영에 장차 어떤 기여를 하게 될지 궁금하지도 않아?"
"……."
"다음 달에 만주에서 들어오신다고 했거든. 사실은 내가 며칠 전에 가족들과의 식사 자리에서, 자네 이야기를 살짝 꺼냈지 뭐야. 누이도 단박에 얼굴이 환해지던걸. 자네만 괜찮으면 얼마든지 편한 만남을 주선할 수 있다고."
"좋아. 그렇다면."

가네야마의 얼굴에 납덩어리 같은 어둠이 지나간다.

"이왕 이렇게 된 거, 자네에게 먼저 보여줄 게 있네."
"뭐야. 내게 보여줄 게 또 있었나."
"아직 완성 단계가 아니지만, 어쨌거나 같이 가보지."
"지금?"

진찰실을 나선 두 사람이 텅 빈 복도를 천천히 걸었다. 가네야마가 반걸음을 앞서고 오쿠다가 뒤를 따랐다. 병원 별채를 나서 뒤뜰로 향했다. 지난 며칠 대설을 증거하듯 무릎 깊이까지 눈이 쌓여 있다. 밤이 깊다. 밤눈이 다시 한두 점 소리 없이 흩뿌리고 있다. 바람도 불지 않는다. 겨울밤 공기가 차고 신선하다. 자물쇠를 푼 가네야마가 육중한 철문을 열었다. 덜컹. 지하실로 내려가는 계단이 어둡고 가파르다. 뭔가 안 좋은 냄새가 난다. 침묵이 깊어지고 있다. 가네야의 걸음이 조금씩 느려진다.

"팔룡과 옥윤 어멈, 기억하나?"

오쿠다가 고개를 끄덕였다.

"물론이지. 첫 번째 실험군이었잖아. 죽은 가쓰란의 뇌에서 추출한 물질로부터 변이를 일으켰던."
"정확해. 그렇다면 두 사람의 뇌에서 단백질 변이물질을 추출했던 실험의 결과에 대해서도 기억하고 있겠지?"
"날 시험하고 있군."
"그렇지는 않아."

"물론 기억하지."

"……."

"두 실험대상의 뇌에서 생성된 물질의 양이 크게 달랐지. 요컨대 3주 동안 아무것도 먹이지 않은 여자의 경우 뇌 연수의 혈관에서 추출된 물질의 양이 비교적 적었어. 반면에 날고기를 주기적으로 섭취한 남자 쪽은 그 몇 배로 혈관이 팽창되었고."

"동경의대 장학생답군."

"이제 말해봐. 아직 완성 못한 실험이란 무엇인지."

"실험을 위해 여러 차례 푸줏간을 들르며, 문득 이런 생각이 들더군."

"어떤 생각."

"쇠고기 돼지고기가 아니라 사람의 고기라면 어떨까."

"허허."

"생각해봐. 애초에 가쓰란에게 어떤 변화가 일어났던 것인지를. 그게 어떤 원인 때문이었는지를. 자네가 알고 내가 아는 이야기지."

"그렇다면."

"예의 변종 인간들에게 짐승의 날고기가 아니라 사람의 고기를 먹인다면, 그렇다면 뇌의 변이활동이 더더욱 활발해지지 않을까."

철컹. 지하실험실 문이 열렸다.

"조금 괴이하군. 안 그래? 충분히 일리 있는 가설이라고 생각은 하지만…… 어어?"

앞서 실험실에 들어서던 오쿠다가 말을 멈추었다. 그리고 자신의 몸을 천천히 굽어보았다. 과일칼이 깊이 박힌 옆구리를.

"오쿠다. 오쿠다."

가네야마가 나직하게 중얼거렸다. 오쿠다의 옆구리에 꽂힌 과도를 힘껏 뒤틀어 뽑았다. 그리고는 명치 아래에 다시 깊이 칼날을 쑤셔 박혔다. 오쿠다가 고통스레 입을 벌렸다. 허억. 한껏 허리를 수그린 채 주춤주춤 물러선다. 숨이 턱 막힌다. 고통이 하도 깊어 신음조차 새 나오지 않는다.

크어어어.

불 꺼진 실험실 안. 구석의 철장에서 소름 끼치는 울음소리가 이어지고 있다. 사람도 아니고 도사견도 아닌 존재들이 잔뜩 흥분해 있다. 피 냄새 때문이고 익숙한 죽음의 냄새 때문이다. 가네야마가 중얼거렸다.

"이 실험을 위해 자신을 기꺼이 희생할 생각이라면, 어쩌겠나, 내가 감사히 받아들일밖에."

씨근덕씨근덕 숨을 쉴 때마다 명치끝에 박힌 칼자루가 흔들거린다. 더는 버티지 못한 오쿠다가 털썩, 지하실 바닥에 쓰러졌다.

"네가……. 네 녀석이 감히……."

그 발음이 확실치 않다. 가네야마의 얼굴이 어둠 속에 가려져 있다.

"자네 말처럼 대일본제국의 무궁한 영광을 위한 과정 아니겠나. 기쁘게 생각해주었으면 좋겠네만."

철장 문을 열었다. 크아아아! 사람이라 할 수 없는 존재들이 살쾡이처럼 쏟아져 나왔다. 순식간에 오쿠다의 몸을 덮친다. 살점이 찢어지는 소리. 근육과 혈관이 뜯기는 소리. 뼈가 부러지는 소리. 뭔가 으깨지고 씹히고 게걸스레 삼켜지는 소리. 오쿠다의 비명은 오래 가지 않았다. 처참한 장면으로부터 몸을 돌린 가네야마가 창고 밖으로 나섰다. 찰캉. 철문이 잠겼다.

"인생은 짧고 예술은 길며 과학은 영원하지. 오쿠다."

연극 대사 같은 목소리가 복도에 나직이 울렸다.

"대일제국은 고작 100년 뒤를 생각하지만, 나는 1천 년 후를 내다본다!"

주홍색 립스틱

실내에 막 들어섰을 때, 두 명의 하얀 작업복이 등을 돌리고 서 있었다. 두 사람 사이로 철제침상이 보였으며, 사지 묶인 동해가 거기 누워 있었다. 약에 취해 비몽사몽 몸을 뒤채는 중이었다. 누군가의 등장에 두 사람이 흠칫 어깨를 떨며 놀란다.

"여기 책임자가 누구지?"

그러자 두 사람 가운데 한 명, 덩치가 좋다기보다 다소 비만한 체구의 남성이 우물쭈물 나섰다. 적잖이 놀라고 더불어 당황한 기색이다. 누가 되었건 하얀 가면 하얀 작업복 아닌 누군가 지하 1층을 활보하고 다닌다는 것 자체가 있을 수 없는 일이었다. 게다가 거침없이 책임자를 묻고 나서다니.

"저기요, 누구신지…… 이렇게 막 돌아다니시면 안……."

Z가 권총을 쳐들었다. 퓻. 소음기가 불을 뿜었다. 이마 한가운데 총을 맞은 그가 와르르 무너지듯 무릎을 꿇는다. 털썩. 뒤로 넘어 간다. 총구가 나머지 한 사람의 머리를 향한다.

"혹시 당신인가."

대꾸가 없다. 쌔근쌔근, 어깨로 숨을 쉬고 있다. 놀랐는가. 아마 그럴 터였다. 앞서 밝혔듯 이건 지하 1층이 생겨난 이래로 단 한 차례도 발생한 적 없는 사건이다. 분노했는가. 역시 그러할 터였다. 함께 일하던 동료가 방금 전 세상에서 지워졌다. 너무도 간단하게 죽은 몸이 되어 바닥에 쓰러졌다. 부서진 뒤통수 주변으로 동그랗게 피의 원이 그려지는 중이다. 슬픔에 빠졌는가. 그런 것 같지는 않다. 아랫입술을 잘근잘근 깨무는 중이다. 동료의 죽음을 애도한다기보다 그 밖의 무엇인가를 궁리하는 모양새다. 하얀 가면 아래, 주홍색 립스틱이 지나치게 강렬하다.

Z가 저벅저벅 다섯 걸음을 다가갔다. 손을 뻗어 하얀 가면을 홀렁 벗긴다. 마치 계급장을 뜯어내듯. 얼굴 드러난 이가 질끈 눈을 감았다. 감은 눈을 천천히 뜬다. 나이 든 여자다. 주홍색 입술이 묘하게 어울리는, 늙고 도도한 얼굴이다.

"무례하군요."

여자가 엷은 미소를 머금는다. Z가 응수했다.

"가면 아니라 팬티를 벗긴 것처럼 말하는군."

"허락 없이 남의 가면을 벗기는 건, 허락 없이 남의 속옷을 벗기는 것과 다름없지요."

여우 같은 여자다. 여우처럼 교활한 데다 악어처럼 포악할 것이다. 힘세고 아둔한 장정들보다 더 어려운 상대일 것이다.

"속옷을 얼굴에 뒤집어쓴 게 잘못이지."
"그쪽은 누군가요."
"맞춰봐."
"우리처럼 하얀 가면을 쓰는 사람들은 아닌 것 같은데."
"빌어먹을 가면 소리는 이제 집어치우고."

침상 위 동해가 으음, 잠꼬대처럼 신음한다. 벌어진 입가에서 찐득한 침이 줄줄 흘러내린다. Z가 여자의 머리에 겨눈 총을 까딱, 했다.

"아이 살려내."
"굉장히 놀랍군요. 이런 일은 정말이지 처음이라서."

조금도 놀라지 않은 얼굴로 여자가 말했다.

"그쪽이 누군지는 모르겠지만, 그렇다면 이 친구 때문인가요? 여기까지 찾아온 게?"

순간 어떤 장면 하나가 Z의 눈앞을 빠르게 스쳐갔다. 두 개의 주사기. 굵고 긴 주삿바늘이 꽂힌 유리 주사기. 하지만 알 수 없는 일이다. 그 장면이 가까운 미래의 어떤 상황과 연결되는 것인지.

"셋을 세겠다. 하나."

총구로 이마를 툭 건드린다. 여자는 당황하지 않았다.

"이 물건 치워주세요. 진정으로 아이를 생각한다면. 총구 앞에서 무슨 일을 할 수 있단 말인가요."
"둘."
"잠깐만."

두 손을 쳐들어 보인다. 약품 냉장고를 가리킨다.

"저기서 필요한 것들을 가져와야 해요."
"천천히 움직여. 뒤통수에 구멍이 나고 싶지 않으면."
"참으세요. 아이를 생각해서."

동해는 약에 깊이 취했다. 깊은 잠에 빠진 얼굴. 이대로 두면 머지않아 숨을 거둘 것이다. 그리고 몇 시간 지나지 않아 새롭게 눈을 뜰 것이다. 지하 2층 텅 빈 쇼핑센터에서 만났던, 그런 종류의 인간들처럼. 사람은 무엇으로 사는가. 사람은 무엇을 위해 사는가. 과연 어떤 경우에 사람은 자신이 고수해온 기준과 원칙을 간단히 버리곤 하는가. 단연코 이것은 Z의 임무 밖에 속하는 일이다. Z 자신이 가장 잘 알고 있는 사실이다.

"비켜주세요."

여자가 작은 약병과 주사기 등을 철제트레이에 담아 왔다. 노랗고 투명한 액체, 흰색 불투명 액체를 각각 주사기 두 곳에 일정량 담는다. 그것을 동해의 왼쪽 팔 정맥에 주입한다. 노련한 동작이었다.

"1시간 뒤쯤 깨어날 거예요. 늦지 않았다면."
"아이에게 무슨 일이라도 생겼다간, 가장 먼저 당신이 죽을 거야."
"마찬가지 아닌가요."

주홍색 립스틱이 종알거렸다.

"정상으로 돌아온다 해도, 어차피 날 죽일 테니."
"하긴 그렇군."

Z가 권총을 허리띠 안쪽에 꽂았다.

"두려운가."
"죽음은 두렵지 않아요."
"어째서?"
"그래본 적이 아직 없으니까."

여자가 책상 위에 놓인 담뱃갑을 집어 들고는 흔들어 보였다.

"괜찮겠지요?"

한 가치를 입에 물고 불을 붙인다. 그리고 책상 위에 앉아 다리를 포개었다. Z와 눈을 맞추고는 길게 연기를 뿜는다. 그 나이 때에만 가능한 요염함이 엿보인다. 책상 구석, 바늘 꽂힌 주사기 두 개가 숨겨져 있다. 방금 전 동해에게 주사했던, 버리는 척 몰래 챙겨둔 물건이다.

"하지만 걱정스럽군요."
"무엇이?"
"해야 할 일을 미처 못 끝내지 않을까."

빙그레 웃는 여자의 머릿속이 바쁘다. 등 뒤로 슬그머니 팔을 뻗으면 주사기 바늘이 손끝에 닿을 것이다. 권총을 허리춤에 쑤셔 넣는 Z의 행동이 그녀에게 뜻밖에 작지만 환한 희망을 선사했다. 낯설고 거만한 침입자의 목에 주삿바늘을 세차게 쑤셔 박을, 그런 틈새를 여자가 은밀히 기다리는 중이다.

발각

가네야마 겐고가 나타난 것은 자정 지나서였다. 알몸이 아니었으며 가면도 쓰지 않은 채였다. 대신에 검은 안경을 썼고 제비꼬리 연회복을 입었다. 가네야마의 등장은 질척한 타성에 젖어가던 연회장의 공기를 바꿔놓기에 충분한 사건이었다. 그를 알아본 사람들이 귓속말을 수군거렸다. 다가와 인사를 건네는 이들도 있었다. 온화한 미소로 악수를 청하는 이들도 있었다. 키 큰 제임스 딘이 먼발치에서 그 모습을 주시했다. 묘하게 가슴 벅찼다. 저 자인가. 오늘 밤의 주인공이 바로 저 작자인가. 이윽고 무대 위로 올라간 그가 마이크를 잡고 사방을 둘러보았다. 엄청난 인상이었다. 발바닥에 대못이 박혀도 미동조차 없을 것 같은 인상이었다.

"반갑습니다. 김건호입니다."

이상한 말투다. 일본 사람이 한국말을 하는 것 같다. 19세기 사람이 현대소설을 읽는 것 같다. 남쪽 지방에서 평생 살아온 사람이 표준어를 구사하려고 애쓰는 것 같다.

"11월의 마지막 주말 밤입니다. 여기 오신 모든 분들을 환영합니다."

갑자기 머리가 아팠다. 오른쪽 관자놀이 부근이 지끈지끈 불쾌했다.

"이 시간의 주인은 여러분입니다. 오늘 밤의 주인공은 여러분들입니다. 여러분 모두의 권리를 저 역시 열렬히 지지합니다. 그럼에도 부득이하게, 잠시나마 여러분의 소중한 시간을 빼앗지 않을 수 없게 된 점 대단히 송구하게 생각합니다."

말을 끊고 고개 들어 사람들을 둘러본다. 저 말투. 저 눈빛. 알 수 없는 두통이었다. 참으로 기분 나쁜 두통이었다.

"아무도 원하지 않으실 테지만, 지금 이 자리에서 두 명의 불청객을 감히 소개해 드리고자 합니다. 정말이지 죄송하게 생각합니다. 그럼에도 감히 이렇게 나서지 않을 수가 없으니 뜻하지 않는 불청객들 때문이며 동시에 우리들 모두를 위해서입니다."

불청객이라? 가면의 사람들이 서로를 돌아보며 웅성거렸다. 어둔 불안이 그들 사이에 재앙처럼 번지고 있다. 가네야마가 옆에 선 노랑 나비넥타이에게 까딱, 손짓을 해 보였다. 이를 신호로 무대 옆문이 열리고, 그 안에서 사람들이 나왔다. 뒤로 묶인 두 팔과 목에 줄줄이 포승줄이 엮인 채 끌려 나왔다. 세상에나. 웅성거리는 소리가 점점 커지고 있다. 가면의 알몸들과 같지만 다른 불길함 속에 상황을 예의 주시하던 제임스 딘이 비틀, 무릎을 꺾을 뻔 한다. 두 명의 불청객. 다스베이더와 분홍여우다. 아니다, 남대장이고 이븐이다. 가면이 벗겨져 있다. 사람들이 놀란 것도 제임스딘이 놀란 것도 바로 그 때문이었다. 가면 파티에 가면 쓰지 않은 얼굴이란 얼마나 어울리지 않는 노릇인가. 가면 쓴 사람들 속에서 가면 없는 맨 얼굴을 대하는 일이란 얼마나 불편한 노릇인가. 제임스 딘이 또는 주은이 절망했다. 잠깐 사이에 무슨 일이 있었던 것인지 알 수 없었다.

"방금 전에 믿기 힘든 제보를 하나 받았습니다. 오늘 밤 이 연회장에 정식적으로 초대받지 않은 불청객들이 섞여 있다는 것이었습니다. 서둘러 조사에 들어갔고, 우리 안전요원들이 여기 두 사람을 찾아내게 되었습니다. 확인 결과, 역시나 여러분들과는 다른 사람들임이 밝혀졌습니다."

좌중의 소요를 한 차례 둘러보는 가네야마는 놀랍도록 진지하고 차분하다.

"모두가 주최 측의 실수고 불찰입니다. 그럼에도 이 불미스러운 일을 굳이 공개하고 나서는 이유는 하나, 이

자리를 찾아준 여러분들에게 더 이상 요만큼이라고 피해가 가지 않도록 하는 마음에서입니다. 따라서 부디 협조를 부탁합니다."

무대 구석에 엉거주춤 선 두 사람을 가리킨다.

"저 얼굴들을, 내키지 않으시겠지만, 자세히 확인해주시기 바랍니다."

그러나 그것은 불가능해 보였다. 고개를 숙이고 있는데다 그 얼굴이 심하게 망가졌기 때문이었다. 그새 얼마나 얻어맞은 것일까. 남 대장의 눈두덩이 검푸르게 붓고 멍들었다. 찢어진 입가에는 피가 말라붙어 있었다. 그 터프한 선배가 저 지경으로 당하다니. 더욱 안쓰러운 것은 이븐이었다. 이마가 찢어졌는지 피가 계속 흐르고 있다. 가슴팍에는 걷어 채인 구둣발 자국이 선명했다. 가장 절망적인 것은 두 사람의 기죽은 얼굴, 전의를 상실한 표정이었다. 목이 탔다. 허벅지에 힘이 풀렸다. 누군가 심장을 꽉 쥐었다 놓는 것 같았다.

"이들의 정체가 무엇인지 그것이 우리에게 어떤 위험을 초래할 것인지, 노력 중입니다만 아직은 파악 못하고 있습니다. 거듭 죄송하게 생각합니다. 그런 의미에서 여러분께 도움을 구하고 싶습니다."

검지를 곧게 편 가네야마가 고개 숙인 남 대장과 이븐을 재차 가리켰다.

"혹시 저들의 얼굴을 기억하시는지요. 일상 속에서 저런 사람을 본 적이 혹시 있지 않으신지요. 솔직히 말씀드려 여러분들 가운데 누군가, 저 불청객들과 모종의 관계를 갖고 있는 것 아닐까 하는 예감을 떨쳐버릴 수 없습니다. 불청객이라니. 이는 역사상 유례가 없는 사건입니다."

가면의 사람들은 숨 쉬는 것조차 잃었다. 원치 않은 상황이었다. 예상 못한 난국이었다. 새로 싹튼 생긴 근심 걱정이 빠르게 가지를 뻗으며 거의 모든 그들의 목을 죄고 있다.

"이자들을 아는 분이 계시다면, 낯익은 얼굴 같다고 생각하는 분이 계시다면, 부디 손을 들어주시기 바랍니다. 분명히 말씀드리지만 절대 아무런 책임도 묻지 않겠습니다. 제가 여기서 약속드립니다."

사람들이 서로를 돌아본다. 형형색색 다양한 형태의 가면들을 서로 확인한다. 그뿐 손을 쳐드는 이는 없다. 연회장 안은 고요하다. 마이크에서 나는 미세한 전기 소음이 들릴 지경이다. 주은이 노란 나비넥타이의 안전요원들을, 그 숫자와 위치와 무장상태를 바삐 확인한다. 오른편에 두 명. 기둥 옆에 한 명. 아, 저 뒤에도 있군. 두 명이 권총을 들고 있다. 한 명은 기관단총으로 무장했다.

"도리 없군요. 그렇다면 이제 여러분들에게 더욱 어려운 부탁을 드릴 수밖에 없겠습니다."

가네야마가 다시 목소리를 높였다.

"가면을 벗어주세요! 여러분들을 위한 일입니다, 모두 지시에 따라주세요!"

사람들이 웅성거림이 커진다. 주은이 깊은숨을 들이마셨다. 당분간 숨 쉴 필요가 없을 만큼 길고 깊은 숨을. 최후가 멀지 않았다. 뜻하지 않은 최후가 빠른 걸음으로 다가오는 중이다. 위기감 때문일까 오른쪽 눈의 시야가 한층 흐릿해진 느낌이다. 버틸 수 있을까. 반전의 가능성이 있을까. 목숨을 부지할 확률은 얼마나 될까. 딸아이가 생각난다. 그 작은 몸이, 그 작은 얼굴이, 그 작은 미소가 생각난다. 간밤의 꿈을 떠올린다. 어둠 속의 비명소리. 멀어지는 목소리들. 매캐한 화약 냄새. 바닥이 보이지 않는 절망감. 바로 이 상황을 예고하는 꿈이었던가.

파괴

지하 1층 복도는 지하 3층 복도와 달랐다. 크게 달랐다. 지하 3층 복도가 복도를 위한 복도였다면 지하 1층 복도는 복도를 오가는 이들을 위한 복도였다. 지하 3층 복도가 좁고 어두우며 정육점과 시체공시소를 합친 냄새로 고약했다면 지하 1층 복도는 밝고 쾌적했으며 아무런 악취도 풍기지 않았다. Z로서는 더욱 다행스럽게도 보안체계가 뜻밖에 느슨한 편이었다. 보안이 허술하다는 사실로부터 하나의 추측이 가능해진다. 지하시설이 생겨난 이래, 외부의 침입도 그로부터 자신들을 지켜낼 필요도 전혀 없었던 것 아닐까. 시간이 넉넉지 않다. 손목 벨트를 가까스로 풀어낸 뒤 그곳의 둘을 처리하고 나올 때까지만 해도 나쁘지 않았다. 문제라면 동해를 위해 그 늙은 여우와 실랑이 아닌 실랑이를 벌인 일이었다. 거기서 너무 많이 지체되었다.

관제실 문은 잠겨 있지 않았다. 하얀 가면 하얀 작업복들이 세 명. 한 명은 수 십여 개의 모니터 화면을 마주한 테이블에 살진 두 다리를 올리고는 의자 등받이가 부서져라 몸을 젖힌 채 졸고 있다. 또 한 명은 왼손 엄지와 검지로 설탕이 잔뜩 묻은 도넛을, 오른손에는 뜨거운 김이 솟는 머그잔을 들고 수다를 떨어대고 있다. 남은 한 명은 동료의 끊임없는 수다를 묵묵히 흘려들으며 강아지 인형처럼 영혼 없이 고개를 끄덕이는 중이다. 미샤 마이스키의 첼로 연주가 실내에 우아하게 흐른다. Z가 도넛 든 작업복에게 성큼 다가갔다. 360도 뒤후려차기로 힘차게 뻗은 왼발 밑창이 상대의 턱과 목덜미 사이에 꽂히듯 작렬했다. 퍽! 젖은 흙 가득 담긴 화분 박살 나는 소리에 이어 첫 번째 희생자가 모니터 테이블 위에 엎어졌다. 이어 Z가 벽에 기대선 남자의 정수리를 권총 손잡이로 내려찍었다. 빠르게. 강력하게. 주저 없이. 연속으로 다섯 차례. 퍽! 퍽! 퍽! 퍽! 퍽! 두개골 부서진 남자가 끈 풀린 마리오네트 인형처럼 무릎 꿇으며 주저앉았다. 하얀 가면 사이로 검붉은 피가 주르륵 한 줄기 흘러내린다. 책상 위에 엎어진 작업복이 힘없이 꿈틀거린다. 턱이 돌아가는 충격에 경추가 골절된 모양이다. 그의 손에 들린 머그잔이 쓰러지며 뜨거운 커피가 줄줄 흐른다. 꾸벅꾸벅 졸고 있는 작업복의 살진 허벅지를 적신다.

"앗 뜨거!"

놀라 잠 깬 작업복이 벌떡 일어섰다. 아니다 그러려 했지만 자세가 여의치 않았다. 두 팔을 허우적허우적 휘두르다가 의자와 함께 벌러덩 자빠지고 만다. 엉거주춤 일어서는 작업복의 따귀를 힘차게 날린다. 짝. 가면이 멀리 벗겨져 날아가고 얼굴이 드러난다. 볼살 통통하고 눈은 작고 동그라며 입술은 오동통하다. 귀엽다. 코미디언 배용식을 닮았다. 배용식보다는 젊은 편이고 그보다 몸집이 작다.

"무릎 꿇어."

Z의 손에 들린 권총을 발견한 배용식이 후다닥 무릎 꿇는다. 가지런히 손까지 모은다. 이어 실내 여기저기 나자빠진 동료들의 처참한 모습을 발견하고는 입술을 꾹 다물고 바들바들 떨기 시작한다. 금방이라도 울음이 터져 나올 것만 같다. 잠깐, 아주 잠깐 조는 사이에 이게 무슨 날벼락인가.

"내가 누군지 알아?"
"……살려주세요."
"내가 누군지 아냐고."
"모릅니다."
"다행이네."

배용식 닮은 얼굴이 새하얗게 질려 있다.

"알았다면, 살아서는 대답 못했을 테니."
"어이구구."

넙죽 엎어져서 앓는 소리를 낸다.

"고개 들어."
"죽을죄를 지었습니다. 저는 아무것도 몰라요. 위에서

시키는 대로 했을 뿐입니다. 처음부터 끝까지 그런 식이지요. 제발 용서해주세요."

"미친 새끼가."

"살려주세요. 제발 목숨만은."

이 자는 나이가 몇이나 될까. 동글동글 어려 보이는 얼굴이지만 50살은 넘었을 것이다. 지하 1층 관제실에서 몇 년이나 근무했을까. 어쩌면 인생의 거의 전부를 이곳에서 보내오지 않았을까. Z가 손바닥을 내밀었다.

"명단."

"……예?"

"여의도 명단이 필요하다."

"무슨, 무슨 말씀이신지."

Z가 그의 무릎을 쏘았다. 탕. 배용식이 쓰러졌다. 고통으로 뒤집어진 얼굴. 입을 딱 벌리고 있지만, 비명 한 마디 지르지 못한다. 더듬이 잘린 벌레처럼 성한 나머지 다리를 버르적거리며 어쩔 줄 모른다. 총알이 관통한 오른쪽 무릎이 쿠키 조각처럼 으스러졌을 것이다.

"오늘 밤 여의도 타워M에 참석하는 손님 리스트 말이다. 아픈가?"

"……아이고야. 아이고 엄마야."

남자가 피 묻은 손으로 두 눈을 가린다. 어깨를 떨며 서럽게 흐느낀다.

"이러지 마세요, 전 정말 아무것도 몰라요."
"빨리 말해. 이번엔 더 위를 쏠 거야."
"차라리…… 차라리 죽여주세요."
"원한다면."

Z가 총을 쳐들었다. 화들짝 놀란 배용식 두 손을 세차게 휘저었다.

"잠깐! 잠깐만!"

그의 옆구리를 아슬아슬 비켜간 총알이 벽에 맞고 피잉, 매섭게 튀었다.

"쏘지 마요! 제발 쏘지 말아요! 다 말할게요, 제발 쏘지 말아요!
"진즉에 그럴 일이지."

꺼이꺼이 울기 시작한다. 묽은 콧물이 줄줄 흘러내린다.

"회장실이요. 거기 있을 거예요. 여긴 분명히 없어요."
"회장실? 가네야마?"
"난리가 날 거예요. 그분이 아시면 절대로 그냥 넘어가지 않을 거예요."
"무서운 사람인가."
"무섭지요. 무섭고말고요. 그분이 한 번 화를 내면, 그

때는 정말 재앙이라고요. 정말입니다. 선생님, 헝헝."

"나는 아까부터 화가 나 있어. 바로 그 작자 때문에."

"회장님…… 때문에 화가 났다고요?"

"그 작자가 살아 숨 쉬는 것 자체가 나를 화나게 만들거든."

"맙소사."

"말해봐. 그자에 대해서."

눈물범벅이 된 남자가 턱을 덜덜 떨었다.

"모릅니다. 전 아무것도."

"모른다? 아무것도? 좋아."

Z가 총구로 배용식의 턱을 톡 건드렸다.

"그럼 말해봐. 모르는 게 뭔지."

실체에, 조금씩 가까워지고 있었다.

다시 샤워장

틱. 틱. 틱. 물소리가 들려온다. 멀지 않은 어딘가에서. 일정한 시간 간격을 두고. 틱. 틱. 틱. 끊어질 듯 이어지고 있다. 샤워장이다. 20명 정도가 한꺼번에 사용할 수 있을 만큼 넓고 또한 낡았다. 샤워꼭지들은 죄다 메말랐고 타일 바닥에는 흙먼지가 두껍게 말라붙었다. 가장자리 검게 타들어 간 형광등이 위잉, 풀벌레처럼 울어댄다.

샤워장 바닥에 고깃덩이처럼 사람들이 쓰러져 있다. 마침내 그들이 정신 차린다. 모두 여섯 명. 지저분한 타일 바닥에 널브러졌던 몸을 하나둘 일으킨다. 어이구 허리야. 누군가 앓는 소리를 냈다. 누군가 찌푸린 얼굴로 그를 돌아다본다.

여기가 어딘가 지금이 언제인가 이들은 누구인가. 낡은 샤워장이라니 알 수 없는 일이다. 얼마나 오래 정신을 잃었던 것인지 알 수 없는 일이다. 낯모르는 이들과 함께라니 알 수 없는 일이다. 더더욱 알 수 없는 일은 저마다의 목에 채워진 어떤 물체에 대해서다. 사람들이 저마다 얼빠진 얼굴로, 한 명 또 한 명 난해한 팬터마임을 따라 하듯, 자신의 목에 두 손을 가져간다. 너비 3cm, 두께 1cm의 강철 벨트. 개목걸이 같은 철제 물건이 여간 견고하지 않다. 뭐야 씨발 이거. 반백의 사내가 철제 목걸이를 움켜쥐고 있는 힘껏 뜯어낸다. 그러려고 애쓴다. 얼굴에 시뻘겋게 피가 모이고 팔뚝의 잔 근육이 도드라진다. 강철 벨트는 꿈쩍도 하지 않는다. 사내가 씨근덕씨근덕 샤워실의 사람들을 돌아다본다. 구석 자리의 여고생과 눈이 마주친다. 여고생이 허벅지까지 말려 올라간 교복 치맛단을 슬그머니 끌어내린다.

세상에 처음 날 때 그 의미를 이해하는 이가 한 사람도 없듯, 그들 모두 알지 못하고 있다. 이곳이 어디인지. 어쩌다가 정신을 잃었으며 어쩌다가 이런 곳에서 눈을 뜨게 되었는지. 이 상황이 의미하는 바가 무엇인지.

"여기가 어디지요?"

연변 말투의 중년 여인이다. 팥죽색 실크블라우스 밖으로 드러난 가슴 곡선이 터질 듯 풍만하다.

"누구 말 좀 해봐요. 도대체 여기가."

듣는 귀는 많지만 대꾸하는 입은 없다.

"도대체 이게 무슨 일이람."

맙소사. 이게 뭐지? 동해가 머리칼을 잡아 쥐었다. 어째서 다시 이곳이란 말인가. 어째서 다시 처음으로 돌아갔단 말인가.

알 수 없다. 알 수 없는 일이다. 현실은 현실보다 비현실적이고 비현실은 비현실보다 현실적이다. 똑. 똑. 똑. 어디선가 물소리가 이어지고 있다. 상황이 조금씩 바뀌지만 그럼에도 끔찍한 최후의 순간만은 시종 변함없이 반복되는 줄거리의 SF영화처럼, 마지막 결론을 바꾸기 위해-정해진 현실에서 도망치기 위해 필사의 노력을 벌이지만 매번 실패하고 마는 영화 속 주인공들처럼, 언제나 제 자리, 다시 또 샤워장이라니.

"솔직히 말할게, 난 말이야."

벽에 기대앉은 남미 행동대장이 중얼거린다.

"이번이 세 번째야. 까무룩 정신 잃고 납치되어서는 며칠 만에 이런 샤워장에서 눈 뜨는 거, 벌써 세 번째라고. 기억나는 것만 그래."

남미 중간보스의 품에 팥죽색 블라우스가 안겨 있다. 팥죽색 블라우스의 낯익은 얼굴에 동해가 놀란다. 닮았다. 3년 전에 집 나간 엄마를 꼭 닮았다.

"인터넷에도 교과서에도 이런 이야기는 절대 안 나오죠."

누나다. 동해가 더욱 놀란다. 남미 중간보스의 반대편 팔에 누나가 안겨 있다.

"세상 사람 절반이 우리처럼 납치를 당했거나 당할 사람들이라는 사실 말이에요."

"그런 거 같긴 하네. 하지만 왜?"

"알려지길 원치 않기 때문이죠. 이쪽 절반에게나 저쪽 절반에게."

"하핫. 똑똑한 녀석이라니까."

남미 중간보스가 누나를 와락 끌어당긴다. 뺨에 쪽, 입을 맞춘다. 수형은 아무런 저항도 하지 않는다. 저 새끼가 감히! 발끈한 동해가 몸을 일으켰다. 아니다 그러려 하지만 꼼짝도 할 수가 없다. 온몸이 쇠사슬에 칭칭 감긴 것 같다.

"살, 살려줘……."

지저분한 타일바닥에 Z가 엎어져 있다. 온몸을 뒤틀며 괴로워한다. 그의 눈이 빨개지고 있다. 그의 손마디가 굳어가고 있다. 그의 숨소리가 거칠어지고 있다. 그의 송곳니가 길게 자라고 있다. 그렇게 서서히 좀비로 변하고 있다. 우적우적. 저편에 등을 돌린 현수가 주저앉아 있다. 주저앉아 뭔가 열심히 먹는 중이다. 러닝셔츠가 터질세라 비대한 상체가 불규칙적으로 씰룩인다. 라면인가? 기웃거리던 동해가 읔! 미간을 찌푸렸다. 처음 만났을 때부터 죽어 있던 사람. 겨자색 점퍼다. 그의 팔뚝을 현수가 맹렬히 뜯어먹는 중이다. 천정의 형광등이 깜박깜박 명멸한다. 벽에 쇠기둥처럼 붙어 있던 샤워기들이 천천히 움직이기 시작한다. 마치 뱀 같다. 최면에 걸린 뱀 무리 같다. 하늘하늘 춤을 추며 동해에게 다가온다. 뱀 대가리 같은 샤워기 꼭지들이 동해 앞에 나란히 머리를 곧추세운다. 그리고 외친다. 눈 떠.

꿈인가. 지금 꿈을 꾸는 중인가. 눈 떠! 누군가 뺨을 두드린다. 감각이 조금씩 돌아온다. 누군가 거세게 어깨를 흔든다. 고개가 힘없이 덜렁거리는 것이 느껴진다.

"정신 차려! 눈 뜨라고!"

정신이 1/5 정도 들어온 것 같다. 두 종류의 서로 다른 세상 사이에 자신이 걸쳐 있다는, 그런 아득함 속에서 애써 정신을 차렸다. 덜그럭. 앞니에 딱딱하고 매끄러운 감촉이 부딪친다. 유리컵이다. 컵 모서리를 타고 찬물이 흘러내린다. 찬물이 입가를 타고 목덜미로 흘러내린다. 힘내어 물을 삼켜본다.

"그렇지. 기운 내."

눈앞에 누군가 있다. 누군가 동해를 품에 안고 있다. Z다. 미아보호소로 달려온 작은 삼촌처럼 반갑게 어깨를 두드린다.

"정신이 드니? 어지럽지 않아?"
"……토, 토할 것 같,"

동해가 고개를 모로 돌리며 우욱! 속에것을 게워냈다. 뜨끈한 액체가 식도에 치받고 올라온다. 눈물이 찔끔 났다.

"토해. 그게 좋아. 많이 토해."
"여기가, 어딘가요."

"지하 1층. 기억나?"

그래. 그 하얀 방. 철제침대에 손발이 묶여 있었지. 하얀 작업복 입은 사람들이 팔뚝 살을 도려내고 피를 뽑고 머리카락을 잘라 갔지. 바지 벗기고 팬티까지 내리고는, 아직 털도 안 났냐며 비웃었지. 뺨을 아프게 쥐고 흔들던 그 아줌마. 주홍색 립스틱. 귓속에 끈적끈적한 액체를 부었던 것 같은데.

"다행이다. 조금만 늦었으면 널 죽였을 거야."

"죽었을 거라고요?"

"죽였을 거라고. 내가 직접."

"어째서요?"

"좀비로 변했을 테니."

"……아아아."

"힘내서 일어나. 할 일이 많아."

하얀 작업복을 입은 누군가 바닥에 엎어져 있다. 총 맞은 뒤통수가 엉망으로 터져나갔다. 그 곁에 또 한 명의 하얀 작업복이 똑바로 드러누웠다. 목이 기역자로 부러졌다. 동료 작업복과 달리 하얀 가면이 벗겨져 있으며 그래서 죽음 맞닥뜨린 순간의 마지막 표정을 똑똑히 확인할 수 있었다. 무엇에 놀랐는지 눈을 크게 뜨고 있다. 왼쪽 입가에 붉은 피가 말라붙어 있다. 그리고 목에, 경동맥 부근에, 주사기 바늘 두 개가 깊이 꽂혀 있다. 죽고 나니 더 늙어 보이는 얼굴. 주황색 립스틱이었다.

"누나는 괜찮나요."

"……."

"누나, 어디 있나요."

"……."

"무슨 일 생겼군요. 맞죠?"

동해가 몸을 일으킨다. 머리가 핑 돌고 다리에 맥이 풀린다.

"말해주세요. 누나한테 무슨 일이 생긴 건가요."

"걱정 마. 무사할 거야."

"무사할 거라고요? 그게 무슨 말인가요."

"사라졌어. 안 보여."

"사라졌다면……."

"좀비로 변한 것 같지는 않아. 좀비에게 잡아먹힌 것 같지도 않고."

"그게 무슨 말이냐고요. 사라졌다니."

Z가 고개를 갸웃, 했다.

"잘은 모르겠지만, 잡혀간 것 같아."

"잡혀가요?"

도무지 납득이 안 된다는 듯, 동해가 미간을 찌푸렸다.

"납치? 납치된 지 얼마나 됐다고 또?"

사물함 56

"일어나요."

누군가의 손끝이 찰싹, 경쾌하게 뺨을 때린다. 눈을 떴다. 언제 잠들었던가. 얼마나 잠들었던가.

"정신 좀 나요?"

눈앞에 누군가 서 있다. 뾰족한 코. 분홍빛 털. 검은 주둥이. 여자다. 여자 여우다. 젖가슴이 크지는 않지만 제법 탄력 있어 보인다. 넓은 어깨와 골반이 만드는 상체 하체 비율 또한 그럴듯하다.

"……당신은 누군가요."

탄력 넘치는 젖가슴에 손을 가져갈 듯 웅얼웅얼.

"이쁜에요. 제발 그만 좀 쳐다볼래요?"

"아."

연회장 구석. 두툼하고 푹신한 양털 카펫에 쓰러져 있던 제임스 딘이 슬그머니 몸을 일으킨다. 그러다 말고 아차차, 애벌레처럼 몸을 움츠렸다. 잠결에 성기가 미친 듯이 발기해 있었던 것이다.

"그런데 다들 괜찮은 건가요."

"뭐가요?"

"불청객으로 발각된 거 말예요. 남 대장 선배는 어떻게 됐나요. 얼굴이 엉망이던데."

"홀딱 가셨군."

"……뭐라고요?"

"정신 차려요. 제발 정신 좀."

어깨에 뜨끈하고 두꺼운 손바닥이 내려앉는다.

"환각이야."

다스베이더였다.

"술과 음료에 환각제가 섞여 있었어. 정말이지 천국이 따로 없군."

"아아. 아아아."

"자책하지 마. 나도 꼼짝없이 당할 뻔했으니."

"그럼 가네야마는……."

"조금 전에 떠났어. 당신이 정신을 잃고 있을 때."

술에 취하고 약에 취한 알몸의 가면들이 유령처럼 오고 가는 연회장을 멍하니 돌아본다. 예의 장면들이 눈앞에 번연히 재생되고 있다. 생생한 공포와 절망이 낄낄거리며 옆구리를 간질이고 있다. 대단한 환각이었다.

"시간 됐어."

다스베이더가 분홍여우를 돌아보았다.

"새벽 1시야. Z가 데이터를 보내왔을 거야. 일이 꼬이지 않았다면."
"확인해보죠. 꼬였는지 안 꼬였는지."
"그래야지."

진짜 파티가 이제 시작될 것이다. 지금까지와는 전혀 다른 파티가. 대한민국 0.01%의 알몸 가면들을 순종시키려면 Z가 보내왔을 데이터가 필요하며, 기관단총으로 무장한 저 노란 나비넥타이들을 상대하려면 최소한의 화기가 필요하다. 문제라면 아직 새벽 3시가 되지 않았다는 점이었다.

"저어, 실례지만……."

바 건너편에 굳게 잠긴 문이 있고 그 앞을 노란 나비넥타이가 지키고 서 있다. 분홍 여우가 조심히 다가갔다.

"무슨 일이신가요."

두 손을 모으고 선 노랑 나비넥타이가 정중하게 엄숙하게 물었다. 선탠에 오랜 시간 정성을 들였는지 구릿빛 피부에 탄탄한 윤기 가득하다. 오른쪽 젖꼭지 아래에 담뱃불로 지진 흉터가 선명하다.

"저어, 잠깐만 나갔다 오면 안 될까요."
"죄송합니다. 새벽 3시까지는 누구도 이곳에서 나갈 수 없습니다."
"알아요. 물론 알지만."

분홍 여우가 콧소리를 냈다.

"사정이 많이 급해서요. 실은 제가 조금 있다가, 전화를 한 통 받아야 하거든요."
"전화요?"
"핸드폰이요. 매일 이 시간이면 걸려오는 전화가 있어요. 그 전화, 꼭 받아야 한다고요."
"……."
"저한테는 엄청나게 중요한 일이에요. 전화 오는 걸 못 받았다가는, 아이, 그때는 제 인생도 끝이에요. 설마 그걸 바라시는 건 아니겠죠? 아, 나 어떡해. 고작 전화 한 통인데."

애처롭고도 귀여운 콧소리. 간절히 두 손 모으고 허리 뒤튼다. 난

처하고도 안타까운 교태가 철철 넘친다. 노란 나비넥타이가 머뭇거린다.

"그건, 하지만, 조금 곤란하군요. 아직 1시 20분밖에 안 되어서."
"아이 제발요. 저 좀 살려주세요."

분홍 여우가 나비넥타이의 굵은 팔뚝에 두 손끝을 살짝 가져갔다. 그러고는 다시 귀엽게 애처롭게 울먹였다.

"솔직히 말할게요. 무서운 남자예요. 화나면 어떻게 변할지 모르는 남자죠. 그 인간 때문에 내 인생이 여태……. 제발 부탁이에요. 전화 한 통만 받게 해주세요. 예? 통화는 길지 않을 거예요. 1분이면 끝날 거예요. 제가 맹세할게요."
"난감하군요."
"제발요. 사람 한 번만 살려주세요."

나비넥타이가 잠시 고민에 빠진다. 짧은 순간의 고민이 얼마나 깊은지 호흡 따라 씰룩거리는 복부 근육이 눈에 보일 지경이다.

"할 수 없군요. 이번만 특별히 사정을,"
"감사해요! 정말 감사해요!"
"……10분 드릴게요. 다른 분들 시선 끌지 않도록 유의해주세요."
"물론이지요. 명심할게요."

"따라오세요."

젖꼭지 아래 담뱃불 자국이 도어락을 열고 비밀번호 열여섯 자리를 삑삑 삑삑 빠르게 눌렀다. 출입문을 밀어 열고는 연회장 바깥으로 먼저 나섰다. 분홍 여우가 뒤를 따르고, 이내 문이 닫히고, 찰칵 도어락이 잠겼다. 두 사람이 사라지고 30초 뒤, 제임스딘과 다스베이더가 닫힌 문 앞에 섰다. 제임스딘이 큰 키로 문 앞을 가려서고 뒤에 웅크린 다스베이더가 16자리 비밀번호를 열심히 눌렀다. 아까 먼발치에서 지켜보며 외운 숫자다. 차라락. 도어락이 다시 반응했다. 연회장을 한 차례 살핀 두 사람이 민첩하게 문밖으로 나섰다.

탈의실. 숫자 56이 쓰인 사물함 앞.

"다행이에요. 천만다행이에요. 아직 전화가 안 왔어요. 조마조마 걱정했는데."

분홍여우가 손가방에서 꺼낸 핸드폰을 쳐들고 수선 떨었다.

"아아, 십 년 감수했네. 곧 전화가 올 거예요. 조금만 기다려주세요."

노랑 나비넥타이가 수줍게 머뭇거렸다.

"여기 서서 기다리겠습니다."

"다시 한 번 감사드려요."

"천만에요."

분홍여우의 벗은 뒤태를 그가 힐끔거렸다. 매주 토요일마다 숱하게 대하는 알몸뚱이들이지만 분홍여우 같은 몸은 처음이다. 살아 있는 몸이다. 통조림 속에 절여진 생선살이 아니라 힘차게 팔딱팔딱 횟감 같은 몸이다. 같은 순간, 분홍여우가 핸드폰에 비친 등 뒤의 남자를 살핀다. 손을 앞으로 모으고 벽에 붙어 서서 아닌 척 자신의 몸을 더듬는 그의 시선을. 동시에 손가방 안에 든 작은 물건들을 생각한다. 단검. 그리고 베레타 M6. 베레타는 작고 예쁘며 정확한 총이지만 소음기를 끼우지 않았다. 총소리가 나서는 곤란하다. 아직은 때가 아니다. 그렇다면 이 길이 6㎝의 단검으로 저 남자의 숨통을 끊어놓을 수 있을까? 모를 일이다. 가능할 수도 있고 그 반대의 판단도 가능하다. 그런데 가능한 경우 역시, 상대가 일반인이 아니라는 점이 문제가 될 수 있다. 소란이 커져서는 곤란하다.

핸드폰 액정 창에 또 다른 움직임이 포착되었다. 남 대장이다. 다스베이더 가면을 벗어던진 그가 살금살금 발소리 죽여 다가오는 중이다. 젖꼭지 아래 담뱃불 자국의 등 뒤로 접근하고 있다. 그 거리가 3m로, 다시 2m로 줄어들었다. 마침내 인기척을 느낀 남자가 등 뒤를 돌아보려던 참이다. 붕 날아오른 남 대장이 그의 목에 뭔가를 걸어 맸다. 가죽끈이다.

"컥."

노란 나비넥타이 위에 질긴 가죽끈이 제대로 얹혔다. 남자가 팔다리를 내두르며 저항했다. 남 대장도 그의 등 뒤에 결사적으로 매달렸다. 공격이 강력할수록 저항도 치열하다. 저항이 필사적일수록 공격은 집요해진다.

"크, 크억."

두 남자가 우당탕 모로 쓰러진다. 쓰러진 채 그야말로 숨 막히는 사투가 이어진다. 나비넥타이의 가면이 벗겨지고 맨얼굴이 드러났다. 짙은 눈썹에 턱 가운데가 세로로 갈라진, 1960년대 영화배우 같은 얼굴이다. 지금 그 얼굴 한가득 시뻘겋게 피가 모였다. 잔뜩 부풀어 오른 눈가가 금방이라도 터질 것 같다. 목을 죄는 가죽끈 사이로 손가락을 집어넣으려 몸부림을 친다. 남 대장이 등 뒤에서 온 힘을 다해 가죽끈을 잡아당긴다. 그의 얼굴 역시 온통 새빨갛게 피가 모였다. 알몸으로 엉겨 붙어 씩씩거리는 두 남자의 숨소리가 나직하게 음란하게 이어지고 있다. 이븐과 주은이 그 모습을 물끄러미 내려다보고 있다.

에프킬라에 쓰러진 방아깨비처럼 허공에 파닥거리던 남자의 다리가, 다리 움직임이, 서서히 속도를 늦춘다. 허옇게 눈을 치뜬 채 숨을 거둔다. 헤 벌어진 입술 새로 혓바닥이 길게 늘어졌다.

"씨발새끼."

축 늘어진 상체를 밀쳐내며 남 대장이 일어섰다. 가죽끈 자국이 빨갛게 난 손바닥을 툭툭 털며 투덜거린다.

"모가지 힘 좆나 세네."

죽음

108호 생체실험실. 남미 중간보스가 끝내 숨을 거두고 말았다. 11시 54분. 동해와 Z가 찾아든 지 40분 만이다. 부랴부랴 해독제를 주사하고 심장 마사지에 고막 석션까지 실시했지만, 너무 늦은 대처가 되고 말았다. 띠이이이. 힘겹게 파동을 이어가던 심전도 그래프가 길게 일자를 긋고 있다. 또 하나의 죽음. 동해가 고개를 저었다.

"어쩔 수 없었어."

Z가 동해의 어깨에 손을 올렸다.

"너는 운이 좋았고, 이 사람은 운이 안 좋았을 뿐이야."
"운이 아니에요. 순서가 바뀌었더라면 결과도 바뀌었겠죠."

그럴 수 있었다. 동해가 누워 있던 103호 대신 이곳을 먼저 쳤더라면 상황은 정반대였을 것이다. 아닐 수도 있지만 그럴 수도 있었다. 남미 중간보스는 가까스로 정신을 차렸고 동해는 끝내 숨을 거두었을 수도. 그리하여 동해가 죽은 103호 실험 침상 앞에 남 대장과 Z가 안타까운 얼굴로 모여 섰을 수도. 어쨌거나 그것은 불필요한 가정이 되고 말았다. 한 사람은 살고 다른 한 사람은 죽었다. 중요한 것은 그 순서다.

실험실 구석. 하얀 작업복 관리자 두 명이 몸 둘 바를 모르고 있다. 뒤통수에 총이 겨누어진 채, 목숨 빼앗으려 했던 이를 다시 살려내고자 필사적으로 노력한 그들이었다.

"이제 더 이상 방법이 없는 건가?"

Z가 물었다. 그들이 아무런 대꾸도 못한다. 애초에 생은 그들에게 중요한 사안이 아니었다. 오직 죽음과 그 이후만이 이곳 지하 1층의 주된 관심사였다. 비로소 지금, 타인의 죽음은 그들은 자신에게 아찔하도록 안타까운 사건이 되었다.

"덮어."

하얀 작업복 한 명이 조심조심, 남미 중간보스의 얼굴 위까지 흰 천을 덮었다. 주홍만의 생이 그렇게 마무리되었다. 아들 내외에 의해 실종신고가 접수된 지 하루만이다. Z가 총을 쳐들었다.

탕! 탕!

목과 이마에 총을 맞은 작업복 두 명이 털썩, 차례로 쓰러졌다.

주먹의 시대

1962년 5월. 토요일 오후다. 명동 한일다원에 세 사내가 들어선다. 실내에 쌍화탕 냄새가 훈훈하다. 중절모 눌러 쓴 이는 키가 작고, 좌우에 뒤따르는 이들은 힘깨나 쓰게 생긴 젊은이들이다. 셋 모두 우락부락 인상들이 곱지 못하다. 누군가의 테이블에 앉아 웃음을 팔던 분홍 한복 저고리 여인이 냉큼 일어서서 그들에게로 달려간다. 곱디고운 미소를 살살 흘린다.

"회장님 오셨어요."

중절모가 고개를 까닥, 했다.

"별일 없나."
"아이 그럼요. 앉아 계세요 차 금방 올릴게요."
"아니 그것보다도……."

실내를 두리번거리던 중절모가 저편, 어항 옆 소파에 앉아 있는 이를 발견해냈다.

"저 사람인가?"

그러자 등 뒤의 덩치 한 명이 대답했다.

"그런 것 같습니다. 형님. 아니 회장님."

명동재건회의, 정확히는 국가재건회의 산하 민간자율회의 명동 지부 임화순 회장. 한때 을지로 일대를 주먹으로 주름잡던 깡패 두목 임화순이 바로 그다. 세 남자가 어항 쪽으로 다가갔다.

"실례하오만."

조각상처럼 앉아 있던 중년 사내가 일어선다.

"처음 뵙습니다. 김건호입니다. 임 회장님 되시지요?"
"아, 내가 임화순입니다."

두 사람이 마주 앉았다. 덩치 두 명은 그 옆에 손을 모으고 서 있다가, 임화순의 곱지 않은 눈길을 받고는 저편으로 사라진다.

"반갑습니다. 이렇게 뵈어 영광입니다."
"별말씀을요."

임화순이 테이블 너머 상대의 면면을 살핀다. 호리호리하지만 탄탄한 체구. 포마드로 곱게 빗어 넘긴 머리. 작은 눈과 코, 굳게 다문 입술. 도통 나이를 짐작할 수 없는 얼굴이고 예사롭지 않은 인상이다. 이를테면 당장 덩치들을 시켜 곤죽으로 패놓는다 해도, 기진맥진 숨이 끊어질 듯 헐떡이다가 어느 틈엔가 주머니에서 송곳을 꺼내 누구 하나의 눈알을 찌르고야 말 것 같은 강단이 느껴진다. 누구인가. 감히 무서운 줄도 모르고 명동의 제왕 임화순에게 만날 것을 청해온 이 자는.

"그래, 나를 만나시고자 한 게."
"바쁘실 테니 용건 먼저 말씀드리겠습니다."

가네야마 겐고의 눈빛이 강렬하게 번득인다.

"다름이 아니라, 바로 아편에 대한 이야기입니다."
"아편이라."
"일부 부유층들 사이에서 최근까지도 아편이 공공연히 밀거래되고 있습니다. 이로 인해 국가의 미풍양속이 크게 훼손되는 실정이지요. 아마도 알고 계시겠지요?"

알고 있는 일을 알고 계시냐고 묻지만 가부간에 얼른 대답하기가 쉽지 않다. 모르는 일이라 하면 면이 서지 않으며 안다고 해도 문제가 된다. 임화순이 머뭇거리고 남자가 말을 이었다.

"긴요한 정보를 하나 드릴까 합니다. 돌아오는 금요일 저녁. 명동 올림피아호텔에서 사람들이 모일 겁니다.

국회의원 집안의 자제에 경무대에 줄 댄 관리까지 출신들이 꽤나 쟁쟁한 사교모임이지요. 바로 그날 그 자리에서, 적잖은 분량의 생아편이 풀리는 것으로 알고 있습니다."

"……허허."

아편 밀매야 어제 오늘 이야기가 아니다. 쿠데타로 세상 바뀌기 전에는 이 물건을 놓고 이권 다툼을 하는 깡패 건달들도 적지 않았다. 깡패 건달뿐일까. 물이 깊을수록 흐름이 강하며 물고기들이 잘 보이지 않는다. 큰 물고기건 작은 물고기건 그러하다. 어쨌거나 임화순은 적잖이 놀랐다. 사내의 차분하되 거침없는 언변 때문이다. 뭔가 믿는 구석이 당당한 자로구나. 아니면 두려움을 모르는 자로구나.

"그게 사실이라고 칩시다. 그렇다면 내게 그런 말씀을 하시는 이유가……."

"자유 대한민국이 올바로 서기만을 바랄 뿐입니다. 망국적인 퇴폐 문화가 뿌리 뽑히고 사회 기풍이 바로잡히기를 오로지 바랄 뿐입니다. 명동재건회의의 우리 임 회장님 같은 분이 나서야 할 일 아니겠습니까."

"허허허."

"경찰에 신고한다 한들 꿈쩍도 하지 않을 겁니다. 아니 못할 겁니다. 직접 나서서 혼을 내주십시오. 다시는 아편 생각이 나지 않도록 따끔하게."

말문이 막혔다. 품에서 뭔가를 꺼내어 내민다. 노란 봉투다. 제법 두툼하다.

"국가와 민족의 미래를 위한 일입니다. 수고하시는 식구들에게 미리 저녁이라도 대접하고 싶습니다."

임화수가 두 배로 얼떨떨해진다. 국회의원 자제들까지 껴 있다니 다루기가 쉽지 않고, 뒤에 가 탈이 날 수도 있겠다. 물론 행동에 나설 명목은 충분하다. 명동재건회의가 한 단계 성장하는 계기가 될 수도 있겠다. 그나저나 이 자는 누구인가. 무슨 생각을 가지고 있기에 제 돈까지 들여가며 이토록 열성을 보이는 것인가.

"저기."

임화수가 마른 입맛을 다셨다.

"그런데 무얼…… 말하자면 어떤 일을 하는 분이신지."
"아, 저는."

왼쪽 입 끝을 길게 틀어 올리며 가네야마가 웃었다. 지켜보기에 조금도 기분이 좋아지지 않는 웃음이었다.

"이야기가 조금 길어지겠군요. 실은 그 문제로도 의논할 일이 적지 않습니다만."
"의논이라고요. 저와?"
"그렇습니다."

깊건 그렇지 아니하건, 그 속을 노니는 물고기가 많건 적건, 흐르는 강물은 멈추지 않는다는 점이다. 아편의 시대를 밀어내고 그 자리에 새로운 세상에 들어서고 있다. 그 비밀한 역사가 처음으로 시작되고 있다.

원장실

2009년 11월 29일. 자정이 넘었다.

흑과 백과 강렬한 호피 무늬 대리석 바닥. 은행나무 뿌리를 깎아 만든 테이블과 이를 디귿자로 둘러싼 핏빛 가죽 소파. 지하 1층 복도 가장 깊은 곳에 위치한 원장실이다.

가네야마는 그곳에 없었다. 저녁나절에 찾아와 내내 원장실에 머물다가, 저녁 9시 넘어 시설들을 한 차례 둘러보고는 11시쯤에 자리를 비웠다. 수십 년을 하루같이 지속되었던 일과였다. 하나 특이한 사항이라면 10시 40분경, 102호의 실험대상자를 원장실로 데려오라는 지시가 있었다는 것이다. 전에 없던 일이었다. 어쨌거나 가네야마가 이곳을 떠날 때 102호 실험대상자-수형을 데리고 갔음은 충분히 짐작할 수 있는 일이었다.

"도대체 왜? 미친 거 아냐? 응?"

동해가 차갑게 분노했고 불같이 절망했다. 채 흘러내리지 않는 눈물이 양 눈가에 가득 맺혀 있었다. 바퀴벌레 가득한 창고 안에 갇혔을 때도, 좀비들이 바퀴벌레처럼 쏟아져 달려들 때도 흔들리지 않던 아이였다.

"화내는 건 좋아."

Z가 동해의 멱살을 잡았다.

"하지만 아직 절망할 때가 아니야. 더 힘들고 어려울 때가 분명히 찾아올 거다. 절망은 그때를 위해 조금만 아껴둬."
"이거 놔요."
"내가 약속하지. 누나, 무사히 만나게 해줄게. 내 말 믿어."
"약속 못 지키면요?"
"그때는, 지금 네 멱살을 잡고 있는 내가 더 이상 내가 아닌 거야."

벽면 가득, 트로피와 상패와 액자와 장신구들이 널려 있다. 임명장과 감사패와 표창장과 위촉장과 공로패와 훈장과 당시를 기념하는 사진들로 빈자리가 없다. 1966년. 1957년. 1982년. 1941년. 1957년. 1988년. 1997년 2000년. 2006년. 2011년. 누렇게 종이가 바랜 것들부터 금박 반짝이는 것까지 표기된 연도 따라 세월 따라 겉모습은 천차만별이지만 공통적인 이름 석 자가 적혀 있었다. 김건호. 그 놀라운 역사를 증명하듯 전직 대통령과, 전직 국무총리와, 전직 의장 고문과, 전직 국회의원과, 전직 보안사 사령관과, 전직 안기부 부장과, 전직 국정원 원장과, 전직 육군 중장과, 사망한 전 기업가와, 당대 최고 인기 배우들의 모습이 액자 사진마다에 담겨 있었다. 때로는 중절모를 쓴, 때로는 넓은 칼라 깃에 두꺼운 뿔테 안경을 낀, 때로는 긴 바바리코트에 포마드로 머리칼을 빗어 넘긴 가네야마-김건호가 그들 곁에 어김없이 서 있었다.

"근현대역사박물관에 온 기분이네요."
"대한민국의 역사가 대략 이와 비슷한 셈이지. 여기 나온 사람들 가운데 아는 얼굴 있니?"
"몇 명은요."

동해가 한숨을 쉬었다.

"하지만 위인전에 나올 만한 사람은 없는 것 같아요."

사진 속 가네야마의 얼굴을 주시한다. 아까 103호실에 잠깐 들이닥쳤던, 가면 쓴 작업복들을 일순 경직시켰던 검은 안경의 그 남자가 분명하다. 사진 속 얼굴을 대하는 것만으로 다시금 머리가 지끈거린다. 보는 것만으로도 골치가 아파지는 얼굴이다.

"이상하네."
"뭐가."
"이 새끼는 어째서 얼굴이 그대로일까요. 1960년대 흑백 사진이나 1990년대 컬러 사진이나 아까 본 얼굴이나 변함이 없으니."

"나이를 안 먹나 보군."
"그게 가능해요?"
"지금 보고 있는 그대로."
"우리 누나를 왜 데려갔을까."

책상 위 서류철과 서랍들을 정신없이 뒤지던 Z가 뭔가를 꺼내들고 살핀다. 이거다, 나직하게 중얼거린다. 낡은 스프링 노트 한 권.

"그거예요?"
"맞는 것 같아."

노트를 한 장 한 장 넘겨본다. 온통 파란색 펜글씨가 가득 어지럽혀져 있다. 낡은 종이 냄새가 물씬 풍겼다.

"노트에 잉크 글씨라니. 1930년대 사람 맞네."

책상 위에 노트를 펼치고는 핸드폰카메라로 사진을 찍기 시작한다. 한쪽을 찍고, 페이지를 넘겨 또 한 쪽을 찍고, 그 작업을 지루하도록 신중하게 반복한다.

"아저씨."
"왜."
"킬러라고 했잖아요."
"……."
"이번에 아저씨가 의뢰받은 대상이, 바로 이 새끼군요. 맞죠?"

Z는 대답이 없다. 노트 한 장 한 장을 카메라에 담기에 바쁘다. 찰칵. 찰칵. 핸드폰 셔터소리가 연신 이어지고 있다.

"아저씨."
"말해."

벽면 가득한 기념사진들을 둘러보며 동해가 물었다.

"죽여야 할 대상이 생겼는데 죽이지 못하면, 끝내 그 사람을 죽이지 못하게 되었다면, 그러면 어떻게 하나요. 그럴 경우에는 뭘 어째야 하는 건가요."

노트 한 권 분량을 바삐 찍은 Z가 그 데이터를 어딘가로 전송했다. 파일 전송 완료. 작업이 모두 끝났다. 많이 늦지 않아 다행이다.

"갖지는 못해도 잊지는 말아야지."
"……예?"

Z가 동해가 바라보았다. 깊도록 텅 빈 눈빛이었다.

"죽이지는 못해도 잊지는 말아야 한다고. 이해하겠어?"

총격전

"들어가면 바로 시작하는 거야."

새벽 깊은 타워M 36층. 세 사람이 출입문 밖에 모여 섰다. 남 대장이 데저트이글의 공이치기를 젖히고 안전장치를 풀었다. 44구경 8연발. 매그넘 덤덤탄이 장전되었다. 경찰용 리볼버에 들어가는 38구경 탄환보다 거의 두 배 무겁다.

"죄다 지워버려. 노란 나비넥타이 맨 놈들은."

몸에 착 감기는 진주색 실크원피스와 11㎝ 하이힐 차림의 이븐이 고개를 끄덕였다. 가면을 벗고 알몸을 가리니 새로운 힘이 생기는 것 같다. 남색 턱시도의 주은이 물었다.

"일반인들은요?"

"가능한 한 다치지 않게 주의해줘. 절대 한 사람도 다쳐서는 안 된다고는 하지 않을게. 하지만 최대한 노력해달라고. 나중에 골치 아픈 일 만들 필요 없잖아."

"명심할게요."

"위치들은 다 기억하고 있지?"

"물론이지요. 그런데 그거, 정말 쓸 건가요."

이븐의 묻고 남 대장이 자기 손에 들린 것을 바라본다.

"써야지. 어쩌겠어. 보기에는 좋지 않겠지만."

매그넘 덤덤탄. 일반적인 38구경 탄환의 두 배가 넘는 무게 탓에 총알의 속도 역시 음속의 두 배 이상 빠르다. 그만큼 강력하다. 게다가 탄두 끝에 구멍을 뚫고 탄알의 외피에 홈을 길게 파서 쉽게 찢어지도록 만들었다. 이렇게 하면 정확도가 다소 떨어지는 대신 파괴력이 크게 증가한다. 피사체에 탄알이 명중하는 순간, 다른 탄과 달리 불규칙적으로 회전하며 상처 부위를 엉망으로 헤집어놓고 근육과 내장에 엄청난 손상을 준다. 사망률은 크게 높아지고 회복 가능성은 제로에 가까워진다. 총 맞은 사람 또는 동물의 몸에 거의 쓰레기통만 한 구멍이 생기는 것이다. 덤덤은 인도의 공업 도시로, 19세기 영국이 식민지 인도의 내란 진압용으로 이곳의 무기 공장에서 제작하며 생겨난 이름이 바로 덤덤탄이다.

문은 밖에서 안으로 잠겼다. 안에서 밖으로 나서려면 16자리 복잡한 비밀번호가 필요하지만, 밖에서 안으로 들어서려면 손잡이를 90°로 꺾어주기만 하면 된다. 이만하면 너무도 손쉬운 진입이다. 문이 열리고 세 사람이 사뿐 들어섰다. 출입구를 지키는 이는 없다. 한때 출입문을 지키던 이는 지금 탈의실 구석에 혀를 빼문 채 죽어 있다. 저편에서 술잔 담긴 쟁반을 들고 지나쳐가던 노란 나비넥타이 한 명이, 이편을 바라보고는 우뚝 멈춰 선다. 비교적 작은 키와 넓은 어깨가 마오리족 전사를 연상시키는 체구다. 그가 세 사람을 향해 바삐 다가온다. 무척 놀란 모양이다. 하얀 가면으로 얼굴을 가렸지만, 그 표정을 훤히 읽을 수 있다.

"저어, 어떻게 오신 분들인가요."

그럴밖에. 파티가 한창이다. 이 시간에 누구든 연회장을 나서거나 새롭게 찾아드는 경우란 상상도 할 수 없다. 규정이 그러했고 여태까지의 역사가 그러했다. 그럴진대 무려 세 사람이나, 가면도 쓰지 않고 옷도 벗지 않은 채, 유유히 문을 열고 들어오다니. 남 대장이 마오리 전사 앞에 한 걸음 나아갔다. 까맣게 당황한 나머지 방어 본능을 잠시 상실한 그의 얼굴을 앞이마로 힘차게 들이받았다.

퍽.

마오리족이 벌렁 자빠졌다. 한 손에 들렸던 쟁반이 떨어지며 요란한 소리를 냈다. 가면의 양미간이 움푹 함몰되었다. 대단한 박치기였다. 아마도 콧잔등이 깨지고 광대뼈가 부서졌을 것이다. 잘 알려지지 않았지만 이마는 인체에서 가장 강력한 무기 중 하나다. 두개골이 그만큼 두껍고 머리통이 그만큼 무겁기에, 잘만 쓰면 볼링공으로 얼굴을 갈기는 이상의 파괴적인 효과를 충분히 거둘 수 있다. 단, 공격하는 편의 피해도 고려할 만한 수준이라는 점이다.

얼얼한 이마를 지그시 눌러 흔든 남 대장이 저편 원목 테이블 쪽에 총구를 겨누었다. 어느 비대한 알몸의 여인이 어느 노랑 나비넥타이와 한데 어울려 있다. 비대한 여인은 하얀 강아지 가면을 썼고 단단한 체구의 노랑 나비넥타이는 목덜미부터 팔뚝과 가슴 아래까지 푸른 용 문신을 했다. 그런데 완성된 문신이 아니다. 전체적인 비늘 라인 작업은 완성되었는데 색채를 그려 넣는 작업은 절반 정도까지밖에 진행되지 않았다. 중도에 그만둔 것이 아니라면 이즈음 한참 타투샵을 다니고 있을 것이다. 테이블에 걸터앉은 비대하고 하얀 강아지가 뒷짐 지고 선 용 문신의 잔뜩 발기한 성기를 빨아먹는 중이다. 어미의 젖을 빠는 강아지가 아무리 배고프다 한들 저토록 맹렬할 수는 없을 것이다. 용 문신은 그것이 연회장 안 나비넥타이들의 다양한 업무 가운데 하나이므로 묵묵히 그렇게 몸을 맡기고 있다. 하얀 강아지 역시 자신이 연회장을 찾은 이유가 바로 이것이라는 듯 그 작업에 몰두하고 있다. 그리고 남 대장의 데저트이글이 그 둘 사이 어디쯤을 향해 눈을 크게 뜨고 있다.

탕! 총구가 불을 뿜었다. 무참히 성기를 빨리던 반토박 용 문신 노랑 나비넥타이의 머리통이 폭발하듯 부서졌다. 비명이나 신음을 지를 여유는 없었다. 자신의 음란하면서도 비참한 최후에 대해 깊이 생각할 틈 역시 없었을 것이다

"꺄아악!"

물고 있던 성기를 뱉어낸 강아지 여인이 두 손을 달달 떨며 절규했다. 보송보송 새하얗던 강아지 털이 남자의 피로 빨갛게 젖어

들었다. 춤추듯 우아하게 앞구르기를 한 이븐이 왼쪽 무릎을 꿇고 오른 무릎을 세워 앉았다. 두 손으로 곱게 베레타를 쳐들었다. 탕! 탕! 벽난로 옆에 서 있던 나비넥타이가 명치 부분에 두 발을 맞고는 주춤주춤 뒷걸음질 친다. 엉덩방아를 찧으며 모로 쓰러지더니 일어서지 못한다.

사람들이 혼비백산 놀란다. 신경질적인 비명을 지르며 도망치기 시작한다. 우르르 달리다가 엎어지고 구르고 걸려 넘어지고 쓰러지고 다시 일어선다. 탁자가 뒤집어지고 의자가 넘어가고 쟁반이 바닥에 떨어지고 유리 파편이 사방으로 흩어진다.

반격이 시작되었다. 바에서 술 시중을 들던 나비넥타이가 무차별로 샷건을 발사한다. 이븐이 분수대 뒤로 몸을 던진다. 물동이를 어깨에 쳐든 여인 조각상이 이븐 대신 유탄을 맞고 산산이 박살 난다. 남 대장의 엄호 속에, 주은이 몸을 낮추고 연회장 건너로 질주했다. 탕! 탕탕! 쓰러진 탁자 뒤로 미끄러지며 몸을 숨긴다. 조심히 고개 빼들고 탁자 너머 아수라장을 주시한다. 바 너머에 몸을 숨긴 나비넥타이가 분수대를 향해 샷건을 난사하고 있다. 주은이 그를 향해 신중히 총구를 겨냥한다. 왼눈을 감고. 호흡을 멈추고. 검지의 감각에 온 신경을 집중한다. 탕! 명중이다. 오른쪽 가슴에 총을 맞은 나비넥타이가 샷건을 놓치며 괴로워한다. 즉사시킬 만큼 치명적인 부위나 위력은 아니지만, 위협이 될 수 있는 한 명이 추가로 지워졌다.

"이얏!"

숨어 있던 나비넥타이 한 명이 주은의 등 뒤로 거세게 몸을 던졌다. 바닥에 깔리고만 주은의 얼굴 위에 몇 차례 주먹질이 작렬한다. 아찔하다. 기세 오른 나비넥타이가 의자를 치켜들고 힘껏 내려친다. 퍽! 주은이 가까스로 몸을 돌리며 그 공격을 피했고, 바로 옆에서 의자가 산산이 부서졌다. 주은이 권총을 쳐들었고 나비넥타이가 그것을 붙들었다. 주은이 안간힘을 쓰며 빼앗기지 않으려 버텼다. 나비넥타이가 안간힘을 쓰며 빼앗으려 애썼다. 권총 하나를 사이에 두고 두 사내가 엎치락뒤치락 치열한 다툼을 벌인다. 총은 곧 생명이요 죽음이다. 특히나 이러한 상황에서 생명을 놓치면 바로 죽음을 맞을 수밖에 없다. 마침내 탕! 귀를 찢는 총소리. 나비넥타이가 비명을 지르며 나자빠졌다. 총알이 관통한 왼손이 엉망으로 찢어졌다. 주은이 씨근덕씨근덕 몸을 일으켰다. 왼쪽 손목을 붙들고 괴로워하는 나비넥타이의 얼굴에 총구를 겨눈다. 탕! 잔뜩 경직되어 있던 나비넥타이의 몸이 털벅, 힘을 뺀다.

"저기!"

화장실 가는 골목에 숨어 있던 나비넥타이 한 명이 필사적으로 도망치고 있다. 출입문 밖으로 막 나서려는 순간, 남 대장의 데저트이글이 다시 불을 뿜었다. 탕! 거창한 총소리에 이어 나비넥타이가 기우뚱 쓰러져 바닥을 뒹굴었다. 오른쪽 무릎 아래가 지저분하게 날아갔다.

제5공화국

1981년 11월 14일. 청와대 별채. 실내 가장 높은 곳에 커다란 액자가 걸려 있다. 붉은 휘장을 건 군 통수권자의 근엄한 얼굴이 거기 가득 차 있다. 적은 머리숱 탓에 더욱 넓게 드러난 이마에까지 함부로 범접 못할 근엄함이 가득하다.

응접 소파에 두 사람이 앉아 있다. 한 사람은 20대, 또 한 사람은 40대 중반. 20대 남성은 지나치게 긴장했다. 허리를 꼿꼿이 펴고 두 주먹을 두 무릎 위에 가지런히 가져다 붙인 것이 엎드려뻗친 자세보다 불편해 보인다. 하기야 대한민국에 이보다 불편하고 조심스러운 장소가 없다. 그럼에도 여기 한 번 출입할 수 있을까 기회만 엿보는 사람들이 줄을 섰다. 세상이 변했다. 늘 그랬듯 세상이 변했다. 변했고 변하며 또 변할 것이다. 변함없이 그러할 것이다. 왜소하지만 탄탄한 체구의 중년 남성은 그보다 조금 여유로운 모습이다. 신중하고 빈틈없는 눈빛으로 실내를 둘러보는 중이다.

노크 소리도 없이 문이 열리고 누군가 들어선다. 빠른 걸음으로 앞서는 이는 단신의 비서실장 최길룡이다. 뒤처져서 오는 이가 낯이 익는다. 액자 속의 그 인물이며 이즈음도 매일 9시 뉴스만 시작하면 첫 번째로 등장하는 그 인물이다. 한때 군인이었으며, 중앙정보부장이었으며, 계엄사령부 예하 합동수사본부 본부장이었으며, 국가보위비상대책위원회 위원장이었으며, 끝내는 애오라지 뜻한 바처럼 일국의 대통령 자리에 오른 그 인물이다. 소파에 앉아 있던 두 사람이 스프링처럼 튀어 올랐다. 최길룡이 손바닥을 펴 40대 초반 남성을, 이어 20대 남성을 가리킨다. 우시장의 중계업자처럼.

"각하, 소개해 드립니다. 이쪽이 김건호 원장이고, 이쪽이 독고용재 실장입니다."

소개받은 이들이 90°로 고개를 꺾었다. 대통령이 손을 내밀었다.

"말씀 많이 들었소. 김 원장이시라고?"
"만나 뵈어 영광입니다. 대통령 각하."

중년 사내가 깍듯이 인사했다.

"새로운 시대의 대통령에 취임하신 일, 늦은 인사지만 진심으로 감축 드립니다. 국민의 한 사람으로 더없이 다행스럽게 감사하게 생각합니다."
"앉읍시다."

7억 원. 국가의 최고 권력자와 독대하기 위해 가네야마가 지불해야 했던 대가다. 그 액수가 과한 것인지 덜한 것인지, 비용이 아깝지 않을 만큼 성공적인 만남이었는지 아닌지는 적어도 몇 개월이 지나야 판단할 수 있을 것이다. 또한, 그간의 경험에 비추어 보았을 때, 성공적인 만남이 되지 않을 이유는 별로 없을 터였다. 그야말로 여기 한 번 출입할 수 없을까 기회만 엿보는 사람들이 줄을 선 이유다.

"그런데 말이오. 김 원장."

머리숱 적은 대통령이 소파 손잡이를 손톱으로 톡톡 쳤다.

"내가 듣기로 생전의…… 우리 의장님과도 각별히 아는 사이셨다는데."

그러자 가네야마 또는 김 원장으로 불린 이가 만면에 부드러운 미소를 띠었다.

"그렇습니다. 대통령 각하."
"허허."
"국가를 위한 그분의 노고에 한 점 보탬이라도 되고자 노력했을 따름입니다."

그분이란 한때 '일본인으로서 수치스럽지 않을 만큼의 정신과 기백으로 일사봉공(一死奉公)의 굳건한 결심'을 다짐한 만주군 소위였다가, 육군 정보국 제1과장이었다가, 군사혁명위원회 부의

장이었다가, 국가재건최고회의 의장이었다가, 결국은 대통령이 되었던 그 인물이다. 끝내는 궁정동 안가의 어느 소박한 술자리에서 심복의 총에 유신의 심장을 맞으며 비명횡사하고만 그 인물이다.

최 실장이 나섰다.

"각하. 그럼 저희는 밖에서 대기하고 있겠습니다."

대통령이 고개를 끄덕였고 최 실장이, 뒤이어 독고용재가 90도로 고개를 꺾었다. 발소리도 나지 않게 사뿐 문밖으로 사라졌다. 귀빈실 창밖으로 바람이 불고 있다. 죽은 나뭇잎이 바람에 흩날리고 있다. 잠시의 정적을 깨고 대통령이 나섰다. 이런 때 가장 무난한 게 날씨 인사다.

"많이 쌀쌀해졌지요?"
"예 각하, 11월이니까요."
"올해는 겨울이 빨리 올 것 같다더군."
"그러게 말입니다."

가네야마가 두 손을 맞잡고 소리 나지 않게 비볐다.

"나라가 참 많이 어렵습니다. 불만 가진 사람들도 너무 많고. 덮어놓고 반대만 하는 것들이야 두말할 것도 없고."
"젊은이들이 참 생각들이 없어. 나한테 당해보지도 않고."
"각하께서 애를 많이 쓰시는 것으로 알고 있습니다. 저희가 무조건 믿고 따르겠습니다."

"그래요. 앞으로 우리 김 원장 같은 분들이 많이 도와줘야 하지 않겠소. 그래야 저 광주에서 같은 일도 더 이상 일어나지 않을 테고."

"영광입니다. 각하. 필요하신 일이 있으면 언제고 연락 주십시오."

"그건 그렇고, 내게 뭐 긴히 할 말이 있다고 들었는데. 뚝섬에 무슨 공사를 하시겠다고?"

"예 각하. 뚝섬이 아니라 밤섬입니다. 여의도 옆에 있는 작은 섬."

"거기라면 무인도 아니오."

"사람들이 잘 모르는데, 현재 그곳에 작은 의료시설이 한 곳 운영되고 있습니다. 오래된 일이지요."

"……그래요?"

"기록을 보면 나오겠지만, 거주민들 78가구 4백여 명을 마포로 이주시키고 그곳을 폭파한 것이 십여 전 년인 1969년 2월의 일입니다. 한강 흐름이 원활하도록 강폭을 넓히고 여의도를 개발한다는 내용의 한강개발 계획 가운데 하나였습니다."

"거기서 채취된 돌이 여의도 공사에 사용되었지 아마?"

"맞습니다. 각하. 사라진 밤섬에서 채취된 11만4000m^2의 돌과 자갈이 여의도 주위 제방도로를 건설하는 데 쓰였지요."

"그렇다면."

"그즈음 골재를 채취하고 운반하는 사업과 더불어 진행된 사업이 또 하나 있었습니다. 정릉 쪽에 자리했던 의료연구시설을 밤섬으로 이주시키는 작업이었습니다. 물론 생전의 박 대통령께서 허락해주셨기에 가능했던 일입니다만."

"금시초문이군. 의료연구시설이라."

"일반인에게 개방된 시설이 아니라 아시는 분들이 많지 않습니다. 저희 선친 때부터 재단을 만들어서 가업으로 운영해온, 질병 연구와 신약 개발에 힘쓰는 곳이지요."

가네야마의 눈이 빛났다.

"대통령 각하. 감히 말씀드리지만, 미래에는 의약산업이 국가 경제발전의 큰 디딤돌 역할을 담당할 겁니다. 생활 밀착형 의료와 건강한 생활을 결합한 선진국형 서비스업이 그 하나고요."

"그쪽은 내가 아는 바가 많지 않아서. 어쨌거나, 거기에 공사를 하신다고."

"그렇습니다. 시설이 낙후되기도 했고, 의료 관련 과학기술이 발전하며 새로운 설비들이 속속 개발되는 통에 지하시설을 증축할 필요가 절실합니다. 그래서 얼마 전에 측정을 해보았는데, 해마다 자연퇴적작용이 진행되면서 밤섬이 지난 13년 동안 매년 4400m^2 꼴로 넓어졌음이 밝혀졌습니다. 절대 무리한 확장 공사가 아니라는 말씀입니다."

"알겠소. 더 자세한 내용은 비서실에 이야기해도 되겠군."

그가 벌떡 일어섰다.

"감사합니다. 대통령 각하!"

90°로 허리를 접는다. 그리고는 주머니에서 뭔가 꺼내어 내밀었다. 작고 검은 상자다.

"받아주십시오. 별것 아닙니다만."

대통령이 상자를 받아 뚜껑을 열었다.

"이게 뭐요?"

갈색 액체가 담긴 20*ml* 앰플 병이 다섯 개 들어 있다.

"일종의 건강보조제입니다. 저희 연구소의 오랜 노하우가 집대성된 제품이지요. 노화방지와 체력증강, 스트레스 해소에 탁월한 효과가 입증되었습니다. 이번에 새로운 성분 몇 가지가 추가되며 한층 개선된 제품이 개발되어서, 대통령 각하에게 가장 먼저 선보이고자 하는 것입니다."

"고맙소. 그런데 고작 다섯 개요? 허허."

대통령의 너털웃음에 남자가 따라서 미소 지었다.

"일단 드셔보십시오. 체질에 따라서 약효가 달라지고, 그에 따라 제조 성분이 달리 조절되기도 하거든요. 필요하시면 제가 언제든지 얼마든지 준비해 드리겠습니다."

습격

지하 1층 복도 가장 깊은 곳. 원장실에서 막 나서던 참이다. 불의의 습격이 시작되었다. 누군가의 커다란 주먹이 Z의 안면에 기습적으로 날아들면서.

모두 다섯 명이었다. 숨어서 Z와 동해를 기다리는 이들이었다. 그렇다면 주걱턱이 틀렸다. 아니다. 그의 생애 마지막 거짓말이 통했다. 목에 날카로운 메스가 들이대진 채, '지하 1층에 모두 열한 명이 있다'고 울먹이던 거짓말이. 원장실에 들어서기에 앞서 마지막 열 번째와 열한 번째 작업복을 처리했었다. 그리하여 지하 1층을 완벽하게 청소했다고 믿었다. 그런데 하얀 작업복들이 더 있었다. 다섯 명씩이나.

불행 중 다행으로 Z의 고양이 같은 반사 신경이 빛을 보았다. 주먹이 날아드는 짧은 순간, 왼쪽으로 급히 고개를 피하며 가까스로 정타를 면할 수 있었다. 대신에 오른쪽 어깨에 주먹을 맞았다. 퍽. 그 충격에 움찔 몸이 뒤틀리며 반걸음 물러서고 말았다. 거의 동시에 뒤에서 달려든 누군가 Z의 목을 잡아 졸랐다. 커다란 손이었고 엄청난 악력이었다. 처음에 주먹을 휘둘렀던 큰 키 작업복이 복부에 재차 주먹질을 하려는 중이었다. 위기일발. 목이 졸린 채 Z가 필사적으로 발길질을 했다. 다시 한 번 불행 중 다행으로, 큰 키 작업복의 사타구니를 거세게 걷어찰 수 있었다. 퍽. 묵직하게 와 닿는 느낌. 발등이 시원할 정도였다.

"아윽."

몹시 아픈 소리를 내며 큰 키 작업복이 주저앉았다. 등 뒤의 손아귀가 여전히 거세게 목을 죄고 있다. 숨이 턱 막혔다. 문제는 호흡이 아니라 경동맥 압박이다. 대뇌로 가는 혈관이 꽉 막히며, 이대로라면 10초도 지나지 않아 의식이 희미해질 것이다. 그때는 끝이다. 모든 것이 끝이다.

"놔! 이거 놔!"

동해는 두 명의 작업복들에게 붙들려 있다. 한눈에 보기에도 Z를 습격한 작업복에 비해 많이 왜소한 체구들이다. 조금만 버텨라 동해야. 힘을 내. Z가 두 팔을 뒤로 뻗고 열심히 휘저으며 저항했다. 필사적인 노력 끝에 목을 죄는 손아귀의 손가락 두 개를 움켜쥘 수 있었다. 오른쪽 중지와 약지였다. 기회다. 나무젓가락을 쪼개듯 아니 비틀어 부러뜨리듯, 온 힘을 다해 손가락을 꺾었다. 등 뒤의 사내가 씨근덕거렸다. 마침내 툭, 경쾌한 소리와 느낌이 손아귀에 전해졌다. 아그그 아야. 그제야 목을 조이던 손아귀가 비로소 힘을 풀었다. 약지와 중지가 멋지게 부러진 것이다.

손가락 두 마디가 기억자로 구부러져 있다.

"조심해요!"

작업복들에게 붙들린 동해가 외쳤다. 그와 동시에 엄청난 충격에 Z가 휘청, 무릎을 꿇을 뻔 한다. 누군가 뒤통수를 가격한 것이다. 겨우 사정거리에서 벗어나며 고개 돌려 상대를 확인했다. 하마처럼 비대한 상체의 작업복이다. 그의 손에 빨간 소화기가 들려 있다. 그것으로 방금 Z의 뒤통수를 내려친 것이다. 이 역시 불행 중 다행이라고 해야 할지 모르겠다. 다른 사람이었다면, 요컨대 불알을 맞고 쩔쩔매는 작업복이나 손가락이 부러진 작업복처럼 날렵하고 강인한 체구였다면, 그런 체구가 저 소화기를 휘둘렀다면, 단박에 뇌진탕으로 쓰러졌을 것이다. 하마가 재차 소화기를 휘둘렀다. 어렵지 않게 공격을 피한 Z가 힘차게 두 팔을 뻗었다. 두 엄지손가락을 그의 가면 속 눈구멍에 쑤셔 넣었다. 나머지 여덟 손가락으로는 얼굴을 꽉 붙들고, 검지에 힘을 주어 안으로 밀어 넣었다. 물컹하고 단단하며 촉촉하고 따뜻한 느낌. 뭔가 삐져나오려는 것 같았다.

"아악!"

하마가 비명을 지르며 Z의 손을 뿌리치려고 했다. 그러나 덩치만 컸지 힘은 형편없는 녀석이었다. 마침내 검지 사이로 뭔가 톡 튀어나오는 느낌이 전달되었다. 눈알 뽑힌 녀석에 더욱 사납게 비명을 지르며 바닥을 내뒹굴었다. 불알을 채이고 쩔쩔대던 작업복이 무릎을 세우며 일어서려 했다. Z가 놈의 얼굴을 세게 걷어찼다. 발길질이 빗나가며 목을 차고 말았는데, 오히려 그게 효과적이었다. 재차 쓰러진 그가 소리도 내지 못하고 괴로워했다. 커억. 숨이 쉬어지지 않는 것 같았다. 후두가 박살 났을 것이다. 폭력이 연쇄 폭발하고 있다. Z가 권총을 쳐들었다. 손가락이 부러진 남자가 아린 통증에 숨을 몰아쉬는 중이다. 총신을 잡아 쥔 Z가 손잡이를 도끼처럼 세워 그의 머리를 내려쳤다. 퍽. 퍽. 퍽. 방어도 못하고 몸을 웅크리던 작업복이 끝내 고꾸라지고 말았다. Z가 숨을 몰아쉬었다. 눈알 빠진 작업복의 곁에 소화기가 나뒹군다. 소화기를 집어 들었다. 두 손으로 얼굴을 감싸고 절규하는 그의 정수리를 힘차게 내려찍었다. 세 명의 습격자들이 차례로 숨을 놓았다.

짧은 시간 강렬하고 고단한 작업을 끝마친 Z가 동해 쪽을 돌아보았다. 버둥거리는 동해를 붙들고 있던 작업복 두 명이 손을 놓으며 물러선다. 겁에 잔뜩 질린 모습들이다. 기습 실패. 약속이라도 한 듯 둘이 사이좋게 털썩, 무릎을 꿇는다. 백기를 흔들며 투항하듯.

"개새끼들!"

그 손길로부터 놓여난 동해가 신경질적으로 그들을 걷어찼다. 동료가 홀로 세 명의 괴한들을 처치하는 동안 이런 비리비리한 작자들에게 붙들려서 꼼짝도 못 했다니. 사나이의 수치다. 웃는 얼굴 발그레한 빰의 하얀 가면이 벗겨지고 그 얼굴들이 드러났다. 한 명은 대춧빛 혈색이 건강한, 백발을 허리까지 길러 질끈 묶은 사내다. 또 한 명은 길거리 가판대에 온종일 들어앉아 신문과 담배와 껌을 파는 장사꾼 같은 인상이다. 두 사람 모두, 절망에 질린 얼굴로 아랫입술을 달달 떨고 있다.

파티의 종말

총소리 비명소리 낭자하던 연회장 안에 총소리보다 비명소리보다 끔찍한 침묵이 찾아들었다. 여기저기 쓰러진 나비넥타이들을 빠르게 헤아린다. 모두 14명이다. 탈의실에서 목을 졸라 죽인 자까지 쳐서 그렇다. 정확히 12분이 걸렸다. 뜻밖의 저항이 만만치 않았지만 이편의 피해는 없는 상황. 주은이 잔등과 안면에 경미한 찰과상과 타박상을 입었을 뿐이다.

피비린내 진동하는 실내에 웅성웅성 울먹이는 소리들이 찔끔찔끔 이어지고 있다. 루벤스의 초대형 성화-진품일까?-가 걸린 분수대 맞은편 벽 아래, 사람들을 한데 몰아넣었다. 가면들을 쓰고는 있지만, 그들 모두의 얼굴 표정을 훤히 들여다볼 수 있다.

"빨리 움직여요. 거기, 내 말 안 들려?"

주은이 빽 소리를 질렀다. 일조점호를 앞둔 훈련소의 일병 조교처럼. 그러나 이런 일은 그다지 적성에 맞지 않는다. 차라리 사람을 때리고 죽이는 편이 낫다. 물론 적성에 맞는 일만 찾을 수야 없다. 왼쪽 머리가 다시 지끈거리고 있다. 제발 조금만 버텨주길. 청소를 마쳤지만, 상황이 온전히 종료된 것은 아니다. 사살된 나비넥타이들의 빈자리는 언제라도 새로 채워질 수 있다. 대한민국에 이런 일을 할 자들은 널렸다. 중요한 것은 이 파티를 영원히 끝내는 임무다.

"다 앉아주세요. 빨리! 앉으시라고!"

취하고 헐벗고 위축된 이들이 양탄자 위에 옹기종기 모였다. 비젓은 참새처럼 웅크려 떨고 있다. 산 자들의 수를 다시 헤아린다. 총격의 여파로 50대 남자 한 명이 숨지고 30대 여성이 팔에 부상을 입었다. 나머지 23명은 무사했다. 이만하면 성공이다.

"주목하세요. 모두 여기 주목!"

사람들 앞에 나서며 남 대장이 목소리를 높였다. 〈다이하드〉의 한 장면 같다. 나카토미빌딩을 접수한, 겁에 질린 파티 참석자들을 향해 소리치는 무장갱단의 리더 한스 그루버 같다.

가면으로 얼굴 가리고 남김없이 알몸 드러낸 이들을, 세 사람이 내려다보고 서 있다. 가운데에 남 대장이, 오른편 구석에 주은이, 반대편에 이븐이 그들을 호위하듯 에워쌌다. 가면 쓴 알몸들이 차마 고개 들어 그들을 바라보지 못한다. 형형색색의 가면들에 비해 사람의 맨얼굴은 지나치도록 현실적이다. 겸연쩍도록 사실적이다. 고통스럽도록 적나라하다. 바로 그 점이 가면 쓴 이들을 주눅들게 하는 중이다. 풀 죽어 고개 숙인 이가, 멀찌감치 시선을 돌린 이가, 무릎을 세워 안은 이가, 머리칼을 쥐어뜯는 이가, 두 손으로 눈을 가린 이가, 손바닥에 이마를 기댄 이가 있다. 말을 잃었거나 어깨를 떨며 흐느끼거나 정신이 나간 듯 뭐라 중얼거리고 있다. 죽어도 잊지 못할 장면이야. 이븐이 생각한다. 가면 쓴 알몸들이 약에 취해 난교를 벌이는 모습들도 물론 굉장했다. 하지만 16세기 대형 성화 아래 옹기종기 모여 앉아 오들오들 떠는 알몸들만큼 인상적인 장면은 아니었다.

"지금 시간이 새벽 1시 32분. 일요일 새벽입니다."

손목시계를 들여다본 남 대장이 한 걸음 나섰다. 피곤한 얼굴이지만 불쾌한 기색은 아니다.

"모든 상황은 처음과 크게 다르지 않습니다. 처음 파티가 시작되었을 때와 거의 똑같지요. 그리하여 새벽 3시가 될 때까지, 지금까지 그래왔던 것처럼, 이곳과 바깥세상은 완벽하게 차단될 것입니다. 이곳에서 무슨 소란이 벌어진다 해도 그 기척이 이곳 36층 밖으로 새나갈 가능성은 전혀 없을 것입니다. 더불어 애초에 정해진 바처럼 얼마 후 새벽 3시가 되면, 여기 계신 모든 분들 모두 변함없이 건강한 몸으로 이곳을 벗어나게 될 것입니다. 여러분들이 협조만 잘 해주신다면, 아마도 그렇게 될 것입니다."

거기서 말을 끊고는 좌중을 한차례 둘러본다. 비교적 온화한 음성이며 온건한 내용이었다.

"이처럼 달라진 것은 거의 없습니다. 다만 하나, 예정된 시간보다 조금 일찍 파티가 끝났을 따름입니다. 이쯤에서 한 가지 안내 말씀을 덧붙이자면, 희망을 버리시라는 것입니다. 지금 여러분들 가운데 이 상황을 뒤집을 수 있을 일말의 희망을 가진 분이 혹시 있다면, 일치감치 꿈을 버리시는 게 좋다는 것입니다."

그럼에도 사람들은 두려움과 경계심을 도통 내려놓지 못한다. 웅크린 알몸들로부터 그런 감정을 능히 읽을 수 있다.

"여러분 모두, 지금 이렇게 떠들어대는 사람의 정체가 무척 궁금하실 줄 압니다. 속 시원히 소개해 드릴 수 없는 점 안타깝게 생각합니다. 다만 말씀드리자면, 우리는 여러분들의 걱정과 달리 마약 단속 나온 경찰은 아닙니다. 여러분들의 약점을 협박해 푼돈을 뜯어내려는 사기꾼이나 강도도 아닙니다. 그런가 하면 저기 죽어 있는 나비넥타이들의 동료거나 적의 입장에 선 자들 또한 아닙니다."

또각또각. 양손으로 베레타를 쳐든 이븐이 양탄자 주변을 넓게 천천히 걷는다. 쪼그려 앉은 군상들을 향한 시선을 거두지 않는다.

"하지만 생각해보세요. 오늘 이 자리에서 그 정체를 공개해야 할 대상이 있다면, 이렇게 나서서 떠들고 있는 제가 아니라 여러분일 겁니다. 안 그렇습니까? 밤새도록 가면 속에 자신을 가리고 있는 여러분들 말이지요."

사람이란 무엇일까. 이븐이 또한 생각한다. 사람이 자신 아닌 어떤 사람(들)에게 사람으로서의 동질감이나 이질감을 느낀다면, 그 감정의 요체는 어떠한 종류일까.

"따라서 이제부터 제가 할 일은, 아니 여러분들이 해주실 일은 간단합니다. 쓰고 계신 가면들을 모두 벗어주시는 것입니다."

가면의 사람들이 서로를 돌아다본다. 근심 걱정을 넘어선 공포가, 공포를 넘어선 절망이 신종 바이러스처럼 번지고 있다.

"쉬운 이야기는 아닐 것입니다. 가면 쓴 사람에게 가면을 벗으라고 청하는 게 여러 가지로 무례한 요구가 될 수 있다는 점을 저 역시 모르지 않습니다. 하지만 두루 이해하셔야 할 것이 하나 있습니다. 바로 가면을 쓰고 쓰지 않은 것의 경계에 대한 문제입니다. 지금과 같은 상황에서 그 차이는 사실상 없다고 봐야 한다는 문제입니다. 가면 쓴 여러분은 저를 모르며 가면 안 쓴 저는 여러분을 압니다. 가면을 썼다 해서 자신의 뒤에 숨을 수 있는 것도 아니요, 가면을 쓰지 않았다 해서 정체를 만천하에 드러낼 수밖에 없는 것 또한 아닙니다. 이럴진대 대저 가면에 어떤 필요가 있단 말입니까."

아이고오오. 타이거 마스크 가면을 쓴, 50대 중반 체형의 남성이다. 어깨를 떨며 흐느낀다.

"자, 모두 가면을 벗습니다. 지금 바로!"

술렁거리는 소리가 커지고 있다. 울먹이는 소리가 커지고 있다. 한숨 소리가 커지고 있다. 신음 소리가 커지고 있다. 누군가 자신의 가면에 떨리는 손을 가져가고 있다. 누군가 차마 그럴 엄두도 내지 못하고 눈치만 살피고 있다. 누군가 조심히 가면을 벗고는, 그것으로 얼굴을 가리고 있다. 누군가 가면 벗은 얼굴을 헐벗은 무릎 사이에 파묻고 있다. 형식상으로나마 가면을 벗은 사람이 1/3 정도, 그렇지 않은 사람이 나머지다. 남 대장이 고개를 저었다. 이대로는 안 된다. 말로 안 될 경우 행동이 필요하다는 것을 보여줄 시점이다. 사람들이 모여 앉은 무리의 가장 외진 곳, 누군가를 손가락으로 가리켰다.

"거기, 좀 일어나주실 수 있을까요."

다시금 술렁이고 울먹이고 한숨 쉬고 신음하는 소리들.

"거기 끝, 미스터 레이건."

지명받은 이가 놀란다. 1980년대를 이끈 전 미합중국 대통령, 로널드 레이건을 희화한 플라스틱 가면을 쓰고 있다. 남 대장이 빙그레 웃었다.

"협조 좀 부탁합니다. 일어나 주세요."

주변의 시선이 하나둘 레이건을 향하고, 견디다 못한 그가 슬그머니 일어서며 두 손 모아 성기를 가렸다. 남 대장이 다시 빙그레 웃었다.

"다시 한 번 부탁합니다. 그 가면 좀 벗어주시겠어요?"

레이건이 비참하게 고개를 숙였다. 그뿐 가면에는 손을 가져가지 않는다. 그럴 마음이 전혀 없는 듯하다. 그럴밖에. 얼굴을 잃어도 가면을 잃을 수는 없다. 공인의 체면 때문이 아니다. 유명 연예인의 프라이버시 때문이 아니다. 훗날의 구설수나 방송인으로서의 몰락이 두렵긴 하지만 그 때문만도 아니다. 이 순간, 자신의 얼굴을 알아본 이들이 환호나 폭소를 터뜨린다면, 그만한 비극이 어디 있단 말인가.

탕!

조용한 실내에 찢어지는 총소리가 이어졌다. 남 대장의 데저트이글이 불을 뿜고, 오른쪽 어깨 부위가 통째로 날아간 레이건이 빙그르르 반 바퀴 회전하며 곁에 모여 앉은 사람들 위로 쓰러졌다. 피가 쏟아지고 비명이 쏟아졌다. 최소한 서너 사람이 발작 같은 울음을 터뜨렸다. 의식이 끊이는 찰나, 비수 같은 의문이 유인석의 가슴 깊이 박혔다. 당장 다음 주, 쇼 무한대결의 메인 MC 자리를 대신할 행운의 주인공은 누구일까. 소란을 잠재우기 위해 영화 속 악인처럼 천장에 한 발 더 쏠까 고민하던 남 대장이 총구를 내렸다. 그것도 탄알이 넉넉할 때나 가능한 일이었다.

단죄

"인간 평등! 인간은 누구나 평등하다! 많은 사람들이 그렇게 떠들지요. 틈만 나면 평등을 외치지요. 어째서 그럴까요? 그것이 허구이기 때문입니다. 그것이 현실과 동떨어진 이상이기 때문입니다. 죽고 죽이는 세상입니다. 잡아먹고 잡아먹히는 세상이지요. 은유도 아니고 수사도 아닙니다. Welcome to the Real World! 식인 괴물과 흡혈귀에 관한 이야기들이 21세기의 우리 곁을 내내 떠나지 않는 이유는 분명하지요. 다수의 희생을 자양분 삼아 소수가 안락과 행복을 유지하는 것. 극히 다수의 죽음 위에 극히 소수의 생명이 꽃피는 것. 이것이 외면할 수 없는 인간의 역사인 것입니다. 그리고 지금 이곳이야말로, 뭐 어쩔 수 없이 제 생각이며 의견이겠지만, 그 같은 인간의 역사를 가장 상징적으로 재현하는 시설인 것입니다."

대춧빛 혈색이 대단히 건강하게 보이는, 반백의 머리를 허리까지 질러 뒤로 질끈 묶은 이는 스스로를 김 박사라고 소개했다. 주민등록상의 이름 석 자는 오래전에 잊은 것만 같았다. 엄청나게 두꺼운 안경알만 아니라면 계룡산에 토굴 짓고 약초 캐 먹고 냉수마찰하며 살아가는 수행자라 해도 그런가 보다 할 인상이다.

"지구가 멸망해도 끝내 살아남을 생명체로 흔히 바퀴벌레를 꼽지요. 바퀴벌레는 물 한 방울 없이 한 달을 살아남을 수 있으며 공기가 없는 공간에서도 45분 정도는 버틸 수 있는 놀라운 존재입니다. 몸의 1/3이나 잘려나가고도 무려 일주일을 살아 움직인 바퀴벌레의 기록도 있다고 하는데, 제가 직접 확인한 내용은 아니니 그만두겠습니다. 바퀴벌레가 지구 멸망 이후에도 널리 살아남을 대표적인 생명체로 꼽히는 이유는 아마도 그 놀라운 방사능 적응력일 겁니다. 인간이 견딜 수 있는 수치보다 20배나 강한 방사선에서도 거뜬히 살아남는다고 하니까요."

김 박사와 사이좋게 등을 마주 붙인, 뒤로 묶인 두 손목과 두 손목이 다시 묶인 박 박사가 발걸음 맞춰 나란히 게걸음을 걸으며 말을 이었다.

"그런데 바퀴벌레보다 더 지독한 게 있습니다. 가시곰벌레(waterbear)라는 녀석이죠. 고작 1.5㎜의 조그만 몸을 가졌지만 8개를 발을 부지런히 움직이며 온 지구상에 못 가는 곳이 없어요. 저 에베레스트 산 정상에서 저

태평양 마리아나해구 밑바닥까지, 저 습한 아마존 정글에서부터 저 팍팍한 사하라사막 한복에까지, 어디든 갈 수 있고 어디든 살 수 있지요. 건조하고 먹이가 없는 곳에서는 자기 몸을 화석화해서 동면에 들어가는 재주도 있는데, 밀라노 자연사박물관에서는 120년 전에 만든 어느 동물의 표본을 꺼냈더니 거기 숨어서 겨울잠을 자던 녀석이 부활해 활동하기 시작했다더군요."

김 박사가 계룡산 토굴의 도사 비슷하다면 박 박사는 길거리 가판대에서 신문과 담배와 껌을 파는 장사꾼 같은 인상이다. 온종일 좁아터진 부스에 들어앉아, 언제 그 안에 기어 들어가는지 언제 그 안에서 기어 나오는지 온종일 그 안에서 무엇을 하는지 아무도 알지 못하는, 시종 무표정하게 조는 듯 마는 듯 웅크리고 앉아서 하루 세월을 보내는 게 오로지 하는 일인, 따분과 권태와 무기력이 덕지덕지 들러붙은 인상. 그런데 한번 말을 시작하자 웬만해서는 끊이지 않는다.

"거짓말 같은 이야기지만 가시곰벌레는 공기가 없는 곳에도, 영상 150℃에서도 영하 273℃에서도 며칠은 견딜 수 있다고 합니다. 영하 273℃라면 어떤 이상한 일도 일어날 수 있는 환경 아닙니까. 그러니 우주공간에 홀로 내던져져도 죽지 않고 살아갈 수 있다는 게 영 못 믿을 이야기는 아니겠지요. 왜 이런 말씀을 장황하게 드리느냐. 선생께서 좀비라고 부르는 저이들이 그만큼 대단한 존재라는 말씀입니다. 바퀴벌레나 가시곰벌레 이상으로 경이로운 생존능력을 가진 새로운 인간종이 바로 저들이라는 말씀입니다."

삼쌍둥이처럼 잔등을 마주 붙이고 불편하게 움직이던 이들이 게 걸음을 멈추었다. 엘리베이터 앞이다. 지은 지 70년은 더 된 것 같은 물건. 지하 3층에 ↑ 버튼밖에 없었듯, 지하 1층은 ↓ 버튼 밖에 보이지 않는다.

"좀비들을 사육하는 이유가, 물론 그 때문은 아니겠지."

오랜 침묵을 찢으며 Z가 물었고 남 박사가 고개를 크게 두 번 끄덕였다.

"눈치채셨군요. 생존 능력만 경이로운 게 아닙니다. 저 이들로부터 추출할 수 있는 체내 물질이, 또한 경이롭도록 경이로운 것입니다. 살아 있는 인간의 살을 처음으로 뜯어먹은 직후, 저들의 뇌에서는 매우 특이한 상태의 활성화가 시작됩니다. 이른바 '파충류의 뇌'라고 일컫는 뇌간의 일부 즉 숨뇌가 기형적으로, 평소 크기의 최대 12배가량 부풀어 오르지요. 사람 생살을 뜯는 순간 그래서 저들이 엄청난 쾌감을 경험하는 것 아닐까 판단해보는 겁니다. 뭐, 저들이 되기 전까지는 확인할 수 없는 일이겠지만. 어쨌거나 그렇게 팽창한 숨뇌 부위에, 젠프록사프로베타아미노이드 24라는 특수한 단백질 화합 물질이 만들어지는 것입니다. 이게 정말이지 기가 막힌 물질입니다. 인육을 섭취한 뒤 대략 2시간 뒤에 가장 많이 생성되는 이 액체를 8% 이하로 희석하면 최고의 환각 물질, 여태 인류가 발명하고 발견하고 사용해온 어떠한 것보다 인체에 해가 적고 중독성도 낮지만, 효과가 탁월한 환각제로 거듭난다는 것입니다. 아아아, 이거 정말이지 미칠 노릇 아닙니까?"

박 박사의 말을 끊은 김 박사가 목소리를 높였다.

"그게 다가 아닙니다. 이 물질을 다시 4% 이하로 희석했을 때, 또 어떤 일이 벌어질까요? 놀라도 기절하지 마세요. 노화를 99% 억제하는 불로의 명약이 된다 이겁니다. 요컨대 희석액을 30년 동안 적정량 꾸준히 복용하면, 30년 후의 신체나이에 거의 아무런 변화가 생기지 않는다는 것입니다. 멀리 갈 것도 없이 우리 회장님의 경우를 보면,"

"사람들이 필요하겠군."

Z가 동해에게 눈짓을 보냈다.

"끊임없이 좀비로 변할 사람이. 끊임없이 좀비에게 뜯어 먹힐 사람이. 끊임없이 뇌 속에 단백질 화합물질을 만들어낼 사람들이. 그러니 엄청나게 많은 사람들이 여태 지하 3층에 납치되었겠군. 엄청나게 많은 사람들이 좀비로 변했고 좀비에게 뜯어 먹혔겠군. 엄청나게 많은 좀비들이 그 물질을 위해 뇌수술을 받았겠군."

동해가 ↓ 버튼을 눌렀다. 지하 3층에서도 지하 2층에서도 엘리베이터를 타고 다른 층으로 이동하는 일은 불가능했다. 지하 3층에서도 지하 2층에서도 엘리베이터는 늘 고장 나 움직이지 않는 무엇이었다. 지하 3층에서 딱 한 번, 하늘이 특별히 허락한 것처럼, 지하 2층으로 올라가는 일이 가능했을 뿐이다. 지하 1층은 달랐다. 엘리베이터는 늘 작동 가능한 상태가 유지되고 있으며 ↓ 버튼을 누르자 역시나 거침없는 반응이 시작된다. 우웅. 지옥 밑바닥에서 울리듯 육중한 기계음. 지하 3층에 머물러 있던 기기가 움직이는 소리다. 김 박사가 불편한 얼굴로 헛기침을 뱉었다.

"그래서 제가 미리 전제하지 않았습니까. 죽고 죽이는 세상이라고. 잡아먹고 잡아먹히는 세상이라고."

오래지 않아 엘리베이터가 지하 1층에 도달했다. 뚜우. 육중한 신호음에 이어 문이 활짝 열렸다.

"들어가."

말 많던 박사들이 난처한 얼굴이다. 서로의 얼굴을 마주 본다.

"저기 선생님."

박 박사가 비굴한 미소를 머금었다.

"그냥 죽여주시면 안 되겠습니까? 깔끔하게."

김 박사가 껴들었다.

"그러게요. 선생님 입장에서는 어쨌거나 마찬가지……."

왼쪽 콧구멍에 총구를 들이밀자 입을 다문다. 박 박사의 입가가 울먹울먹 일그러진다. 체념한 박사들이 주춤주춤 엘리베이터 안으로 들어선다. 반쯤 죽은 사람의 안색으로. 엘리베이터 안에 Z가 뒤따라 들어가고, 엘리베이터 밖에 동해가 남았다. 천천히 문이 닫혔다. Z가 두 사람에게 물었다.

"선택권을 주겠다."
"……."
"지하 2층? 아니면 3층?"

마지막 운명을 비로소 실감한 것일까. 박 박사가 꺽꺽 울기 시작했다.

새벽 3시가 올 때까지

우아하고 섬뜩한 루벤스의 작품이 한가득 펼쳐진 연회장 구석. 사람들이 주저앉은 양탄자 주변으로 나직한 한숨과 흐느낌이 내내 이어지고 있다. 조금 전과는 상황이 조금 다르다. 그들 모두 가면을 벗었다. 작지만 결정적인 변화였다. 그로 인한 심리적 스트레스가 그토록 심했을까, 내내 흐느끼던 누군가는 앉은 채 묽은 똥을 지리고 말았다. 통통한 체구의 가부키 가면이었다. 가면 벗은 가부키 여인의 맨 얼굴을 주은은 차마 바라볼 수 없었다.

"이제부터 진행할 일에 대해 설명해 드리겠습니다."

남 대장은 여전히 정중하고 침착했으며 자신의 그러한 모습을 내심 즐기는 것 같았다.

"이제부터 여러분들의 이름을 한 분씩 부를 겁니다. 순서는 따로 없으며 끝내 이름이 불리지 않는 분은 없을 것입니다. 여러분이 사용했던 가면의 이름이 아니라 주민등록상에 올라와 있는 실명입니다. 여기까지 질문 있으신 분?"

손을 드는 사람은 없다. 우리의 이름을 어떻게 아는 겁니까, 묻는 사람도 없다.

"호명된 분은 자리에서 일어서주십시오. 가지고 계신 가면을 저희에게 돌려주시고, 간단하게 본인 확인을 해주세요. 그것으로 끝입니다. 이후로는 저기 소파로 가서 쉬시건 술과 약을 더 하시건 마음 맞는 분들끼리 무슨 행동을 하시건 상관없습니다. 저희 하는 일에 방해만 되지 않는 선에서 새벽 3시가 올 때까지 남은 시간을 즐겨주시면 되겠습니다. 부끄러워하실 필요 없습니다. 어차피 똑같은 입장들 아니겠습니까."

사람들이 야단맞는 학생처럼 고개를 숙이고 있다. 숨도 크게 쉬지 못하고 있다. 사회에서라면 이럴 사람들이 아니다. 사람 많은 곳이건 적은 곳이건, 회의장이건 주차장이건 백화점이건 공항이건, 누군가의 이야기를 경청하는 입장에 설 일이 없는 그들이다. 다수가 되어 누군가의 지시를 받는 게 아니라 다수를 상대로 때로는 학생 야단치듯 때로는 죄인 다루듯 지시를 내리는 그들이다.

이븐이 남 대장에게 다가왔다. 공책만 한 태블릿PC를 건넨다. 방금 전 밤섬에서 보내진 데이터가 그 안에 빼곡히 저장되어 있다. 액정화면 안의 작은 글자를 읽느라 남 대장의 눈매가 가늘어진다.

“시작하겠습니다……. 먼저 이재룡 씨.”

사위가 고요해진다. 누군가의 평범한 이름 석 자에, 사람들이 다시 고개를 숙이며 괴로워한다.

“이재룡 씨. 어디 계십니까.”

저편에 누군가 천천히 일어섰다. 파란 얼굴. 검고 동그란 안경. 똘똘이 스머프 가면으로 자신의 성기를 가리고 있다.

“아, 이재룡 씨?”
“……그렇습니다.”
“삼선전자 부회장님?”
“…….”
“친일파 김신석의 외손자 되시는군요. 조선총독부 중추원 참의를 지내는 한편 조선임전보국단 발기인으로 있으며 ‘조선 여인들을 안심하고 정신대에 보내도 좋다’고 여러 차례 강조했다는 분. 맞나요?”

대답이 없다. 지극히 불편하고 불쾌하며 불안한 얼굴을 허공에 쳐들고 있을 뿐이다. 이븐이 핸드폰카메라로 그의 전신을 사진 찍었다. 찰칵. 그 소리에 화들짝 놀라고 만다.

“뭐하는 겁니까 지금!”

"놀라지 마세요. 본인 확인이 끝났으면 인증을 해야지요."

남 대장이 흐뭇하게 웃었다. 그는 이 시간을 진정으로 즐겨 마지않는, 몇 안 되는 사람 가운데 한 명이다.

"파티가 시작된 뒤로, 이미 천이백 장 가까운 여러분의 모습들이 카메라에 담겼습니다. 선생님의 모습도 물론 그러할 것입니다."

크고 묵직한 뿔테안경을 들어 보인다.

"사진으로서의 가치는 그쪽이 더 높지 않을까요. 대단히 자연스러운 스냅 샷들이니까."

"도대체 무슨 협박하려는 거야. 말을 해."

"미리 말씀드렸지만, 저희는 그런 사람들이 아닙니다."

"그럼 도대체."

"실은 저도 잘 모르겠습니다. 의뢰인이 요구했던 사항 가운데 하나일 뿐이라서요."

"의, 의뢰인?"

"더 이상 질문은 받지 않겠습니다. 이재룡 님은 확인 마쳤으니 저쪽으로 가주세요. 순서 기다리는 분들이 많이 남아 있습니다."

"누가 당신들에게 이런 일을 시킨 거야. 도대체 누가. 어째서."

사람 많은 곳이건 적은 곳이건, 회의장이건 주차장이건 백화점이건 공항이건, 늘 누군가에게 지시하고 명령하던 평소의 기세를 되살리고자 노력하던 그가 움찔 놀라고 만다. 성큼 다가온 주은이 긴 팔을 휘둘러 그의 뒤통수를 후려갈긴 것이다. 퍽!

"가 있으라고 씨발놈아."

머리채를 붙들린 그가 어어, 어어, 비척비척 끌려갔다. 대단히 비참한 몰골로 끌려다가 와락 내동댕이쳐진다. 대리석 바닥에 힘없이 구르는 알몸을 지켜보던 남 대장이 절레절레 고개를 저었다. 태블릿PC를 향해 다시 눈을 가늘게 뜬다.

"계속하겠습니다. 다음은 이인화 님. 어디 계십니까?"

부활

"끝난 건가요? 완전히?"

엘리베이터 밖으로 나오는 Z를 동해가 맞았다.

"끝났지. 아마도."
"아마도?"
"세상에 완전한 게 어디 있니."

손목이 뒤로 묶인 박사 두 명을 지하 3층에 던져놓고 올라오는 길이다. 밑바닥까지 체념한 기색이었지만, 그럼에도 최후의 순간에는 발길이 떨어지지 않는 모양이었다. 우물거리는 그들을 엘리베이터 밖으로 내몰기 위해 힘껏 떠밀지 않을 수 없었다. 어구구구. 불편한 자세로 엉킨 채 쓰러져서 헤매는 둘의 모습을 마지막으로 엘리베이터 문이 닫혔다.

“그 사람들, 박사들, 죽었나요.”

“아직은.”

Z가 대답했다.

“하지만 곧 죽겠지. 아마도.”

“이제 어떻게 해야 하나요.”

“나가자.”

“드디어 지상으로 올라가는 거군요.”

“아쉬우면 며칠 있다 갈까.”

“……그러면, 그 사람들은 어떻게 되는 건가요.”

“누구. 박사들?”

“아뇨. 지하 2층과 3층에 사는. 으어어어.”

“글쎄다.”

Z가 권총에서 탄창을 꺼냈다. 단 한 발이 남아 있다.

“저 좀비들을 데리고 나갈 수는 없어. 단 한 명도.”

“그건 나도 잘 알아요.”

“그럼 왜. 뭐가 못 미더워서.”

“앞으로, 뭐가 어떻게 되는 거냐고요.”

“모르지. 어쨌거나 이제 더 이상 사람들을 뜯어먹지는 못하겠지. 식량도 식량을 가져다줄 사람들도, 방금 전에 죄다 사라졌으니.”

“배가 고프겠군요. 라면 같은 건 먹을 줄도 모를 텐데.”

“아마도 그렇겠지. 하지만 죽지는 않겠지. 경이로운 생존능력을 가지고 있다고 했으니, 꽤 오래도록 살아가겠지. 우리가 상상하는 것 이상으로."

시체들 가득한 관제실을 지나 오른쪽 복도로 들어섰다. 어른 키만 한 관엽 화분이 서 있고, 그 너머에 막다른 골목이 나타났다. 붙박이 사다리가 보인다. 바닥에서 1*m* 정도 높이부터, 철제 사다리가 벽에 단단하게 고정되어 있다. 사다리가 끝나는 천정은 잠수함의 해치 같은 출구와 연결되었다. 지상으로 올라갈 수 있는 유일한 통로다. 관제실의 코미디언 배용식을 닮은, 처음에는 무릎에 다음에는 관자놀이에 총을 맞았던 그의 설명에 의하면 그랬다. 지하 2층과 3층의 좀비들이 작동 멈춘 엘리베이터를 타고 여기까지 찾아온다 하더라도, 사다리를 기어올라 해치의 핸들을 돌려 열 운동신경을 익히려면 엄청나게 오랜 시간이 걸릴 것이다.

"아저씨."
"왜."
"아래층의 좀비들은, 좀비가 된 사람들은, 알고 있었을까요."
"뭘."
"언젠가 자기가 좀비로 변하리라는 것을. 좀비로 변해서 사람들의 생살만 꿈꾸며 살게 되리라는 것을."
"제기랄."
"그들은 기억하고 있을까요. 자기가 예전에 사람이었다는 사실을. 샤워장에 납치되기 전까지만 해도, 누구 못지않은 사람이었다는 사실을."

"누구 못지않은 사람이라니. 문법에 맞는 말이야?"

"문법 따지지 말고요."

"그런 건 좀비에게 직접 물어봐야지. 지하 3층에 다녀 올래?"

으어어.

그때였다. 벽에 바투 붙어선 Z가 사다리를 점검하고, 동해가 공연히 관엽 이파리를 뜯어 손톱으로 꾹꾹 누르던 그때. 복도에 들어선 그림자가 기척도 없이 세 걸음을 다가왔고, 와락 동해를 껴안았다. 순식간의 일이었다. 좀비다. 키가 크다. 넓은 어깨와 굵은 목덜미와 커다란 손. 짙은 눈썹 구릿빛 험한 얼굴이 영화 속 남미 마약밀매조직의 중간보스를 연상시킨다. 30여 분 전에 숨을 거둔 바로 그다.

크아아아.

그걸 왜 몰랐을까. 그걸 왜 예상 못했을까. 치료제를 주사 맞히기는 했다지만, 어쩌면 그런 가능성을 까맣게 놓치고 말았을까. 사람이 죽으면 흙으로 돌아가는 것이 아니라 좀비로 부활한다는 것을. 운명이란 어째서 이러할까. 잔혹한 운명이란 어째서 이럴 때 어둠 속 비수 같이 날아들고 마는 것일까.

"으악!"

남미 행동대장이 거침없이 동해의 목덜미를 깨물었다. 와작. 고기 잔뜩 넣은 상추쌈을 한 입 크게 베어 물 때의 소리가 낭자했다.

항상 안타깝게 생각하고 있습니다

기다렸다는 듯 지체 없이 누군가 일어섰다. 앵무새가 연상되는 화려한 깃털 가면을 모아들고 있다. 체구 넉넉한 장년 남성이다. 눈을 심하게 깜빡이는 중이다.

"이인화 님. 13대 14대 국회의원을 역임하셨고, 아, 현재 KBC 이사장을 맡고 계시군요."
"송구스럽습니다."

남성스러운 외모에 비하면 대단히 여린 목소리다.

"'일본은 천하무적의 어진 나라이며 조선인들은 황국신민의 자질을 연성할 필요가 있다'고 강조했던 조선유림연합회 대표 이명방 씨가 친할아버지 되시는군요. 맞습니까?"

"조상의 일이지만 항상 안타깝게 생각하고 있습니다. 죄송합니다."

지극히 정치인다운 사과였다.

"사과를 들으려 했던 건 아니었습니다. 어쨌거나 감사합니다. 가주셔도 좋습니다."

검찰청 포토라인 앞에라도 선 양 깊숙이 고개 숙여 인사한다. 연회장 저편으로 장년 사내의 살집 넉넉한 뒤태가 어슬렁어슬렁 멀어져갔다.

"다음 분. 강희령 씨!"

반응이 없다. 남 대장이, 이븐이, 주은이, 양탄자 위의 알몸들이 양탄자 위의 알몸들을 돌아본다.

"강희령 씨! 안 계십니까?"

대답하는 사람도 일어나는 사람도 손을 드는 사람도 없다. 남 대장이 고개를 갸웃, 했다. 태블릿PC의 자료를 읽는다. 연말 연예대상을 진행하는 MC처럼 목소리 높여서.

"성명 강, 희, 령. 1969년 6월 28일 대구광역시 출생. 서울대학교 피아노학과 졸업. 동양대 교수로 재직하던 2001년 2월 전 내무부장관 전두찬 씨의 차남 경남 씨와 결혼. 거주지는 서울 청담동 스틸파크 2013동 1102호. 가족 관계는…….”

“그만하세요.”

누군가 발딱 일어섰다. 남 대장이 입을 다물었다. 키가 큰 여성이다. 차갑고도 뜨거운 시선으로 남 대장을 응시한다. 검게 반짝이는 가죽을 왼손에 말아 쥐고 있다. 성큼성큼 다가와 그것을 남 대장에게 집어던지듯 건넨다. 캣우먼이구나. 주은이 생각한다. 실은 아까부터 은근히 시선을 끌던 여인이었다. 연회장 안에서, 이븐과 더불어, 가장 보기 좋은 몸이었다. 1969년생의 얼굴과 몸매라니, 놀랍군.

“협조 감사합니다. 본인 확인 되었습니다. 가보셔도 좋습니다.”

남 대장이 인자하게 웃었다.

“캣우먼의 파티 사진들은, 인화되는 대로 우편 발송해 드리겠습니다. 저희의 작은 성의로 생각해주세요.”

“개자식들.”

침 뱉듯 쏘아붙인 여자가 휙 몸을 돌린다. 도도한 걸음걸이 아름다운 뒷모습을, 양탄자에 쪼그려 앉은 이들이 힐끔거린다. 주은 역시 그로부터 시선을 돌리지 못한다. 이븐이 주은의 옆구리를 손가락으로 쿡 찌른다.

"아주 얼이 빠졌네. 그렇게 좋아요?"

"아. 그게 아니라."

"쫓아가시든지."

죽음

남미 중간보스 좀비는 생전보다 더 험상궂은 얼굴이다. 크어어어. 그에게 붙들린 동해가 미친 듯이 발버둥 치고 있다. 하지만 그 품을 벗어나기는 쉽지 않아 보인다. 체구 차이가 두 배는 넘는다. Z가 반사적으로 총을 꺼내 겨누었다. 두 사람이 몸부림치는 중이다. 조준이 쉽지 않다. 잘못하면 동해가 다칠 수 있다. 제기랄. 마지막 한 발을 이렇게 쓸 줄은 정말 몰랐는데.

탕!

이마 오른편에 명중했다. 그 충격으로 좀비의 고개가 데꺽, 돌아갔다. 마침내 동해를 안았던 팔에 힘을 푼다. 썩은 나무처럼 뒤로 쓰러진다. 풀썩. 총을 집어 던진 Z가 동해에게 다가갔다. 무릎에 고개를 뉘이고 상태를 살핀다.

"아, 아저씨."

"말하지 마."

너무 늦었다. 물어뜯긴 부위가 여간 심각하지 않다. 깊이 파이고 찢긴 상처에서 간헐적으로 피거품이 새 나오고 있다. 동해의 피 묻은 얼굴을 손바닥으로 닦아내었다. 무슨 말을 해야 할까.

"……춥네요."

창백해진 입술을 힘겹게 달싹인다.

"춥겠지. 잠시 후에는 무척 졸릴 테고."

동해의 손을 잡아 쥐었다. 온기가 느껴지지 않는다.

"넌, 이제 죽을 거야."

Z가 길게 숨을 들이마셨다. 마지막으로 울어본 게 도대체 언제던가?

"피가 너무 많이 나. 이걸 멈출 방법이 없어. 빌어먹을. 다 내 잘못이다. 미안해."
"아저씨 잘못 아니에요."

말하는 속도가 점점 느려진다. 쿨럭. 힘없는 기침을 내뱉는다. 입가로 피가 줄줄 새 나왔다.

"물론, 내, 잘못, 도 ……아니지만."

맞잡아 쥔 손이 한 차례 경련한다. 스르르, 힘을 푼다. 고개를 모로 돌리며 동해가 숨을 거두었다. 피 묻은 손으로 죽은 아이의 머리를 쓰다듬었다. 두 번 세 번 쓰다듬었다. 해줄 말이 없었다. 할 말이 있다 한들 더 이상 들을 이가 없었다. 세상에 자신 혼자뿐이었다. Z가 이를 악물었다. 이 지긋지긋한 곳에서 같이 탈출할 사람이, 빌어먹을, 단 한 명도 남지 않았다니.

새벽 비

새벽 3시 15분. 비가 내리고 있다. 11월치고는 그 양이 적지 않다. 하늘이 돕고 있다. 침입의 순간에 만에 하나라도 발생할지 모를 소음과 흔적을 이 비가 효과적으로 지워줄 것이다.

북악산 정상이 멀지 않은 주택가. 비탈진 아스팔트 길을 따라 대저택들이 드높은 담벼락 사이로 드문드문 이어지고 있다. 평소에도 오가는 차량이나 행인이 많지 않은 동네다. 야심한 시각인 데다 비까지 내리고 있다.

세검정 쪽에서 다가온 승용차가 골프연습장을 지나 미술관 방면 언덕길을 오른다. 언덕이 끝나는 지점에서 속도를 줄인다. 잠든 거리 구석에 차가 멈춘다. 흰색 벤틀리다. 전조등이 꺼지고 엔진이 숨을 죽였다. 차 안에 세 사람이 앉아 있다. 문은 좀처럼 열리지 않는다.

도로 저편의 비탈진 수풀. 검은 나무그림자가 아까부터 수상하다. 바람도 없이 꿈틀, 움직인다. 사람이다. 후줄근한 옷차림의 남자다. 남자가 비 젖은 흙바닥에 나지막이 쪼그려 앉는다. 서 있을 때는 나무그림자더니 쪼그려 앉으니 돌무덤을 닮았다. 주머니에서 일회용 라이터를 꺼내 불을 켠다. 담배도 물지 않은 채 찰칵, 켰다 끄기를 세 차례 반복한다. 작지만 명징한 불빛이다. 흰색 벤틀리의 문이 그제야 열린다. 사람들이 빠르게 쏟아져 나온다. 남 대장. 주은. 이븐. 연회장의 멋진 정장도 아름다운 원피스도 아니다. 목부터 발까지 딱 달라붙는 검은 스판덱스 차림이다.

비가 내리고 있다. 11월 새벽 비가 차갑다. 네 사람이 길가에 마주 섰다.

"Z?"

그러자 남자가 고개를 끄덕인다. 남 대장이 손을 내밀었다.

"고생 많으셨습니다. 남 대장입니다."
"……안녕하세요."

그 첫 마디에 이븐은 오싹 소름이 돋았다. 낯모르는 사람들 앞에 다시금 알몸이 되는 기분이다. 소년처럼 여리고 소심한 음성에 공연히 몸이 움츠러든다. 무심한 듯 침울한 Z의 얼굴을 새삼 바라본다. 잘 생겼다. 상상했던 것과 다르다. 모르는 누군가를 상상한다는 것 자체가 무의미한 일이긴 하지만, 어쨌거나 그간 접했던 이런저런 소문들과는 도무지 어울리지 않는 인상이다. 그런데 이상한 일이다. 왜 내가 쑥스러울까. 왜 내가 발가벗겨지는 기분일까.

"이쪽은 이븐입니다. 이번 작전에 없어서는 안 될 역할이었지요. 그리고 여기는 주은. 경험은 많지 않지만 대단한 친구입니다. 이 사람들 덕분에 기분 좋게 여의도에서 나설 수 있었어요."

Z가 이븐을 향해, 이어 주은을 향해 고개를 끄덕여 보였다. 미소를 지으려 했지만 어찌 된 일인지 그럴 수 없다. 이상한 일이다. 뭔가 이상하다. 이들로부터 고통의 냄새가 보인다. 이들로부터 피의 냄새가 보인다. 이들로부터 죽음의 냄새가 보인다. 새로운 사람을 만나면 원하건 그렇지 않건 눈앞에 뭔가가 번득 스쳐가곤 하는 장면들. 불길하고 또 불길하다.

"몸은 괜찮으신가요. 혼자 많이 힘드셨을 텐데."
"괜찮습니다."

그렇게 대꾸한 Z가 아주 잠깐 생각에 잠겼다.

"혼자는 아니었습니다."
"……그래요?"
"다섯 사람이 더 있었어요. 거기서 만난 사람들."
"그랬군요."
"네 사람을, 그곳에 놓고 왔어요. 함께 올 수가 없었지요."
"나머지 한 명은 어떻게 됐나요?"
"이제 데리러 가야죠."
"예?"

마주 선 Z와 남 대장을 주은이 관찰한다. 키나 덩치나 남 대장 쪽이 더 크다. 외모도 남 대장이 10살은 더 많아 보인다. 그러나 중학생과 대학원생이 대화를 나누는 것 같다. 그 만큼 Z의 첫인상이-남 대장과는 비교도 되지 않게-진지하고 섬세하며 날카롭다. 그 앞에서는 아무리 사소한 거짓말도 성공할 수 없을 것 같다. 아무리 깊고 은밀한 비밀이라도 숨기지 못할 것 같다. 비가 내린다. 우비 모자챙에 차가운 빗방울이 툭툭 떨어지고 있다.

"새벽 3시 20분."

남 대장이 손목시계를 들여다보았다.

"별다른 사항이 없으면 바로 진입하도록 하죠. 늦어도 30분 안에는 모든 작전을 끝내는 것으로 하겠습니다. 저기, 바로 저 집."

그가 가리키는 방향을 사람들이 돌아본다. 언덕 아래로 80m. 청회색 담벼락이 육각 형태로 둘러싼 대저택이 보인다. 담 높이가 적어도 4*m*는 넘을 것 같다. 거대한 철문은 짙은 남색이며 담 너머로 보이는 건물은 2층 창문 한 곳에만 불이 켜져 있다. 가로등 불빛이 대저택의 압도적인 위용을 비추고 있다. 주택이 아니라 성채 같다. 수백 년 동안 단 한 차례도 외지인을 받아들인 역사가 없는 요새 같다. 이븐이 웅얼거렸다.

"저렇게 높은 담이 왜 필요한 거지?"

단검과 철근

경비원 세 명. 운전기사와 가정부. 집사. 그리고 가네야마. 날이 밝기 전에 죽음을 맞이할 숫자들이다. 경비원들은 뒤뜰에 한 명, 앞마당에 한 명. 2인 1조 야간근무를 선다. 주은이 남 대장의 어깨를 밟고 하늘로 솟았다. 어떠한 도구도 없이 훌쩍, 두어 번의 발길질만에 그 높은 담을 타넘었다. 2*m* 가까운 장신치고는 놀랍도록 날렵하고 민첩하다.

담벼락 아래에 사뿐 내려앉은 주은이 어둠 속 고양이처럼 사방을 주시했다. 넓은 마당에 비가 내리고 있다. 잘 가꿔진 정원과 연못. 미소 짓는 소녀상. 우아하게 다듬어진 관목들. 저편 테라스 아래 누군가 서성인다. 검은 양복을 입은 남자다. 빨래판 같은 잔등을 보이고 있다. 두 명의 경비원 가운데 한 명일 것이다. 양복 밖으로 드러난 팔뚝이 예사치 않다. 손에 큰 우산이 들려 있을 뿐 아무것도 보이지 않는다.

쉬운 상대는 아닐 것이다. 붙어봐야 피곤하다. 한 번에 깨끗하게 해결하는 편이 좋다. 문제라면 총기를 사용할 수 없다는 점이다. 이와 같은 침투의 순간에는 소음기를 사용하는 것 또한 위험하다. 적중률이 크게 떨어지기 때문이다. 소음기 장착한 총을 5*m* 밖에서 사용할 때는 쏘는 대신 던져서 맞추는 게 낫다는 농담이 바로 그런 의미다. 소음기가 유용한 때는, 사무실 바닥에 무릎 꿇린 적의 뒤통수에 총을 들이댈 때 정도다. 이를테면 옆 사무실 사람들이 놀라지 않도록, 요란스럽지 않게 사람을 죽이도록 돕는 부속품인 것이다.

단검과 철근. 주은이 가슴에 품은 원초적 무기들을 더듬어 본다. 나무 손잡이와 바나나처럼 휘어진 칼날을 가진 쿠크리 단검. 태평양 전쟁 때 영국군 소속 구르카 용병들이 사용해 유명해진 무기다. 버마 전선의 임팔 전투 당시에는 디마푸르라는 중사가 이 칼 한 자루로 일본군 24명의 목을 잘라 영국 최고인 빅토리아 무공훈장을 받았다. 철근은 공사장에서 주워 온 것이다. 지름 30*mm*에 25*cm* 길이로 잘라냈으며, 한쪽에 두툼하게 청테이프를 감았다. 투박하지만 엄청난 무기다.

철근을 단단하게 쥐고 무릎을 폈다. 발소리를 죽이고 민첩하게 접근했다. 상대 역시 프로다. 거리가 가까울수록 좋다. 가장 만족스러운 것은 타격 거리 안에 들 때까지 상대가 눈치를 채지 못하는 상황이다. 정원 가득한 빗소리가 그런 점에서 거듭 고맙다. 남자와의 거리가 5m 안으로 줄어들었다. 아직 등 뒤의 접근을 눈치 못 채고 있다. 그런 것 같다. 양손으로 전화기를 만지는 중이다. 우산대를 목과 어깨 사이에 꾸부정히 끼우고는 스크린을 열심히 만지작거리고 있다. 스마트폰 게임을 하는 모양이다. 손에 들린 철근이 묵직하다. 지금 온 세상에 믿을 것은 이것 하나뿐이다. 침착해야 한다. 철근을 높이 쳐들고 몸을 날렸다.

마침내 남자가 고개를 돌렸다. 화들짝 놀란 얼굴. 그러나 찰나 속의 찰나였다. 허공을 길게 가른 철근이 남자의 왼쪽 머리통을 때렸다. 딱. 손아귀에 굉장한 충격이 전해졌다. 머리뼈가 산산이 조각나는 느낌이었다. 다시 사정없이 철근을 휘둘렀다. 퍽. 이번에는 목덜미에 작렬했는데, 오히려 그 부위가 더 치명적인 것 같았다. 남자가 비명도 신음도 내뱉지 못하고 쓰러졌다. 털썩. 목이 70°로 꺾였다. 숨이 끊긴 것 같았다. 이제 한 놈이다. 주은이 선 채로 숨을 골랐다. 차가운 빗줄기가 눈에 들어왔다.

치이익. 세찬 바람 같은 전파음이 그때 짧게 울었다. 소매로 눈가의 빗물을 닦은 주은이 남자의 몸을 뒤졌다. 허리춤에서 작은 물건이 울고 있다. 무전기다.

"별일 없어?"

굵직한 남성의 목소리다. 뒤뜰에 있는, 2인 1조의 상대 경비원일 것이다. 머릿속이 복잡해진다.

"여보세요. 안 들려?"

응답해야 한다. 그러지 않았다간 단박에 이편 상황을 의심하게 될 것이다. 자칫하면 상대의 숫자가 급하게 늘어날 것이다. 어떻게 응답해야 할까. 방금 전에 목이 부러져 죽은 이의 목소리가 어떠했는지 알 길이 없으며, 따라서 흉내를 낼 수도 없다. 아무리 짧게 말해도, 목소리의 차이를 쉬 눈치챌 것이다.

"여보세요. 여보세요?"

어쩔 수 없다. 무전기를 입가에 가져간 채 짧은 숨을 들이마셨다. PTT 버튼을 누르고 짧게 한 마디 한다.

"빨리 와줘."
"뭐라고? 여보세요."

무전기 전원을 끊고 뒷주머니에 넣었다. 상대가 그 한 마디로부터 어떤 낌새를 차렸는지 알 수 없는 일이다. 빨리 피해야 한다. 주은이 남자의 바짓단을 쳐들고 힘차게 잡아끌었다. 축 늘어진 남자의 몸이 질질 끌려온다. 있는 힘껏 잡아끌며 뒷걸음질을 쳤다. 무거운 몸을 안아 들고 화단가 수풀 속에 구겨 박았다. 그리고 몸을 숨겼다. 숨이 찼다. 새벽 비가 멈추지 않고 있다.

건물 뒤편에서 자박자박 젖은 발소리가 들려왔다. 역시 검은 양복을 입은 사내다. 사내가 손전등을 어지러이 휘두르며 정원을 여기저기 둘러본다. 동료는 어디 갔는지 보이지 않고, 사내의 커다란 얼굴이 점점 심각해진다.

"어디 있어? 어이!"

나직하게 소리치며 계속 동료를 찾는다. 주은이 덩치 큰 관목에 숨어 사내를 주시한다. 발코니 아래에 다다른 사내가 걸음을 멈춘다. 잔디밭에서 뭔가 집어 든다. 죽은 남자의 우산이다. 사내가 고개를 갸웃거렸다. 이게 왜 여기 떨어져 있지? 주은이 무전기를 집어 들었다. 버튼을 눌러 전원을 켰다. 그리고 담벼락 쪽에 집어 던졌다.

치직. 사내가 무전기를 꺼내들었다.

"여보세요. 대체 어디 있는……."

그러던 사내가 말을 멈춘다. 고개 들어 주변을 살핀다. 비 내리는 새벽의 정원을. 어디선가 무전기 소리가 들려오고 있다. 손전등 불빛이 정신없이 새벽어둠을 가른다. 사내가 무전기 버튼을 두 차례 누른다. 치익. 치익. 화단 옆 담벼락에서 그런 전파음이 들려온다. 무전기 떨어진 방향을 비로소 찾아낸 모양이다. 이편으로 저벅저벅 다가온다.

주은의 몸을 숨긴 나무 곁을 사내가 지나쳤다. 주은이 힘차게 몸을 날렸다. 뒤에서 왼손을 뻗어 사내의 얼굴을 잡아 쥐었다. 더 자세히 설명하자면, 검지와 중지 두 손가락을 안구와 누골(눈구멍의 안쪽 벽을 이루는 뼈) 사이에 찔러 넣고 힘차게 끌어당겼다. 동시에 오른손에 쥔 군용단검으로 젖혀진 사내의 목을 베었다. 톱질하듯 힘차게 빠르게 칼질을 했다.

"크흑."

사람의 목뼈에는 수많은 연골들이 있다. 저항하는 사람의 목을 등 뒤에서 자르는 것은 영화에서 보는 것처럼 손쉬운 일이 아니다. 물론 아예 불가능한 일 또한 아니다. 다만 열심히, 힘껏 노력해야 한다. 목 안으로 칼날이 반 가까이 파고들었다. 버르적거리며 저항하던 사내가 힘을 빼고 늘어졌다. 피를 콸콸 쏟으며 쓰러져 눕는다. 주은이 씨근덕씨근덕 숨을 골랐다. 이제 두 명째다.

섬멸

거대한 대문이 열리고 남 대장과 이븐, Z가 유유히 집 안이 들어섰다. 작전 개시 후 정확히 11분이 지났다. 서두를 필요가 있다. 좋은 일이건 나쁜 일이건 일단 시작했으면 빨리 끝내는 게 낫다. 좋은 일이라면 그래야 중간에 그르칠 위험성이 적다. 나쁜 일이라면 그래야 더 나빠질 위험성이 적다.

집 안에 모두 다섯이 남았다. 수형까지 계산하면 여섯이다. 이 가운데 두 명, 수형과 가네야마에 주목해야 한다. 나머지 넷은 죽은 목숨으로 치되 만에 하나 실패한다 하더라도 큰 문제로 이어지지는 않는다. 그러나 두 사람에 관한 한 만에 하나가 있어서는 곤란하다. 가네야마를 놓쳐서는 안 된다. 날이 밝을 때까지 그의 숨이 붙어 있어서는 안 된다. 이는 간밤부터 여의도 M타워와 밤섬 지하에서 동시에 전개된 작전 전체가 실패하는 것과 다르지 않다. 이는 보름 전부터 치밀하게 준비해온 작전이 아예 시작되지 않은 것과 다르지 않다. 수형 또한 놓쳐서는 안 된다. 가네야마와는 정확히 반대의 의미로 말이다.

"여하한 경우건 아이가 다치는 일이 있어서는 안 됩니다. 설령 가네야먀를 놓치는 한이 있더라도."

"수형이라는 아이 말인가요."

"가네야마를 놓쳐도 된다는 소리는 물론 아닙니다. 어쨌거나 중요한 것은 아이의 안전입니다. 그게 가장 중요한 문제입니다."

"명심하지요."

남 대장이 어정쩡하게 미소 지었다. 이븐이 내심 놀란다. 작전 중 무고한 민간인에게 되도록 피해가 가지 않도록 주의하는 거야 물론 기본이다. 군인도 경찰도 소방관도 아닌 그들이지만 '웬만하면 지켜질 수 있도록' 노력하는 가치다. 하지만 이를 두 번이나 강조하다니. 소문으로 접하던 Z 맞는가?

경보장치 세 곳과 연결된 전기회로를 끊어낸 뒤 자물쇠를 따는 데 1분 20초가 소요되었다. 반사경을 디밀고 현관 안을 살핀다. 마루는 깨끗하다. 붉은 나무의 무덤. 수천 년도 더 된 나무의 속을 파낸 공간 같다. 세월의 주름을 닮은 나이테들이 실내를 무성하게 장식하고 있다. 구석 자리의 실내등이 희미하게 불을 밝히고 있다. 사람들 모두 잠이 들었을 시간이다. 남 대장이, 이븐이, 주은이, 이어 Z가 마루에 올라섰다. 신발 위에 두툼한 천을 싸매고 발목 부위를 고무줄로 묶었다. 발소리를 최소화하기 위한 덧신이다. 남 대장이 오른손 검지와 중지를 펴 자신과 주은을 가리키고, 주방 쪽으로 이어지는 통로를 가리켰다. 이어 Z와 이븐을 가리키고, 서재로 이어지는 안마루를 가리킨다. 기습타격의 팀원과 방향이 그렇게 정해졌다.

남 대장이 앞서고 주은이 뒤를 따랐다. 주방 안쪽. 식탁을 지나고 냉장고와 장식장을 지났다. 방문이 보였다. 남 대장과 주은이 서로를 바라보았다. 한 차례 고개를 끄덕인다. 문을 사이에 두고 두 사람이 양편으로 비켜섰다. 주은이 문손잡이를 잡고는 들어 올리듯 비틀었다. 삐걱거리는 소리가 나지 않도록 하는 방법이다. 남 대장이 손에 쥔 도끼를 고쳐 쥐었다. 문이 열리고 어둠이 드러났다. 방 안은 어둡고 단출하다. 서랍장 하나 소파 하나. 싱글침대 위에 누군가 모로 웅크린 채 잠들어 있다. 여자다. 부엌일을 돕는 여자가 한 명 있다고 했다. 남 대장이 소리 없이 다가갔다. 팔을 높이 쳐든다. 휘익. 도끼날이 어둠을 가른다. 여자의 머리를 사정없이 쪼개놓는다. 새벽의 고요한 죽음 하나가 완성되었다.

같은 시각, Z와 이븐이 안마루에 딸린 첫 번째 방문 앞에 섰다. 사위는 귀가 먹먹할 정도로 고요하다. 어둠 속에 둘의 눈빛이 교차했다. 이븐이 신중히 문을 열었고 Z가 소리 없이 문지방을 넘었다. 바로 그 순간 네 가지 사건이, 무시해도 좋을 만한 시간차를 두고, 잇따라 발생했다. 침대보가 흐트러져 있으며 거기 사람이 없음을 Z가 발견한다. 그것이 첫 번째 사건이다. 연이어 방에 딸린 화장실 문이 열리고 양변기 물 내려가는 소리가 들렸으며 러닝셔츠에 사각팬티 바람의 남자가 화장실 밖으로 막 나왔다. 잠 덜 깬 남자가 화들짝 놀라고 만다. 어둔 방 안에 우뚝 선 Z를 발견한 것이다. 그것이 두 번째 사건이다. 거의 동시에, 뒤따라 방에 들어선 이븐이, 이 순간을 위해 오래전부터 그 동작을 연마해온 사람처럼, 날렵하게 오른팔을 휘두르며 뭔가 집어 던졌다. 그것이 세 번째 사건이다. 어둠을 가르며 날아간 단검의 칼날이 남자의 목덜미 한가운데에 4cm가량 박혔다. 억. 남자가 목에 손을 가져가며 쓰러졌다. 왼손 검지에 흰 붕대가 감겨 있다. 그것이 네 번째 사건이다.

2분 뒤, 현관에 다시 네 사람이 마주 모였다. 손바닥을 펴고 손등을 위로 한 Z가 짧게 허공을 베었다. 남 대장이 검지를 치켜들었다. 1층은 깨끗이 정리되었다. 죽은 목숨으로 쳤던 숫자들이 아무 차질 없이 죽음으로 돌아갔다. 쉽다. 너무 쉽다. 함정이 아닌지 불안해질 정도다. 가네야마는 2층 아니면 3층에 있을 것이다. 수형 또한 마찬가지일 것이다.

뒷모습 소녀

2층으로 향하는 계단에 폭넓은 액자가 걸려있다. 飮水思源. 그렇게 쓰였다. 음수사원. 물을 마시기 전에 그 근원을 생각해보라는 의미다. 때로는 사건이 시작하는 지점에서 오히려 그 마지막을 발견할 수 있다. 파국의 시간이 멀지 않았다. 남 대장이 손바닥을 펼쳐 들고 손가락을 하나씩 접었다. 셋. 둘. 하나. 신호에 따라 사람들이 2층 계단을 오르기 시작한다. 계단 오른편에 붙어 남 대장이, 그 뒤를 이븐이 따른다. 서너 발 처진 계단 왼편에 붙어 Z가, 이어 주은이 신중한 걸음을 옮겼다. 계단은 지나치게 폭이 좁고 가파르다. 이용하는 이들의 안전이나 편의성을 그다지 신경 쓰지 않은 형태다.

계단 끝. 일본식 복도가 나온다. 좁고 정갈하다. 지나치게 정갈하다. 가정집 아니라 박물관 같다. 복도 왼편으로 미닫이 방문들이 이어진다. 하나. 둘. 셋. 네 번째 끝 방. 문이 반쯤 열려 있다. 집안에 유일하게 불이 켜져 있던 그 위치다. 일행이 걸음을 멈추었다. 마침내 문 열린 너머를 볼 수 있는 위치까지 다다른 것이다. 방 안에 누군가 있다. 남 대장이 뒤에 선 이들을 돌아보았다. 고개를 끄덕인다. 새벽 고요가 가득 내려앉은 복도. 일행이 다시 유령 같은 걸음을 시작했다.

방 안은 아담하다. 문 오른편 벽에 뚜껑 닫힌 풍금이, 풍금 위에 노란 꽃송이 담긴 유리병과 푸른색 원피스를 입은 서양인형이 나란히 기대앉아 있다. 그 옆으로 축음기가 보인다. 19세기에 가까운 20세기 소녀의 공부방 풍경이다. 왼편 창가에는 책장과 그 옆에 책상이 있으며, 지금 누군가 그 앞의 의자에 앉아 있다. 방문으로부터 등을 돌린 위치다.

"수형아."

뒷모습 소녀가 누구인지 단박에 알아볼 수 있었다. 그 이름을 나직이 속삭이며 Z가 다가간다. 그리고는 흠칫, 얼음이 되었다. 수형이되 예전의 수형이 아니다. 일단 교복이 바뀌었다. 고동색 세일러복 상의에 하얀 옷깃 하얀 소매, 얇고 긴 보타이. 19세기에 가까운 20세기 소녀의 교복이다. 양 갈래로 단정히 땋아 묶은 머리 모양까지가 그러하다.

"수형아."

의자에 쓰러질 듯 기대어, 책상 위에 펼쳐진 낡은 독일어 교과서를 바라보고만 있다. 그러나 눈앞에 무엇이 보이는지조차 알지 못하는 얼굴이다. 곁에 선 누군가 자신을 부르는지조차 알지 못하는 얼굴이다. 자신이 지금 어디에 있는지조차 알지 못하는 얼굴이다. 자신에게 무슨 일이 생긴 것인지조차 알지 못하는 얼굴이다.

"약에 취했네요."
"약?"
"약에 취한 사람들을 배 터지게 보고 왔거든요."

이븐이 수형의 어깨를 잡아 흔들었다.

"요즘도 이런 교복이 있나? 얘, 정신 좀 차려."

뺨을 톡톡 때리고 목덜미를 주무른다. 수형은 손길 가는 대로 흔들흔들 몸을 맡기고만 있다. 천천히 눈을 깜빡인다. 뇌수술에 실패한 사람의 얼굴 같다. 무기력에 중독된 자의 얼굴 같다. 깊은 충격으로 실성한 얼굴 같다. 눈꺼풀을 올리고 동공을 확인한 이븐이 절레절레 고개 저었다.

"당장은 힘들겠네요. 개새끼들."

책장 위에 작은 나무액자가 놓였다. 누렇게 바랜 흑백사진. 화창한 날이다. 나무 그늘 아래 돌담에 두 사람이 서 있다. 소녀와 신사. 부녀 사이로 보인다. 신사는 가네야마 원장이다. 그렇다면 두 손을 모으고 수줍게 선 소녀가 죽은 딸, 활란인 모양이다. 사진 속 소녀와 수형. 닮은 것 같기도 하고 그렇지 않은 것 같기도 하다. 사람은 누구나 닮았으며 또한 그렇지 않다.

"……업고 가야겠어요."

무릎 꿇은 주은이 수형 앞에 등을 가져갔다. 그때 남 대장이 입술 한가운데 손바닥을 세웠다.

"쉿."

숨죽인 사람들이 방문 밖으로 온 촉각을 곤두세웠다. 새벽의 정적. 창밖의 나직한 빗소리 사이로 인기척이 들려온다. 계단 소리다.

"3층에서 내려오는 소리야."

Z가 중얼거렸다. 하나의 수정체가 하나의 상을 만들어내는 사람과 달리 곤충은 눈을 구성하는 낱눈(개안, ommatidia)들이 여러 개 모인 겹눈으로 한 번에 여러 개의 상을 만들어낸다. 벌은 평균적으로 6천여 개의 개안을 가지고 있다. 매는 웬만한 사람보다 4~9배 시력이 좋다. 매보다 시력이 3배 더 좋은 타조는 20㎞ 밖에서 접근하는 적을 식별하고 미리 대비할 수 있다. 사람의 코에는 5백만 개의 후각 세포가 있지만 개의 코에는 2억 2천만 개의 후각 세포가 있다. 참나무산누에나방은 암컷이 발산한 페로몬을 냄새 맡고 10㎞ 거리까지 찾아오기도 한다. 공기 1cc 중에 1분자 정도 들어 있는 페로몬을 감지하는 것이다. 경험 많고 유능한 킬러는 먼 발소리를 한 번 듣는 것만으로 그게 계단 소리인지 아닌지, 계단을 올라오는 소리인지 내려오는 소리인지를 구분할 수 있다. 누구일까. 집 안에 살아 있는 사람은 한 명밖에 없다.

"너무 가까워요."

Z가 낮게 빠르게 속삭였다.

"30*m*. 아니면 35*m*."

주은이 무릎을 펴고 일어섰다.

"없애자고요."

흑갈색 묵직한 권총을 쳐들었다. 훈련받은 요원 넷의 기습 공격이라면, 아무리 위험한 인물이라 해도, 설령 목숨이 두 개라 해도, 무릎을 꿇지 않을 수 없을 것이다.

"잠깐."

그럼에도 남 대장이 손을 저었다.

"뭐 그렇게 급해. 잠깐 상황을 지켜보자. 가네야마가 아닐 수도 있고."
"주저할 게 뭔가요."

이븐이 못마땅한 기색이다. 남 대장은 확고했다.

"피하자고 일단. 저기로!"

방 저편에 다락으로 이어지는 나무문이 있다. 사람들을 가로지른 남 대장이 먼저 문을 열고 계단을 기어 올라간다. 그 모습을 이븐이 빤히 지켜보았다. 저 선배가 왜 갑자기 꼬리를 내린담. 갑자기 두려운 거야? 수형을 놓아둔 채, 나머지 세 사람이 다급하게 뒤를 따랐다. 다락방은 좁고 어둡고 천장이 낮다. 퀴퀴한 나무 냄새가, 그 밖에 온갖 오래된 것들의 냄새가 한가득 고여 있다. 위태롭도록 좁은 공간에 네 사람이 포개어지듯 납작 엎드렸다.

여태 그래왔듯 지금 그러하듯 장차 그러할 것이듯

새벽이 깊다. 인적 드문 청담대교를 흰색 체어맨이 질주한다. 상처 입은 채 어두운 숲속을 바삐 도망치는 초식동물처럼. 조병갑 의원이 눈을 감았다. 눈 감은 채로 어두운 숲 속을 떠올린다. 어스름 새벽녘, 우거진 숲 속을 마구 도망치는 사슴을 떠올린다. 미친 듯 짖으며 그 뒤를 쫓는 사냥개들을 떠올린다. 사슴의 공포에 질린 눈망울을 떠올린다. 화난 사냥개의 뾰족하고 누런 송곳니를 떠올린다. 엽총을 어깨에 둘러멘 사냥꾼의 뒷모습을 떠올린다. 으음. 짧은 신음을 내뱉는다. 뱃속 깊이 달콤한 분노가 출렁거리고 있다.

운전기사 김이 백미러를 힐끔거려 뒷좌석에 앉은 이의 안색을 살핀다. 분위기가, 뭔가 확실히 좋지 않다. 등받이에 뒷머리를 기대고 지그시 눈 감은 얼굴. 시간이 이러하니 피곤하기도 할 것이다. 그러나 잠든 것은 아니다. 이유는 알 수 없지만, 심사가 잔뜩 뒤틀린 기색이다. 아까 2시 40분쯤, 김에게 전화를 걸어온 조 의원은 대뜸 '어디 있냐'고 호통을 쳤다. 아니다. 신경질을 냈다. 단 1분이라도 기다리는 일을 참지 못하는 그였지만, 그건 이치에 맞지 않는 노릇이었다. 심사가 뒤틀린 사람만이 할 수 있는 반응이었다. 지난밤, '행사가 새벽 3시 넘어서 끝나니 그때까지 와 있으라'고 당부한 쪽은 그였다. 김은 3시 하고도 20분 전인 그때 M타워 로비 앞에 차를 대기 중인 상황이었다. 다시 말해서 조 의원이 내린 지시를 김은 어기지 않았으며, 아니 어길 새도 없었으며, '어디 있냐'며 화를 낼 이유가 없었다. 물론 이유가 있건 없건 이치가 맞건 그러지 아니하건 김은 이에 대해서, 당연히, 따져들지 않았다.

오늘 밤 조 의원이 시간 보냈던 타워 M에서의 모임에 대해, 김도 어느 정도는 들어서 알고 있었다. 그에 관한 전설 같고 거짓말 같은 이야기들을 전혀 모를 수야 없었다. 거기서 무슨 사고가 있었을까. 불미스러운 일이라도 생긴 것일까. 천하의 3선 중진급 조병갑 위원을 불쾌하게 만든 이가 누구였을까. 그가 누구건, 훗날 이 사태를 과연 감당할 수 있을까.

"의원님, 괜찮으세요?"

다른 때 같았으면 그렇게 조심히 물었을 수도 있다. 그러나 지금은 밤이 너무 깊다. 사람의 감성이 지나치게 예민해지는 시간이다. 삼가고 조심해서 나쁠 것이 없다.

조병갑이 감았던 눈을 뜬다. 차창 밖을 빠르게 멀어지는 어둠을 바라본다. 야경조차 잠든 시간. 머잖아 날이 밝을 것이다. 아무래도 내일은, 아니 오늘은 주일예배를 참석 못 할 것 같다. 피곤도 하거니와 머릿속이 이렇게도 묵정밭 같으니 교회 갈

엄두가 도통 나지 않는다. 신실한 교우인 정 의원에게 나중에 둘러댈 변명이나 궁리해볼 일이다.

연회장에서의 마지막 장면들이 문득 떠오른다. 아니다. 깨진 거울처럼 눈앞에 생생한 그 장면을 아까부터 내내 한순간도 지울 수 없었다. 5대 일간지 1면을 도배하고도 남을 사건. 종편 채널에서 며칠을 종일 특집편성으로 떠들어대고도 남을 사건. 대통령령으로 특검이 조직되고도 남을 사건. 피해 당사자로서는 어디 가서 대책을 요구하거나 하소연을 늘어놓기에도 편치 않은 사건. 하지만 신문이나 방송이나 결국은 입도 뻥긋하지 않을 사건. 진정한 의미의 수사는 시작되지도 않을 사건. 결국은 땅속에 묻히게 될 사건. 죽은 사람만 불쌍하고 말 사건.

남자 두 명에 여자 하나. 세 명의 인상착의를 지금도 생생히 떠올릴 수 있다. 참석자들 모두의 명단을, 어떤 경로를 통한 것인지는 모를 일이지만, 완벽하게 확보한 것 같았다. 알몸 사진을 1천 장 넘게 찍었다고? 그리고는 아무 일 없다는 듯 참석자들을 모두를 돌려보냈다. 아무런 조건도 내세우지 않고.

도통 넘겨짚기 힘든 노릇이었다. 도대체 누구일까. 대한민국 국회의원에게 그따위로 모욕한 그들은 누구일까. 그들을 사주했다는 의뢰인은 또 누구일까. 무엇을 원하는 것일까.

그들이 누구건 원하는 바가 무엇이건, 뜻한 바를 이루기는 쉽지 않을 것이다. 오히려 실망을 맛보게 될 것이다. 기대가 클수록 실망은 커질 것이며 그럼에도 욕심을 부리다가는 도리어 크게 다치고 말 것이다. 여태 그래왔듯. 지금 그러하듯. 장차 그러할 것이듯.

세상에 놀랄 일은 없다. 뭐든 터지고 나면, 그것이 어떠한 사건이건 어느 정도 필요한 시간이 지나고 나면, 그것은 아무렇지도 않은 일이 되고 만다. 세상을 변화시킬 일 같은 것은 존재하지 않는다. 그것이 이 세상의 질서다. 그것이 이 나라의 정의다.

"으음."

조 의원이 소리 내어 한숨을 뱉어내고 말았다. 어쨌거나 당했다. 멋지게 당하고 말았다. 한껏 기대했던 파티의 시간을 송두리째 망치고 말았다는 점이 가장 아프다. 서글픔을 닮은 원망이 뱃속 깊은 곳에서 절절히 끓어올랐다. 세상은 왜 이럴까. 어째서 나를 한시도 가만 두려 하지 않는 것일까.

사이코

복도의 발소리가 점점 가까워진다. 이윽고 누군가 방 안에 들어섰다.

"가쓰란."

다정한 목소리다. 다락에 엎드린 이들이 문틈으로 방 안을 살폈다. 어둠의 틈새로 누군가의 얼굴이 보였다. 가네야마다. 고동색과 청색이 화려하게 섞인 유카타를 입고 있다. 그의 등장만으로 방 안에는 뭔가 가득 차오르고 있다. 웬만한 사람이라면 가까이 하고 싶지 않은, 그런 기운이 혹은 느낌이.

방 한가운데 선 가네야마가 주변을 한 차례 훑었다. 날카롭기 그지없는 눈매다. 그것이 일상적인 행동이라면, 120살 먹은 자의 조심성 가득한 생존 습성일 것이다. 뭔가 이상한 낌새를 맡은 것이라면, 120년을 살아온 자의 동물적인 본능일 것이다.

이윽고 경계를 푼 그가 딸아이에게 다가간다.

"아직도 공부하니?"

수형은 대답이 없다. 가네야마가 딸아이의 등 뒤로 다가갔다. 어깨에 다정하게 손을 올린다.

"밤이 깊었다 가쓰란. 새벽 4시야."

책상 위를 힐끔 살핀다. 아까부터 활짝 펼쳐져 있던 교과서를 집어 든다.

"독일어구나. 아름다운 언어지. 모르는 사람들은 발음이 딱딱하다고 하지만. ……어디 볼까."

Wer sind Sie? 당신은 누구인가요. Wie ist dein Name? 당신의 이름은 무엇인가요. Wo sind Sie geboren? 당신의 고향은 어디 있나요. Wo leben Sie im Moment? 당신은 현재 어디에 살고 있나요……. 제법 그럴듯한 독일어 발음이다. 가네야마의 책 읽는 소리가 방 안의 고요 속에 나직이 이어졌다. 있던 자리에 책을 내려놓는다. 그리고 다시 딸의 어깨에 두 손을 올렸다.

"뭐 필요한 거 없니? 떡이라도 구워주련?"

수형은 여전히 말이 없다. 창밖의 빗소리가 나직해서 슬프다. 방 안의 고요는 말라죽은 꽃다발이나 핏빛 보라색을 닮았다. 슬프고 음산하며 기괴하다. 다락방 좁은 틈새로 이 장면을 지켜보는 이븐의 목덜미에 소름이 돋았다. 히치콕의 〈사이코〉 한 장면 같다. 죽은 어머니와 대화를 나누는 노먼 베이츠를 보는 것 같다. 가네야마는 여태 몇 명의 소녀들을 죽은 가쓰란으로 맞아들였을까. 지금까지 몇 명의 10대 소녀들이 약에 취해서 저 자리에 앉아 있었을까. Z는 깊은 생각에 잠겼다. 문득 떠오른 얼굴이 그를 불편하게 만드는 중이다. 차연. 기억하고 싶지 않은 시절이 그에게도 있다. 고아원에서 만난 4살 아래 여동생. 원장을 독살하려던 생애 첫 살인 시도는 실패로 돌아갔지만, 곡절 끝에 그녀를 데리고 고아원에서 도망칠 수 있었다. 덕분에 세상 가장 사악한 소아성애자로부터 아이를 지킬 수 있었다. 차연이 실종된 것은 16세 때, 바로 저 나이 즈음이었다. 무슨 일이 있었는지는 모른다. 학교 공부를 마치고 돌아오던 밤길에 무슨 일인가 당했으리라는 추측만이 가능했다. 세상에는 태어나고 죽는 만큼이나 다양한 방식과 이유를 가진 실종 사건들이 존재한다. 태어나고 죽는 사건과 마찬가지로 실종 역시 세상 모든 사람에게 불공평하다. 누군가의 실종은 수많은 사람들의 손과 발과 귀와 입을 바쁘게 만드는 사건이 된다. 누군가의 실종은 그 일이 발생하지 않았던 시점과 별다른 차이를 만들지 못한 채 미결로 사라지곤 한다. 차연은 그렇게 Z를 떠나갔다. 아니 사라졌다. 아무런 차이도 만들어내지 못한 채 기억만이 그렇게 남았다. 아직 살아 있다면 서른 살이 넘었을 것이다.

"이제 그만 자렴. 내일을 생각해야지."

"……."

"아비 간다."

가네야마가 방을 나선다. 그러다 말고, 슬그머니 걸음을 멈춘다. 고개 돌려 딸아이의 뒷모습을 물끄러미 바라본다. 책상 앞에 쓰러질 듯 넋을 놓고 있는 수형의 뒷모습을.

"가쓰란."

나직이 딸의 이름을 부른다.

"……말해보렴."

그 목소리가 심각하다. 그 얼굴이 심각하다. 그 분위기가 심각하다. 서로 다른 몇 가지 감정들이 그 속에 복잡하게 얽혀 있다. 무슨 일일까. 무슨 사연이 있는 것일까. 방 안은 조용하고 수형은 여전히 말이 없다.

"속 시원하게 말을 해보란 말이다."
"……."
"안다. 아비가 어찌 모르겠느냐? 이즈음 네 마음이 어떻다는 것을."
"……."

다시 수형에게로 다가간다. 이번에는 그 어깨에 손을 올리지 않는다.

"아직도 화가 났느냐? 그렇게도 화가 난 것이냐?"

여전히 말이 없는 수형은, 그러고 보니 뭔가에 또는 누군가에게 앵돌아진 표정인 것도 같다.

"말을 하렴. 그 약…… 네가 마신 탕약 때문에 아직도 화가 났느냐 말이다!"

가네야마의 목소리가 격앙되고 있다. 가쓰란만큼이나, 그 역시도 마음속에 깊은 응어리를 간직해왔던 것인가.

"가쓰란. 가쓰란. 아아."

털썩 무릎을 꿇는다. 무릎 꿇은 채 딸을 안는다. 그 품에 고개를 파묻는다. 그리고 웅얼거린다.

"이 아비는 다른…… 방법을 찾을 수가 없었다. 다른 것은 생각……할 수조차 없었다. 너를…… 그대로 죽게 할 수는 없었단 말이다. ……이해를 해달라는 소리는 아니다. 하지만…… 다만 뭐라고 말을 해보렴."

소리 없이 어깨를 떤다.

"가쓰란……."

흐느끼는가. 회한의 눈물을 흘리는가. 침묵이 이어졌다. 격정적이며 기괴한 침묵이었다.

"사랑한다. 아비가 너를 사랑한다."

가네야마가 수형의 이마에 입술을 가져간다. 천천히. 조심스럽게. 이마에서 떨어진 입술이 다시 뺨에 가 닿았다. 이상해. 저건 아니야. 어둠 속에서 이븐이 소리 없이 중얼거렸다. 다시 목덜미에, 이어 입술에 길게 입을 맞춘다. 수형은 여전히 아무 반응이 없다. 껍데기만 남은 사람 같다. 사람을 닮은 인형 같다. 수형 앞에 무릎 꿇은 가네야마가 무슨 일인가 열중하고 있다. 등을 진 상태라 잘 보이지 않는다. 자세히 관찰하니 그것은 팬티를 벗기는 일이었다. 딸아이의 치마 속에 손을 집어넣어 팬티를 벗겨내는 일이었다. 앉아 있는, 축 늘어져 있는 사람의 몸에서 얇은 팬티를 벗겨내는 것은 쉬운 작업이 아니었다. 애를 쓰던 그가 마침내 하얀 면 팬티를 허벅지 사이에서 끌어내렸다. 양 발목 사이로 조심히 빼낸다.

"가쓰란. 오오, 이 귀여운 것!"

두 손으로 펼쳐든 팬티에 코를 가져간다. 폐부 깊이 냄새를 들이마신다. 그리고 감격스러운 신음을 뱉어낸다. 작은 천 쪼가리에 다시 격하게 얼굴을 가져가 비빈다. 다락방 안의 사람들이 거의 정신을 잃는다. 개중의 한 명, 주은이 몸을 움칠하다가 다락방 구석에 놓인 물건을 그만 발끝으로 건드리고 만다. 나무로 깎아 만든 연필통이다. 툭 쓰러진 그것이 계단을 데굴데굴 굴렀다. 탁 탁 탁 탁 또르르. 다락방 문설주에 털컥, 부딪치고서야 멈춘다. 조용한 방 안에 그것은 총소리만큼이나 명징한 소음이었다. 귀가 아프고 가슴이 찢어지는 소란이었다. 어둠 속의 네 사람이 이를 악물고 눈을 질끈 감았다. 놀라기는 가네야마 역시 마찬가지였다. 화들짝 놀라 일어선다. 다락 쪽으로 천천히 고개 돌린다. 손에 들려 있던 팬티가 툭, 떨어진다.

웃음소리

"누구냐."

쇠를 뚫을 듯 강렬한 가네야마의 눈빛이 다락문을 향하고 있다. 근엄하되 평상심을 잃지 않은 가네야마의 목소리가 다락문을 두드리고 있다.

"누구냐 거기."

누구라도 움츠러들지 않을 수 없을 것이다. 누구라도 놀라지 않을 수 없을 것이다. 누구라도 당황하지 않을 수 없을 것이다. 누구라도 불쾌하지 않을 수 없을 것이다. 자신의 은밀한 시간이 발각되고 만 상황이라면 말이다. 그러나 가네야마는 움츠러들거나 놀란 기색이 아니다. 당황이나 불쾌와는 거리가 있는 목소리고 눈빛이다. 역시나 보통 사람은 아니다. 다락방 어둠 속에 웅크린

네 사람이 서로를 돌아보았다. 더는 도망갈 곳이 없다. 더는 도망갈 이유도 없다. 가네야마가 다시 근엄하게 꾸짖었다.

"빨리 나오거라. 장난칠 생각 말고, 누가 되었건 어서."

삐거덕 다락문이 열렸다. 네 사람이 계단 아래로 사뿐히 뛰어내렸다. 남 대장, 주은, 이븐, Z의 순서로. 네 사람의 손에 들린 총기가, 검게 입 벌린 총구가 유카다 입은 남자를 빙 둘러쌌다.

"가네야마."

남 대장이 한 걸음 나섰다.

"무릎 꿇어."

가네야마의 얼굴이 춧농처럼 굳어갔다. 도둑고양이인 줄 알았을 것이다. 기껏해야 간 큰 좀도둑인 줄 알았을 것이다. 무려 네 명의 무장 괴한들이 다락 안에 숨어 있으리라고는 천만에 상상도 못했을 것이다. 가네야마의 왼쪽 어깨를 바라보고 선 이븐의 가슴이 미치도록 뛰었다. 베레타를 쳐든 손아귀에 아드레날린이 끈적하게 고이는 기분이다. 이토록 강렬한 감정이 얼마 만인지 기억도 나지 않았다.

"무릎 꿇어 새끼야."

주은이 콜트의 총구를 까딱해 보였다. 당장 방아쇠를 당기고 싶은 마음에 잇몸이 간질거릴 지경이다. 이건 일반적으로 살의라 부르는 감정과는 조금 다르다. 44구경 매그넘 탄알이 팽팽하게 긴장한 노리쇠 앞에서 격발을 기다리고 있다. 사람이 아니라 곰을 잡는 데 더 어울리는 총알이다. 사냥총에 맞고도 쓰러지지 않고 달려드는 곰을 일상적으로 상대해야 하는 알래스카 등지에서 호신용이자 생필품으로 쓰이는 물건이다. 머리에 맞건 어깨에 맞건 아랫배에 맞건, 주변 부위까지 산산이 부서지고 말 것이다.

"머리 굴릴 생각 마. 넌 이제 끝이야."

가네야마가 힘없이 고개를 떨어뜨린다. 두 손으로 얼굴을 감싼다. 조그맣게 어깨가 떨린다. 소리 없이 흐느끼는 중이다. 120세 먹은 남자의 흐느낌이 기괴하다. 두려운가. 겁을 먹은 것인가. 자신의 종말을 비로소 예견했는가. 검은 총구에 둘러싸인 가네야마의 울음소리가 조금씩 커지고 있다. 이상한 일이군. Z가 미간을 찌푸렸다. 갑자기 머리가 아프다. 지끈지끈 불쾌함이 점점 폭과 깊이를 더한다. 자신만이 들을 수 있는 고주파 소음이 귓속을 헤집어놓는 것 같다. 외부가 아니라 그의 내면 깊은 곳에서 시작된 통증이다. 뭔가 강렬한 예감이 찾아왔을 때, 형태나 소리나 색깔 등으로 앞서 선보이는 미래가 너무도 강렬할 때, 그 징조를 대신하는 고통. 이게 뭐지?

쿡쿡. 쿡쿡.

울음소리가 아니다. 웃음소리다. 숨죽인 웃음소리다. 얼굴을 가린 두 손 사이로 비집어 나오는 웃음소리다. 요원들이 서로의 얼굴을 돌아보았다. 가네야마는 도저히 웃음을 참을 수 없는 모양이다. 크크. 크흐흐. 급기야 고개를 들더니 껄껄 웃어젖힌다.

"이 새끼가!"

남 대장이 발끈 폭발했다. 손에 쥔 데저트이글의 그립으로 그 얼굴을 후려친다. 가네야마가 빗자루처럼 털썩 쓰러진다. 크흑 흐흐흑, 힘겹게 웃음을 끊어낸다. 어기적어기적. 방바닥에 손을 짚고 힘겹게 일어섰다. 왼쪽 눈가의 찢어진 상처에서 피가 흐르고 있다. 손등으로 핏자국을 쓰윽, 닦아낸다. 그리고 사람들을 바라본다. 아니 사람들 사이를 바라본다. 남 대장과 주은이 적당한 간격을 벌리고 선, 그 사이 어디쯤을. 그 눈빛이 다르다. 방금 전과는 뭔가 다르다. 그의 몸 안에 새로운 누군가 찾아든 것만 같다.

"너희 같은 놈들이, 여태 처음이었을까?"

끔찍한 목소리. 이븐은 오싹 소름이 돋았다. 방금 전 수형의 팬티를 벗겨내던, 그 장면과는 비교도 되지 않는다. 엄청난 살기다. 여태 단 한 번도 경험한 적 없는 살기다. 제기랄. 그런데 지금 뭐하고 있는 거지?

"죽어!"

거침없이 방아쇠를 당겼다. 발포 명령을 기다릴 상황이 아니었다. 그럴 이유가 없었다.

탕!

총소리가 고막을 때리는 - 그보다 조금 앞서 총구를 떠난 탄알이 허공을 가로지르는 짧은 순간, 놀라운 일이 발생했다. 믿을 수 없도록 짧은 순간이었고 믿을 수 없도록 빠른 움직임이었다. 민첩하게 고개 돌린 가네야마가 관자놀이 쪽으로 파고드는 탄환을 아슬아슬 피했고, 남 대장을 향해 불처럼 달려들었고, 곧추세운 두 손가락이 남 대장의 안와 깊숙이 꽂혔다가 빠져나왔다. 극한 찰나의 순간, 이븐은 일련의 동작들이 슬로우비디오처럼 눈앞에서 정교하게 재생되는 착란에 빠져들고 있었다. 아악. 남 대장의 비명이 입 밖으로 터져나기도 전에, 그를 비켜선 가네야마가 훌쩍 몸을 날렸다. 와장창 창문이 깨졌다. 탕! 탕탕! 극한 찰나의 최면에서 풀려난 주은과 Z의 화기가 거의 동시에 불을 뿜었다. 가네야마의 몸이 창밖으로 훨훨 날아가는 중이었다. 그 와중에 서너 발은, 최소한 두 발 정도는 적중했을 터였다. 그럼에도 새처럼 가볍고 힘찬 동작이었다.

"으아 씨발!"

남 대장이 손으로 두 눈을 감쌌다. 밧줄에 목 매인 황구처럼 울부짖었다.

"쫓아가! 죽여! 온 집안을 불태우더라도 반드시 사살해!"

수형, 16살

11월 24일. 화요일 밤이 깊어지고 있다. 10시 50분. 홀을 채운 손님들이 네 팀 남았다. 전화 주문도 반으로 줄어들었다. 그러나 치킨 아니라 마른안주를 시켜놓고 술 취한 목소리들을 드높이는 술 손님들은 앞으로도 2시간 넘게 이어질 것이다. 야식으로 치킨과 맥주를 부탁하는 전화도 새벽까지 계속되리라. 세상에는 술 먹는 사람들이 너무 많다. 너무 많은 사람들에게 저녁과 밤은 술을 마시기 위해, 아침과 점심은 그 순서를 기다리기 위해 존재하는 시간이다. 적어도 이 동네에서라면 그렇다. 삼풍 치킨 호프에서 5개월째 아르바이트를 하며 가장 먼저 깨달은 사실이다.

"저 갈게요."

삼풍 치킨 호프가 큼직하게 프린트된 앞치마를 벗고 교복을 갈아입었다. 긴 하루 일과가 이제 끝나간다. 인사를 받은 사장 아줌마가 흐트러진 앞머리를 쓸어 넘긴다.

"고생했다."

"예, 수고하셨습니다."

"내일 한 시간만 일찍 나올 수 있니? 청소 좀 하자."

"그럴게요."

"들어가. 치킨 좀 싸줄까?"

"아니요 됐어요. 그런데 사장님 아직 안 돌아오셨어요?"

"올 시간이 지났는데. 어디서 헤매고 있나."

사장님이란 사장 아줌마의 남편이다. 50대 명예퇴직자들 절반이 퇴직금으로 치킨집을 차리고 나머지 절반은 다른 일을 찾아보려고 헤매다가 결국 치킨집을 차린다는 이야기, 딱 이 가게 사장님들의 사연이다. 은행에서 20년 동안 일했다던가. 여기요 소주 한 병! 문 옆 2번 테이블에서 한 손님이 외쳤다. 거의 반사적으로 주류냉장고의 문손잡이를 여는데 사장 아줌마가 손을 저었다.

"얘얘. 빨리 가. 교복 입고 술 서빙 하려고?"

"아 참."

뒷문으로 나와 몇 걸음 걷는데 누군가 따라 나왔다.

"수형아."

근환이다. 앞치마에 젖은 손을 닦고 있다.

"들어가는 거야?"
"응."
"잘 가."
"그러려고."
"엉엉."

그런 소리를 내며 두 손가락으로 눈밑 살을 위에서 아래로 계속 문지른다. 우는 시늉이다. 헤어지게 되어 섭섭하다는 것이다.

"수고하셔."
"오냐."

돌아서려는데 근환이 다시 말을 건넨다.

"영화 언제 볼래?"
"글쎄."
"토요일?"
"모르겠네."
"야, 너 정말."
"그런데, 내가 꼭 오빠랑 영화를 봐야 하는 거야?"
"이상하게 생각 마. 영화 보는 게 아니라 데이트 하는 거니까."
"지랄하네."
"이 새끼 말하는 거 봐라."

대학교 3학년 때 휴학해서, 군대 제대한 게 올해 초인데 아직 복학을 안 했다고 했다. 안 지는 얼마 안 되지만, 일이건 공부건 그다지 열심인 성격은 아닌 것 같다. 근환은 여태 몇 명의 여자들에게 영화 핑계를 댔을까. 그가 싫지는 않다. 나이 차가 좀 나긴 하지만, 뭐, 그걸 걱정할 상황은 아직 아니다.

"내일 봐."
"그래 조심히 가. 그거 예매해놓을게. 완전 재미있대."
"몰라."

불 꺼진 약국을 지나 큰길로 나섰다. 밤거리가 아직은 번잡하다. 술 마시는 사람들과 술 취한 사람들을 위한 시간. 마을버스 정류장 쪽으로 걸었다. 바람이 불었다. 누군가 택시에 올라타고 있다. 누군가 길가에 서서 떠들고 있다. 횡단보도 앞, 교복 차림의 여학생 세 명이 수다를 떨고 있다. 학원에서 시달린 학생들이 집에 돌아갈 시간이다. 피곤하다. 아니다 졸립다. 양배추 샐러드를 버무리고 치킨을 포장하고 골뱅이 무침을 테이블에 가져가고 빈 생맥주 잔을 가져오고, 그 와중에 홀짝홀짝 마신 맥주가 5백*cc*는 넘을 것 같다.

지금이 진짜일까.

수형이 생각한다. 가끔 그런 생각을 해본다. 지금이 진짜일까. 어쩌면, 진짜의 나는 유리캡슐 안에 누워 있는 어쩐 존재 아닐까. 실험대상 또는 인공지능 로봇. 그리하여 지금 유리캡슐에 누운 채, 치킨집 알바를 끝마치고 집으로 돌아가는 장면의 환각에 빠져 있는 중 아닐까. 아니. 진짜의 나는 저 북유럽 어느 작은 나라의 시립 정신병원에 갇힌 환자 아닐까. 그리하여 이 순간, 고단한 하루를 끝마치고 8-1번 마을버스를 기다리는 소녀 가장의 역할을 꿈꾸고 있는 중 아닐까. 나라는 사람은 평생 그런 환각과 꿈의 연속 가운데서 삶 아닌 삶을 살고 있는 존재 아닐까. 중학교 1학년 때 〈매트릭스〉를 처음 보았다. 어렵지만 무척 인상적인 영화였다. 그리하여 며칠 동안을 그 비슷한 공상에 빠져 지냈다. 끔찍한 상상이었다. 진짜 나는 여기 아니라 다른 곳에 있으며, 여기 나는 진짜 내가 환각 속에서 꿈꾸는 등장인물이라는 가정은. 어째서 끔찍했느냐고? 그때만 해도 '여기'가 행복했으니까. 중학교 1학년 때만 해도 세상은 지금과 전혀 달랐으니까. 지금과 같은 하루하루는 상상도 못 했던 시절이었으니까. 적어도 엄마라는 존재가 곁에 있었으니까.

참 애석한 일이야. 정신병원에 갇힌 진짜 나는, 시험관 안에 누운 진짜 나는, 어째서 이런 형편없는 꿈을 계속 꾸어야 하는 것일까.

앵클커터

"정신이 드니?"

눈을 떴다. 어지럽다. 몹시 어지럽다. 여기는 어디일까. 지금은 언제일까. 나는 누구일까.

"물 좀 마셔. 자, 여기."

이븐이 수형의 입에 물컵을 가져갔다. 수형이 입술을 오물거려 겨우 물을 삼켰다. 흐릿한 시야에 누군가 들어왔다. Z다. 어렵지 않게 그 얼굴을 기억할 수 있다.

"아저씨."

Z가 수형의 손을 잡았다.

"괜찮니? 어디 아픈 데 없어?"
"어지러워요. 토할 것 같아요. 아픈 데는 없는 거 같고. 그런데."

Z의 손을 잡아끌며 상체를 일으키려 애쓴다.

"여기 도대체 어디에요?"
"납치되었잖아. 지하 1층에서. 기억 안 나?"
"맞다. 그 무섭게 생긴 남자. ……원장인지 뭔지."
"여기가 그 작자 집이야."
"우리 모두 여기 끌려온 건가요? 동해랑 그 택시기사 아저씨까지?"

Z가 이를 악물었다.

"그런 셈이지."
"동해 어디 갔나요. 오 마이 갓, 이 옷 뭐지?"

입고 있는 고동색 세라복을 굽어본 수형이 질겁했다.

"설명하자면 길어. 일단 정신 좀 차려봐."
"동해는요."
"먼저 갔어. 집에 먼저 갔다고."
"먼저 가요? 치사한 자식. 집까지 혼자 찾아갈 줄이나 알려나."

Z가 수형을 부축해 일으켰다. 곁에 선 이븐이 남 대장을 부축해 일으켰다.

"이런 씨발. 아아 씨발."

옷소매를 찢어 눈을 감싸 맨 그가 울먹울먹 욕설을 쏟아냈다. 입가에 눈물 같은 침이 고여 질질 흘렀다.

"조금만 참아요 선배. 완전히 실명된 거 같진 않아요."
"빌어먹을 놈이 뭐 그렇게 빨라? 귀신이야?"
"아직 끝난 거 아니잖아요. 힘내요."

투덜대고 다독거리는 남 대장과 이븐을 지켜보는 수형이 복잡해진다. 이 사람들 누구지? 나쁜 사람 같지는 않은데, 우리처럼 납치된 사람들인가?

콜트를 쳐든 주은이 문가에 섰다. 민첩하게 고개 내밀어 문밖을 살핀다. 복도는 소름이 끼칠 만큼 정갈하다.

"깨끗해요. 준비되었으면 어서 움직이죠."

주은을 올려다본 수형이 더욱 복잡해진다. 이 연예인 오빠는 또 누구람. 너무 잘 생겼잖아. 권총을 쳐든 저 모습이라니. 정신을 잃었던 사이에 도대체 무슨 일이 있었던 거지?

Z가 부서진 창가 구석을 손가락으로 쓱 문질렀다. 손끝에 핏자국이 묻어난다. 가네야마의 것이다. 과연 총에 맞았다. 치명적인 수준인지는 모르지만, 어쨌거나 타격을 입었다. 2층 창밖

으로 몸을 던진 지 4분여. 그는 아직 집 안에 있을 것이다. 아닐 수도 있지만 그럴 가능성은 크지 않다. 1층에 잠들어 있던 집안 식구들 모두 몰살되었다는 사실을 지금쯤 암담하게 확인했을 것이다. 차고의 승용차 세 대가 모두 못 쓰게 되었다는 사실까지 확인했을지는 모르겠다. 어쨌거나 총상을 입은 채, 비 오는 새벽의 주택가 비탈길을, 혼자서 도망가지는 않았을 것이다.

주은이 앞장서서 복도로 나선다. 수형을 부축한 Z가, 남 대장을 부축한 이븐이 뒤따라 복도를 걷는다. 두 눈을 다친 이가 한 명. 환각 상태에서 겨우 정신을 차렸지만, 아직 몸 가누기가 쉽지 않는 이가 한 명. 상황이 좋지 않다. 그러나 물러설 상황 또한 아니다.

"파리 새끼 한 마리라도 얼씬거리면 바로 갈겨버려."

발끝으로 더듬더듬 가련하게 계단을 짚으며 남 대장이 투덜거렸고, 그의 팔을 부축한 이븐이 대꾸했다.

"걱정 마요. 가진 건 총알밖에 없으니."
"그나저나 간만에 기분 이상하네."
"응?"
"이렇게 팔짱을 끼고 걸으니."
"껄떡댈 힘은 남았군. 엎어지기 싫으면 발끝에나 신경 써요."

주은이 가장 먼저 계단 아래에 내려섰다. 1층 마루는 조용하다. 모든 게 10여 분 전과 똑같다. 부서진 창틀과 유리조각이 험하게 흩어져 있을 뿐이다.

씨잉.

어디선가 날카로운 쇳소리가 바람처럼 스쳐 져나갔다. 매섭게 회전하는 전기톱 소리.

"악!"

마지막 계단 아래로 막 내려서던 이븐이 기우뚱 쓰러진다. 왼쪽 발목을 움켜쥐며 괴로워한다. 마룻바닥에 흥건히 피가 고이기 시작한다. 남 대장이 광야에 선 리어왕처럼 포효한다.

"뭐야! 무슨 일이야!"

복사뼈 위 2*cm* 가량에서 비스듬히, 정교하게 발목이 잘렸다. 절단된 발이 담긴 피투성이 운동화가 그녀 옆에 나뒹군다. 마루저편으로 쪼르르르 도망치는 물체가 있다. 둥글납작한 형태가 가전용 로봇 청소기를 빼닮았다. 탕! 탕탕! 주은의 콜트가 불을 뿜었다. 총탄 세례에 부서지고 찌그러진 녀석이 스르르 멈춰 선다. 파르르 흰 연기가 피어오른다. Z가 상의를 벗어 길게 찢었다.

"앵클커터."

잘린 발목 위를 힘차게 묶어 당긴다. 으윽. 이븐이 이를 악물었다. 통증에는 10가지 단계가 있다. 출산의 고통은 8단계고 성인 남성도 아파 울게 만든다는 요로결석이 6단계 내외다. 전신 화상 등의 상태에서 만나는 9단계부터는 대부분의 사람들이 자살을 생각하거나 시도하기도 한다. 지금 상태는 8단계와 9단계 사이쯤에 해당할 것이다.

"엘에이 지하철 테러 때 저 녀석을 처음 투입시켰다가 나중에 말들이 많았지요. 인질로 잡힌 소녀 두 명의 발목을 뎅강 잘랐거든. 여기서 만나다니."

"나 어쩌지? 아이 씨발."

고통으로 얼굴을 잔뜩 찡그린 이븐이 어깨를 떨며 웃었다. 울면서 웃었다.

"지난주에 구두 하나 질렀거든요. 비싼 건데."

"운이 없군요."

발목에 묶은 천 쪼가리를 Z가 열심히 잡아당겼다. 피가 좀처럼 멎지 않는다.

"반품 안 되나요?"

"모르겠네요. 한 짝만 반품받기도 하려나."

수형이 벽을 짚고 허리를 꺾었다. 우욱, 토한다. 누런 물이 줄줄 흘러나온다.

"저런 녀석이 몇 개나 더 있을까."

주은이 중얼거리고 Z가 대꾸했다.

"모르지요. 어쨌거나 이제 발밑에도 종종 신경을 써야겠네."

"그럴 필요 없어."

서재로 이어지는 중문에서 누군가 대꾸했다. 어둠 속에서 천천히 드러나는 얼굴. 가네야마다. 화려한 무늬의 잠옷을 입은 모습 그대로 샷건을 쳐들고 있다. 찰칵. 펌프를 세차게 잡아당겨 장전한다. 냉정과 분노가 끔찍하게 어우러진 얼굴이다. 차갑게 불타오르는 얼음조각 같은 얼굴이다.

"재미로 하나 사 본 게 지금 막 망가졌으니까."

테이저건의 배신

"움직이지 마."

주은이 콜트를 쳐들고 으르렁거렸다. 큰 키와 긴 팔다리가 만들어내는 우아한 격발 자세. 아름다운 얼굴 단정하되 단호한 목소리. 그러나 바위 앞에 선 잠자리 같다. 가네야마의 살기와는 대적이 되지 않는다. 토한 입가를 소매로 훔치던 수형이 급기야 픽 쓰러지고 만다. 마침 기절하려던 순간에 가네야마가 나타난 것인지 가네야마의 등장이 그러잖아도 심약하던 수형을 정신잃게 만든 것인지 모를 일이다. 이븐의 잘린 발목을 붙들고 안간힘을 쓰던 Z가 무릎 꿇은 자세 그대로 허리를 뒤틀고 팔을 뻗었다. 그 손에 들린 발터 PPK의 총구가 가네야마의 미간 정중앙을 노려보고 있다. 전 중앙정보부장이 유신의 심장을 쏠 때 사용했던 바로 그 화기다. 어려운 자세를 유지한 채 Z가 인사 건넸다.

"어때 가네야마, 총 맞은 데는 좀 괜찮고?"

"살짝 긁혔을 뿐이야. 걱정해줘서 고맙군."

"총 내려놔!"

주은이 자세를 풀지 않고 재차 으르렁거렸다. 가네야마가 환히 웃었다.

"키 큰 친구, 겁을 먹은 모양이구나."

숨 막히는 일촉즉발. 그러나 가네야마는 조금도 긴장한 얼굴이 아니다. 오히려, 되도록 여유롭게 이 순간을 즐기고 싶어 하는 눈치다.

"안 된 이야기지만 너희들이 살아서 이곳에서 빠져나갈 가능성은 없어. 이 집에 들어올 때부터 그런 운명이 정해진 셈이지. 미안해. 이건 어떻게 할 수 있는 일이 아니군."

"말 많군 가네야마. 살려달라고 비는 거야?"

Z와 가네야마의 시선이 허공에서 불꽃처럼 마주쳤다.

"거기, 낯이 익는데. 우리 구면인가?"

"인사는 생략하자고. 본 적도 없고 또 볼 일도 없을 테니."

짧은 대화에서 쩡, 얼음장 갈라지는 소리가 들리는 것 같다. 과다출혈로 안색이 창백해진 이븐이 하아, 하아, 숨을 몰아쉬고 있다. 자꾸 정신이 흐려진다. 그게 이 상황에 얼마나 도움이 될지는 모르지만, 적어도 실신하지 않도록 겨우 참고 있는 중이다. 주은과 Z는 2m 정도 떨어졌고, 두 사람과 가네야먀 사이의 거리는 5.5m가량 된다. 서로를 겨눈 총구 셋이 그렇게 날카로운 이등변삼각형을 만들고 있다. 어느 한 쪽도 크게 유리할 게 없는 형세다. 두 사람으로부터 표적이 된 가네야마 쪽이 조금 더 불리할 것 같지만, 딱히 그렇지도 않다. 그가 들고 있는 산탄총 때문이다. 그 어마어마한 위용 때문이다. 이타카 mag-20. 미국 보안관들이 가장 사랑하는 놈이다. 단 한 발에 3백 개 가까운 강철구슬을 60도 각도로 뿌려댄다. 웬만한 차량 정도는 꿰뚫고 그 뒤에 엄폐한 적을 사살할 수 있다. 일단 저 녀석이 불을 뿜을 경우 이 등변 삼각형 안에 든 주은과 이븐, Z 중의 누구도 그 위력으로부터 자유롭기 힘들다. 결국은 어느 편이 먼저 결정적인 타격을 가하느냐다. 결국은 어느 편이 먼저 결정적인 타격을 당하느냐다.

"악!"

팽팽한 긴장을 찢으며 주은이 외마디 비명을 질렀다. 강력한 충격을 받은 듯 비틀거린다. 중심을 잃으며 쓰러지지 않으려 애쓰는 사이, 테이저건이 다시 한 번 티딕 틱! 그의 목덜미에 5만 볼트의 불꽃을 작렬했다. 더는 못 참고 털썩 자빠지고 만다. 두 눈이 하얗게 말려 올라갔다. 팔과 다리가 정신없이 경련하고 있다. 쩍 벌어진 입가에서 침이 질질 흐른다. 당장에라도 혀를 삼킬 것 같다. 그 가련한 모습을, 남 대장이 물끄러미 내려다본다. 그의 손에 검은 테이저건이 들려 있다. 그의 눈을 싸매고 있던 천 조각이 어느새 풀려 있다. 눈가가 벌게지긴 했지만, 시력에는 별 이상이 없는 것 같다. 주은이 놓친 권총을 집어 들어 허리띠 뒤춤에 꽂는다. 그 장면을 Z와 이븐이 멍하니 지켜보고 있다. 배신이다. 이건 생각도 못 한 반전이다.

"뭘 그렇게 놀란 얼굴이야."

남 대장이 수줍게 속삭였다.

"사람 뒤통수치는 거 처음 봐?"
"……개새끼."

이븐이 이를 악물었다. 경악과 분노 속에서 의식이 자꾸만 희미해지고 있다. 언제부터일까. 남 대장은 언제부터 변절했던 것일까. 팀이 꾸려지고 개별적으로 연락이 오가던 때부터? 강남역에서 첫 미팅을 가지고 선금을 나누던 시점부터? 그렇다면 그 이전부터 동료들의 죽음을 염두에 두었을까. 그렇다면 눈을 다친 척 이븐의 부축 속에 계단을 내려가면서도, 어떻게 하면 동료들을 효과적으로 제거할 수 있을지 궁리에 바빴을까.

"미안하다는 말은 생략할래. 끝까지 거짓말을 하기는 싫으니까."

Z와 이븐을 향해 데저트이글을 겨눈 남 대장이 조심히 다가온다.

"어쨌거나 날 마음껏 욕하고 원망해도 좋아. 그럴 시간이 많지는 않겠지만."

"가만 안 둘 거야. 씨발 새끼."

독한 전기 찜질에 주은은 끝내 실신했고, 남 대장의 얼굴에는 요만한 가책도 찾을 길이 없으며, 저편에서 가네야마가 이 장면을 즐거이 지켜보며 히죽거리고 있다. 위태위태 유지되던 이등변삼각형의 균형이 이렇게 무너졌다. 이제 전적으로 불리한 상황이다. Z가 고개를 저었다. 놀랍지 않다. 화도 나지 않는다. 남 대장 말마따나 사람 뒤통수치는 거, 처음 겪는 일도 아니다. 이 세계에 나쁜 사람 같은 건 없다. 있다면 속이는 사람이 아니라 속는 사람이다. 거짓말하는 사람이 아니라 의심 못한 사람이다. 죽이는 사람이 아니라 죽는 사람이다. 빌어먹을. 처음부터 이상하더라니. 보이느니 어두운 그림자밖에 없더라니.

"이해해줘. 나라고 평생 이 모양으로 살라는 법은 없잖아. 거지새끼처럼 돈 몇 푼에 사람 죽이는 심부름이나 하며 살 수는 없잖아. 안 그래? 정의니 의리니 상도덕이니, 사실 좆같은 거잖아. 뭐니 뭐니 해도 머니가 최고잖아. 안 그래?"

Z의 머리에 총구를 들이민다.

"Z라고 했나? 솔직히 당신에게는 별 감정 없어. 짧은 시간이지만 함께 해서 영광이야."

데저트이글이 유난히도 거대해 보인다. 이븐이 독한 눈매로 씨근덕거렸다.

"일이 이렇게 된 건 유감이야. 이 싸가지 없는 이븐이랑 엮인 걸 재수 없게 생각해."

"이제 어쩔 셈인가."

"어쩌긴. 각자 갈 길 가는 거지."

"……."

"당신 능력 있잖아. 전설이잖아. 안 그래?"

"……."

"이 정도 상황이야 아무것도 아니겠지. 빠져나갈 수 있으면 그렇게 해봐."

뭉뚝한 권총 손자루가 뒤통수를 부술 듯 내려친다. 저항 한 번 해볼 새도 없이 Z가 정신을 잃었다. 아아아. 이븐이 절망스럽게 탄식했다.

남매

마을버스를 내려, 빠른 걸음으로 10분은 더 걸어야 한다. 언덕길을 하나 올라, 불 꺼진 세탁소 간판과 아름 슈퍼를 지나, 다시 새로운 언덕길에 들어서야 한다. 매일 오가는 길이 오늘따라 더욱 멀고 힘들다. 늦은 밤길 속에서 문득 생리불순을 생각한다. 벌써 세 달 넘게 안 나오고 있다. 비슷한 적은 몇 번 있었지만, 이번은 좀 심하다. 인터넷에서 찾아보니 대답들이 가지각색이었다. 몸이 피곤하거나 스트레스가 심할 때, 과도한 다이어트 이후에 생리불순이 온다고도 했다. 자궁이나 난소 이상, 갑상선이나 기타 내분비 쪽에 문제가 있을 수도 있다고 했다. 어쨌거나 병원에 한 번 가보는 게 좋다고 했다. 귀찮기도 하고 시간도 없지만, 쓸데없이 돈 들 일이 제일 걱정이다.

"어이 학생."

뒤에서 굵은 목소리가 들린다. 생각에 잠겼던 수형이 흠칫 놀랐다. 인적 드문 골목이고 너무 늦은 밤 시간이다. 슬그머니 뒤를 돌아보고는, 순식간에 포악한 얼굴로 바뀐다.

"아이 깜짝이야 쌍노무새끼."
"놀랐나? 흐흐."

전봇대 뒤에서 교복 입은 소년이 나타난다. 동해다.

"장난치지 마라 너."
"바보. 만나기로 했잖아."
"전화한다며. 먼저 갔나 했지."
"알았어 알았어."
"이제 끝난 거야?"
"응. 다음 타임 형이 늦게 와서."
"그 사람은 항상 지각이네."

동해. 중학교 1학년. 원칙적으로는 편의점 아르바이트를 할 수 없는 나이다. 특히 야간근무는. 딱하다. 딱한 인생이다.

"자, 이거."

비닐봉투를 내민다. 삼각김밥 두 개가 들어 있다.

"뭐야. 유통기한 지난 거?"
"응."

"지난번처럼 숨겨놓은 건 아니겠지?"

"걱정 마."

언젠가는 유통기한 갓 넘은 샌드위치를 가져온 적이 있다. 의기양양 하는 말이, 아르바이트할 때만 해도 유통기한이 4시간 정도 남아 있었는데, 손님이 사 갈까 봐 숨겨두었다는 것이다. 그렇게 해서 유통기한을 무사히(?) 넘긴 음식을 당당히 가져왔다는 것이다.

두 남매가 나란히 밤길을 걷는다. 골목은 고요하게 잠들어 있다. 세상 유일한 가족. 세상 유일한 혈육. 그리고 수형이 생각한다. 지금은 진짜일까. 지금 나는 진짜 나일까. 진짜 내가 유리캡슐 안에 누워 있는 실험대상 또는 인공지능 로봇이라면, 저 북유럽 어느 작은 나라의 시립 정신병원에 갇힌 환자라면, 그렇다면 지금 나와 함께 걷고 있는 이 녀석은 누굴까. 꿈속의 등장인물? 환각 속의 한 요소?

"어이 학생."

뒤에서 누군가 부르는 소리가 들린다. 이번은 진짜다. 누군가 있다. 어두운 밤길, 두 남매를 뒤따라오는 누군가 있다. 저벅저벅 발소리가 가까워진다. 오늘따라 골목의 불빛은 어둡고 오가는 사람은 드물다. 왠지 느낌이 좋지 않다. 왠지 무섭다. 뒤를 돌아볼 용기가 나지 않는다. 집까지는 대략 3분 거리. 무서운 꿈속에서처럼 발길은 허우적허우적 허공을 차기만 할 뿐 좀처럼 나아가지 않는다.

"이거 봐 학생."

학생은 왜 자꾸 찾는담. 뛰어가 볼까 궁리하는데 눈앞에 불쑥 누군가 나타났다. 어쩔 수 없이 걸음을 멈추고 말았다.

"여기 동사무소가 어디 있지?"

대뜸 묻는다. 뭔가 어울리지 않은 목소리와 발음이다. 키가 크다. 검은 코트를 입었다. 가로등을 등지고 있어 얼굴은 잘 보이지 않는다. 그런데 동사무소라. 몇 년 전에 주민센터로 명칭이 바뀌었지. 이 밤중에 주민센터를 어째서? 뭐라 대꾸해야 하나 궁리하는데 저벅저벅. 뒤를 쫓던 누군가 바투 다가왔다. 뒤에서 수형의 얼굴을 감싸 안는다.

"우웁."

젖은 수건이다. 향긋한 냄새가 난다. 아찔하다. 두 남자가 곁에 선 동해를 쓰러뜨리고 있다. 발버둥 치는 동해의 입을 수건으로 틀어막고 있다. 눈앞이 뽀얘진다. 납치. 실종. 인신매매. 연쇄살인. 사이코패스. 장기 적출. 섬뜩한 단어들이 머릿속에서 까맣게 지워져 갔다. 멀리서 자동차 경적소리가 들려왔다. 골목길은 여전히 한적하다.

2009년 11월 24일. 화요일 밤이 깊다.

탈골

옆구리와 어깨가 떨어져 나갈 듯 뻐근하다. 얻어맞아 찢어진 뒤통수의 통증 또한 묵직하다. 하지만 그 때문은 아니다. 누군가 찬물을 때리듯 끼얹지 않았더라면 아직까지 정신을 차리지 못했을 것이다.

지하실이다. 젖은 시멘트 냄새. 연소된 경유 냄새. 나무판자 썩는 냄새. 상한 음식 냄새. 그 밖의 좋지 못한 냄새가 코를 찌른다. Z가 자신의 처한 상태를 확인한다. 양 손목이 천장 높이 묶여 매달린 채, 대롱대롱 두 발끝으로 서 있다. 이 상태로 얼마나 기절을 해 있었는지 알 수 없다. 옆구리와 어깨가 떨어져 나갈 듯 뻐근한 것은 그 탓이다. 이건 밤섬 지하 3층 샤워장이나 지하 1층 실험실의 철제침상보다도 확실히 좋지 못한 상황이다. 갈수록 험난해지는 무한루프다. 전구 불빛 아래 남 대장이 서 있다.

"움직이면 더 고통스러워. 잘 알겠지만, 발끝에 힘주고 최대한 움직이지 않는 게 좋을 거야."

으음. 곁에서 나직한 신음소리가 끊일 듯 이어지고 있다. 왼편으로 고개를 돌렸다. 이븐이 거의 똑같은 자세로 두 팔 높이 쳐들린 채 묶여 있다. 절단된 발목 부위를 어서 치료받아야 하지만, 이 세계에서 자비 같은 건 찾기 어렵다. 다행인지 불행인지 아직은 숨이 붙어 있다. 그리고 오른편에 주은이 있다. 허공에 매달린 긴 두 팔에 온 몸의 체중을 의지한 채로 축 늘어져 있다. 테이저건의 충격에서 아직 못 벗어났다. 나무의자를 돌려 앉은 남 대장이 등받이에 두 팔을 기대었다. 세 사람을 천천히 둘러본다.

"골고다 언덕 같군. 십자가에 묶인 예수와 두 강도. 마지막 순간에 구원받는 자가 어느 쪽이더라. 왼쪽? 오른쪽?"

Z가 고개를 쳐들었다.

"수형이 어디 갔나."
"그 여자애?"

담배를 입에 문다.

"있어야 할 곳으로 돌아갔지. 가쓰란의 방에."
"수형이한테 무슨 일이라도 생기면, 그게 아무리 사소한 일이라 해도, 넌 죽는다. 내가 죽일 거야. 박박 찢어서."
"명심하지."

어깨를 으쓱, 해 보인다.

"그런데 어떻게?"
"두고 보면 알겠지. 지키지 못할 약속은 하지 않으니까."
"끝까지 멋진 척이네. 알았어. 기억해두지."

의자에서 일어선 남 대장이 후우, 담배연기를 내뿜었다.

"시간이 많지 않아. 간단하게 설명을 좀 할게."

Z가 고통스럽게 어깨를 뒤척였다. 두 손목을 옥죈 것은 수갑이다. 수갑을 두 손목에 채우고, 수갑 연결 고리를 천정의 무엇인가에 고정시켰다. 스테인리스 수갑이며 손목을 보호하기 위한 고리 안쪽의 실리콘 처리가 되어 있지 않은 제품이다. 다행이다. 실리콘 보호막이 있다면, 그 부드러운 재질과 피부가 만나는 마찰력 탓에, 수갑에서 손목을 빼내기가 더 고통스러웠을 것이다. 왼손이 마비되고 있다. 놈이 지켜보고 있어서 문제다. 눈치채지 못하도록 은밀히 엄지손가락을 탈골 시켜야 한다. 탈골로도 안 된다면 부러뜨려야 하고, 그렇게도 안 된다면 더 심한 방법을 써야 한다. 왼손을 잃는 게 그러지 않았을 때의 결과보다 백번 낫다.

"잠시 후 이 집에 귀한 손님들이 찾아올 거야. 이번 프로젝트를 계획하고 우리를 고용한 사람이지. 당신들과도 인사를 나누면 좋을 텐데, 아쉽지만 그럴 일은 없을 거 같네."

바닥에 담배를 떨어뜨리고 신발 밑창으로 짓이긴다.

"대강 눈치챘겠지만 애초의 목적은 가네야마의 세상을 쓰러뜨리는 게 아니었어. 오히려 그 반대에 가깝지. 생각해봐. 이 엄청난 가능성을 가진 사업을 누가 왜 쓰러뜨리려 하겠어? 꿀꺽 삼킬 생각을 한다면 모를까."

철문 쪽을 한 차례 돌아본 남 대장이 목소리를 낮췄다.

"어쨌거나 오늘 이후로, 이제 가네야마 회장도 애들 소꿉장난 같은 구멍가게를 접을 수밖에 없겠지. 손님들 다 떨어져 나가고 직원들 모두 뒈졌으니 별수 없겠지. 하지만 이건 시련이 아니야. 기회야. 이 사업은 더 커질 필요가 있어. 안 그래? 일본에도 진출하고 미국에도 진출하고 중국 인도에도 진출하고. 70억 인류 아닌가. 이 좁아터진 나라에서만 장사를 할 이유가 없잖아. 안 그래? 가네야마도 결국은 우리들의 손을 잡을 수밖에 없는 거라고."

"……담배 좀 줘요."

고개 떨군 채 주은이 중얼거렸다. 남 대장이 그를 향해 안쓰러운 표정을 지었다.

"오, 주은. 불쌍한 친구."

Z가 왼손에 온 신경을 집중하고 있다. 빌어먹을 수갑이 너무 꽉

채워졌다. 철제침상에서 가죽 벨트를 상대할 때보다 몇 배는 버겁다. 어쩌면 영영 왼손을 쓰지 못할 수도 있으리라. 그럼에도 성공할 수만 있다면, 후회는 없으리라. 담배 한 개비에 불을 붙인 남 대장이 주은에게 다가갔다.

"자, 물어."

필터 부분을 주은의 입가에 가져간다. 그 순간 퉤, 주은이 세차게 침을 뱉었다. 입안에 한참을 그러모았는가, 흥건히 피 섞인 침이 남 대장의 뺨을 철썩 때린다. 그게 눈에 들어간 모양이다. 남 대장이 미간을 있는 대로 찡그렸다. 수건을 들어 얼굴을 닦는다. 하아아. 한숨을 내뱉는다. 고개를 절레절레 흔든다. 얼굴에 침을 뱉는다는 것. 이 만큼이나 직설적은 감정 표현은 세상에 없다.

"세상이 어째 이 모양이람. 선배 얼굴에 침을 뱉다니. 새카만 후배 놈이."

주은이 이를 드러내며 히히 히히 웃었다.

"선배 좋아하네. 씨발새끼가."

퍽. 남 대장의 세찬 라이트스트레이트가 주은의 명치에 꽂혔다. 다시 한 번 퍽. 또 한 차례 퍽. 인간 샌드백이 된 주은이 쿨룩쿨룩 마른기침을 내뱉는다. 온 얼굴 가죽을 구기며 신음소리도 내지 못한다. Z가 꺾어 접은 왼손을 조심스레 수갑 밖으로 꺼내본다. 아직 빽빽하다. Z의 은밀한 손동작을, 이븐이 곁눈으로 힐끔

쳐다본다. 철컹. 그때 철문이 열리고 누군가 들어온다. 저벅저벅. 느린 발소리.

"작별할 시간이군."

남 대장이 한 걸음 비켜섰다.

"이렇게까지는 안 했으면 했는데, 유감이야. 내 뜻은 아니라는 거 알아줘."

어둠 속에서 누군가 나타났다. 가네야마다. 오른손에 작은 칼이 들려 있다. 녹색 손잡이의 과도다.

종말

"문제를 내겠다."

가네야마가 허공에 묶인 세 사람 가운데 한 명, 주은 앞에 성큼 다가간다. 칼날이 하얗게 빛났다.

"세상에서 가장 맛있는 게 뭔지 아나."

대뜸 그렇게 묻는다. 주은이 거세게 팔을 흔들며 저항했다. 수갑의 체인에서 철컥철컥 안타까운 소리가 났다.

"개새끼."
"틀렸어. 기회를 한 번 더 주지."
"좆까지 마 씨발새끼야."

더는 대답을 기다릴 이유가 없다고 판단한 것일까. 가네야마가 입을 다물었다. 대신이 칼날을 밑으로 쥔 과도를 거침없이 주은의 몸에 찔러 박았다. 오른쪽 허리와 가슴 사이. 힘들이지 않고 깔끔한 동작이었다. 헉. 주은이 숨을 짧게 들이마셨다. 상처가 손가락 한 마디가량 입을 쩍 벌렸다. 그로부터 주룩 주르룩 맑은 피가 흐른다. 가네야마의 두 눈에 강렬한 불빛이 이글거렸다.

카악!

상처에 와락 얼굴을 파묻는다. 거세게 빨아대기 시작한다. 새벽잠 깬 젖먹이처럼 맹렬한 기세다. 입술과 피부의 맞붙은 틈새로 쯔읍 츱 파찰음이 이어진다. 주은이 펄떡펄떡 허리를 뒤틀었다. 이븐이 비명을 지르며 흐느낀다. 남 대장이 미간을 찌푸리며 시선을 돌렸다. Z가 이를 악물었다. 왼손에 다시 온 신경을 집중한다. 심장이 터질 것 같다. 기회는 단 한 번. 상처의 피를 빨아대는 소리가 창고 안에 오래도록 이어졌다. 참을 수 없도록 오래도록.

5분? 마침내 가네야마가 주은의 옆구리에 처박았던 고개를 쳐들었다. 오랜 자맥질을 끝낸 양 씨근덕씨근덕 숨을 고른다. 입가가 핏빛으로 번들거린다. 그 눈빛이 더욱 미친 듯이 이글거린다. 횟감처럼 온몸을 펄떡거리며 저항하던 주은은 더 이상 움직이지 않는다. 고개를 떨어뜨린 채 축 늘어져 있다. 과다출혈로 죽었다면, 이 순간 그를 위해 가장 다행스러운 결과일 것이다. 가네야마가 입가의 피를 혀로 핥았다. 그러고는 Z에게로 다가왔다.

"다음 문제."

갈증. 타오르는 갈증. 붉고 끈적이는 액체 앞에서 광란처럼 타오르는 갈증.

“사람 몸을 칼로 찌를 때, 어느 부위가 가장 아픈 줄 아나.”

녹색 손잡이의 과도를 쳐들어 보인다. 칼날에 주은의 피가 묻어 있다.

“잘 알지.”

Z가 왼손에 필사적으로 집중했다. 손등 살갗이 벗겨지고 근육이 찢어지기 직전이다. 마지막이야. 생애 마지막 기회.

“방금 이 친구가 당한 위치. 왼쪽 늑골 여섯 번째와 일곱 번째 사이.”

“잘 아는군.”

가네야마의 팔을 쳐들었다. 푹. 날카로운 칼끝이 Z의 옆구리, 바로 그 위치에 쑤셔 박혔다. 정확히 왼쪽 늑골 여섯 번째와 일곱 번째 사이에. 숨이 턱 막혔다. 안 돼! 이븐이 울부짖었다. Z가 팔목에 온 힘을 가했다. 왼손 손등이 길게 찢어지며 가까스로 수갑에서 벗어났다. 마침내 자유로워진 Z의 두 손이 가네야마의 머리채를 움켜쥐었다. 억지로 키스하듯 세차게 얼굴을 끌어당긴다. 턱과 목 사이를 와작 깨문다. 맹렬하게 물어뜯는다. 어금니에서 우두득 소리가 들렸다. 최근 들어, 먹을 것이건 아니건, 뭔가를 이렇게나 온 힘 다해서 깨물었던 적이 있었을까. 3년 전 라오스 므앙응오이로 가는 뱃길이었다. 기관단총 든 놈의 목덜미를 물어 죽인 일이 있기는 하지만 지금만큼 간절하지는 않았다. 비릿한 피의 향기가, 연하고 질긴 살덩어리의 감촉이 입안 가득 느껴졌다. 놀란 가네야마가 꽥액 돼지처럼 울어댔다. 크게 치뜬 그의 눈에서 죽음이 보였다.

"이런 씨발! 이런 씨발!"

이 와중에 가장 놀라고 당황한 이는 남 대장이다. 순식간에 좀비로 변한 Z와 그에 의해 피 흘리며 죽어가는 가네야마. 이건 꿈에도 상상 못 한 노릇이다. 어쩔 줄을 모르고 발을 동동 구르다가 탁자 위에 놓인 데저트이글을 부리나케 집어 든다. 놀라고 당황한 나머지 그만 방아쇠를 당기고 만다. 프로답지 않은 실수였다. 탕! 벼락같은 총소리. 오발사고의 피해자는 이븐이었다. 무시무시한 덤덤탄에 얼굴이 반쯤 날아갔다. 즉사다. 두 팔을 허공에 매단 채 온몸이 축 늘어져서 흔들거리고 있다. Z가 가네야마를 거의 집어던지듯 했다. 창고 구석에 처박힌 가네야마가 버르적버르적 죽어가며 어쩔 줄을 모른다. 후두가 150g은 뜯겨나갔을 것이다. Z가 남 대장을 향해 몸을 돌렸다. 피에 젖은 입가를 일그러뜨린다. 으윽. 옆구리에 깊이 박힌 과도를 고통스레 뽑아낸다.

"남 대장."

오른손에 쥔 과도를, 과즙 아니라 선혈 잔뜩 묻은 물건을 어깨높이로 쳐들었다.

"약속을…… 어떻게 지킬지 궁금하다고 했던가?"

남 대장이 한 걸음 물러섰다. 두 손에 쳐든 총구가 덜덜 떨리고 있다.

"미친 새끼. 쏘, 쏜다!"

젖은 시멘트 냄새. 연소된 경유 냄새. 나무판 썩는 냄새. 상한 음식 냄새. 그 밖의 좋지 못한 냄새가 코를 찌른다. 허공에 매달려 죽은 자들이 몸에서 붉은 액체가 뚝뚝 떨어지고 있다. 어두운 구석에서 가네야마가 상처 입은 고양이처럼 웅크린 채 죽어간다. 지하창고의 백열등이 꺼질 듯 위태롭게 껌벅인다.

시간이 잠시 속도를 줄였다. 불안한 풍경 속으로 Z가 바람처럼 날아올랐다. 기적처럼 몸을 던졌다. 세상이 멸망하기 직전, 단 한 차례 포효하며 날아오르는 전설 속의 새처럼. 얼어붙은 남 대장을 향해 힘차게 칼날을 휘둘렀다.

탕!

데저트이글이 조금 더 빨랐다. 단 한 발이었다. 이번에는 운이 따라주지 않았다. 암흑. 순간 아무런 것도 보이지 않았다. 어둠뿐이었다. 어둠 속에 누군가 나타났다. 지저분한 샤워실 바닥에 엎드린 사람. 겨자색 점퍼를 입은 중년 남자였다. 처음부터 죽어 있던 사람. 그가 누군지, 분명히 알아볼 수 있었다. 동해였다. 그만큼 나이 먹은 동해의 얼굴이었다.

Z가 풀썩 쓰러졌다. 그리고 움직이지 않았다. 왼쪽 가슴에 접시만 한 구멍이 뚫린 채로.

새날

7시 44분. 청회색으로 하늘이 밝아오고 있다. 드디어 아침이다. 새벽은 길었다. 그러나 이제 과거일 뿐이다. 성북동 주택가. 이른 아침의 고요를 찢으며 먼 하늘에서 엔진 소리가 가까워오고 있다. 타타타타 타타타타. 소형 수송기다. 상공에 멈추었던 기체가 서서히 고도를 낮춘다. 건물 옥상 헬기장에 사뿐 내려앉는다. 다급하던 모터 소리가 잦아들기 시작한다.

한바탕 돌풍이 몰아치고 있다. 옥상 구석, 먼지 바람을 고스란히 맞으며 누군가 서 있다. 남 대장이다. 은색 싱글에 흰 셔츠, 은색 넥타이를 맸다. 말끔하게 면도까지 했다. 간밤의 고단과 피로를 말끔히 잊은 기색이다. 그 얼굴 위에 약간의 긴장감이 어리비친다.

헬기가 열리고 누군가 허리를 낮춘 채 내려선다. 군복을 입고 검은 베레모를 쓴 청년이다. 군복 소매에 미 국방부 인장이 붙은 동양인이다. 그의 뒤를 두 사람이 따라 나온다. 한 명은 키가 큰 백인이고 한 명은 비대한 체구에 나이 지긋한 흑인이며 둘 다 진회색 양복 차림이다. 청색 선글라스를 쓴 백인의 손에 사각 가죽가방이 들려 있다. 세 사람이 옥상을 딛고 서서 주변을 둘러본다. 더없이 조심스러운 표정으로. 지구에 첫발을 들인 지적외계생명체처럼.

남 대장이 그들을 향해 성큼성큼 걸음을 옮긴다. 먼저 베레모를 향해 해맑은 웃음은 건넨다. 여태 단 한 번도 볼 수 없었던 환하고 따뜻한 웃음이다.

"미스터 제이슨?"

악수를 청한다.

"남 대장, 아니, 남명박입니다. 만나 뵈어 반갑습니다. 대한민국에 오신 것을 환영합니다."

프로펠러에서 쏟아지는 바람 때문에 베레모의 청년이 미간을 찌푸린다. 내미는 손을 잡지 않는다.

"메시지 잘 받았습니다. ……사고가 있었다고요?"

정확한 한국어발음이다. 너무 정확해서 오히려 낯선 발음이다. 남 대장이 불편한 미소를 머금었다.

"그렇습니다. 하지만 사소한 사고입니다. 말씀드렸지만 비즈니스에는 아무 지장 없을 겁니다. 걱정 안 하셔도 됩니다."

베레모가 고개 돌려 백인에게, 내내 못마땅한 얼굴로 분홍빛 아랫입술을 내밀고 있는 흑인에게 뭐라 속삭인다. 역시 정확한 영어발음이다. 백인과 흑인이 두 차례 고개를 끄덕인다.

"입구가 저쪽인가요."

남 대장이 크게 반색했다.

"그렇습니다. 들어가시죠. 제가 안내하겠습니다."

네 사람이 차례로 걸음을 옮기기 시작한다. 날이 완전히 밝았다. 아침 햇살이 눈부셨다. 더없이 좋은 하루였다.

작가의 말

은에게. 교원에게. 가족들에게. 내 소설을 오늘 처음 접하는 새내기 독자들에게. 내 이름 석 자를 익히 기억하는, 지금쯤 뜨악한 얼굴로 "이거 한차현 소설 맞아?" 투덜거릴, 오랜 친구 같은 독자들에게. 장차 만나지 않을 수 없는 미래의 독자들에게. Z에게. 이븐과 주은에게. 수형과 동해에게. 〈괴력들〉의 서연에게. 〈영광전당포 살인사건〉의 김시민에게. 〈왼쪽 손목이 시릴 때〉의 홍순도에게. 〈여관〉의 'ㅁ'에게. 〈숨은새끼 잠든새끼 헤맨새끼〉의 승일과 현기에게. 〈변신〉의 허소원에게. 〈사랑, 그 녀석〉의 은원에게. 〈세상 끝에서 온 아이〉의 꾸꾸루꾸꾸에게. 〈슬픔장애재활클리닉〉의 성이연 또는 원형에게. 〈우리의 밤은 당신의 낮보다 요란하다〉의 'N'에게. 곧 시작할 11번째 장편소설을 통해 이네들 못지않게 고생할 새 인물들에게. 그리고 차연에게. 152번 버스에게. 세상 모든 평양냉면에게. 초록빛 영롱한 술병에게. Facebook 친구들에게. K리그에게. 문학 이상의 영감과 감동을 늘 내게 선물하는 음악과 영화들에게. 특히 Lee Morgan과 Ridley Scott에게. 셰익스피어와 토마스만, 코맥 매카시와 리 차일드와 딘 쿤츠에게. 수상쩍은 대한민국 문학판을 그냥 두고 볼 수 없어 오늘도 눈물로 분투하는 선후배 문인동료들에게. 팍팍한 활자산업에 종사하며 지금 이 시간도 야근수당 없는 야근에 몰두하는 출판인들에게. 빨간 플러스펜과 교정지를 들고 거리를 누비던 흐리거나 화창한 날 오후의 시간들에게. 차갑게 빛나던 영감의 순간들에게. 문학에 대한 내 숨은 열등감에게. 소설을 향한 늘 덧없던 야욕에게. 남모르게 희생된 지하 3층과 2층과 1층의 무수한 납치인들에게. 한없이 순박한 좀비들에게.

삼가 이 책을 바칩니다.

2016년 6월

한차현

7인의 작가전 : Z - 살아있는 시체들의 나라

발행일 : 초판 1쇄 발행 2016년 6월 10일

지은이 : 한차현 / 펴낸이 : 손정욱
마케팅 : 라혜정 · 홍슬기 · 박선경 / 관리 : 김윤미
디자인 : PL13

펴낸곳 : 도서출판 답
출판등록 - 2015년 2월 25일 제 312-2015-000063호
주소 - 서울시 마포구 포은로 56, 2층
전화 - 02-324-8220, 팩스 - 02-3141-4934

이 도서의 국립중앙도서관 출판예정도서목록(CIP)은 서지정보유통지원시스템 홈페이지(http://seoji.nl.go.kr)와 국가자료공동목록시스템(http://www.nl.go.kr/kolisnet)에서 이용하실 수 있습니다. (CIP제어번호 : CIP2016012528)

ISBN 979-11-87229-03-2 03810

값 : 14,000원